FANTASY

Im Goldmann Verlag
liegen bereits folgende Bände
der DRACHENLANZE-Saga vor:

Die Chronik der DRACHENLANZE

1. Drachenzwielicht (24510)
2. Drachenjäger (24511)
3. Drachenwinter (24512)
4. Drachenzauber (24513)
5. Drachenkrieg (24516)
6. Drachendämmerung (24517)

Die Legenden der DRACHENLANZE

1. Die Brüder (24527)
2. Die Stadt der Göttin (24528)
3. Der Krieg der Brüder (24530)
4. Die Königin der Finsternis (24531)
5. Der Hammer der Götter (24533)
6. Caramons Rückkehr (24534)

Die Geschichte der DRACHENLANZE

1. Die Zitadelle des Magus (24538)
2. Der Magische Turm (24539)
3. Die Jagd des Toede (24540)
4. Der Zauber des Palin (24541)
5. Der edle Ritter (24542)
6. Raistlins Tochter (24543)

Das Heldenlied der DRACHENLANZE

1. Das Ehrenwort (24587)
2. Verrat unter Rittern (24589)
3. Das Schwert des Königs (24591)
4. Heldenblut (24593)
5. Unter dunklen Sternen (24594)
6. Die Stunde des Skorpions (24595)

MICHAEL WILLIAMS

Das Heldenlied der Drachenlanze 5

UNTER DUNKLEN STERNEN

Aus dem Amerikanischen
von Imke Brodersen

DRAGONLANCE™

GOLDMANN VERLAG

Das Buch erschien im Original
unter dem Titel »Dragonlance Heroes,
Volume Three: Weasel's Luck / Chapter 1–9«
bei TSR, Inc., Lake Geneva, WI, USA

Umwelthinweis:
Alle bedruckten Materialien dieses Taschenbuches
sind chlorfrei und umweltschonend.
Das Papier enthält Recycling-Anteile.

Der Goldmann Verlag
ist ein Unternehmen der Verlagsgruppe Bertelsmann

Published in the Federal Republic of Germany by
Wilhelm Goldmann Verlag GmbH, München
Deutschsprachige Rechte beim
Wilhelm Goldmann Verlag, München
Umschlaggestaltung: Design Team München
Umschlagillustration: Larry Elmore / TSR
Satz: IBV Satz- und Datentechnik GmbH, Berlin
Druck: Elsnerdruck, Berlin
Verlagsnummer: 24594
Redaktion: Andreas Helweg/SN
Herstellung: Peter Papenbrok
Made in Germany
ISBN 3-442-24594-X

3 5 7 9 10 8 6 4 2

Von der Wasserburg in den Wächtersumpf

Das Zeichen
des Wiesels ist Tunnel zu Tunnel,
Zauber zu Zauber.
Unter sich gräbt es, und grabend
findet es Wege nur ins Nichts.
Vergrabe das Dunkle,
bis daß die Dunkelheit sich hebt,
Im Dunkeln tanzen die Weisen.

Die Calantina, IX:IX

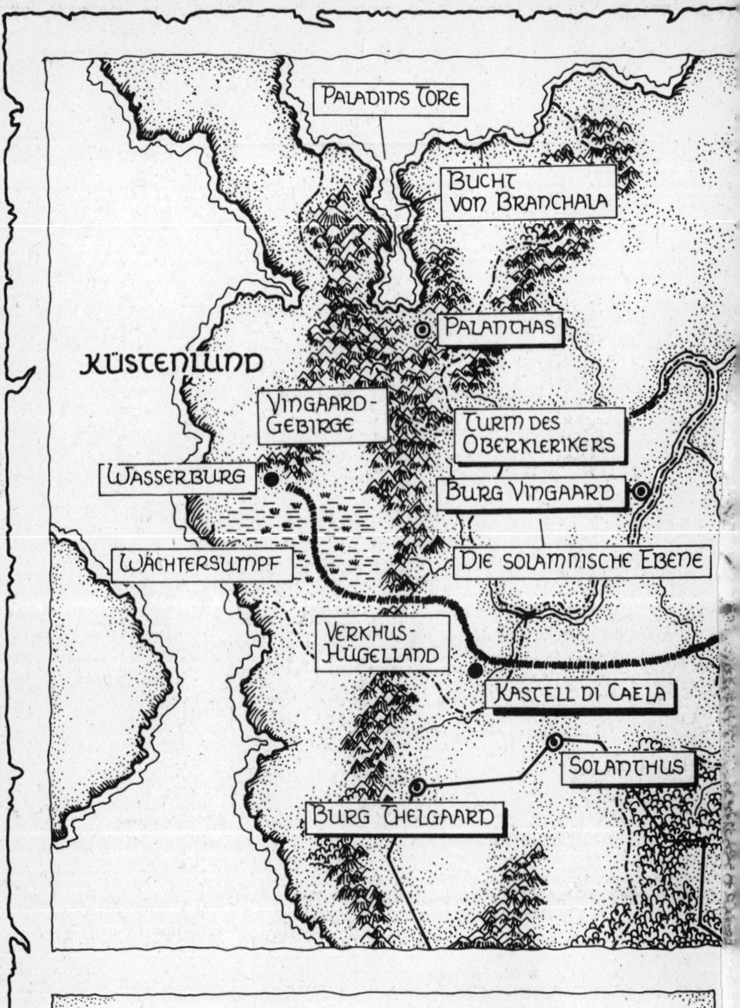
PALADINS TORE
BUCHT VON BRANCHALA
PALANTHAS
KÜSTENLUND
VINGAARD-GEBIRGE
TURM DES OBERKLERIKERS
WASSERBURG
BURG VINGAARD
WÄCHTERSUMPF
DIE SOLAMNISCHE EBENE
VERKHUS-HÜGELLAND
KASTELL DI CAELA
SOLANTHUS
BURG THELGAARD

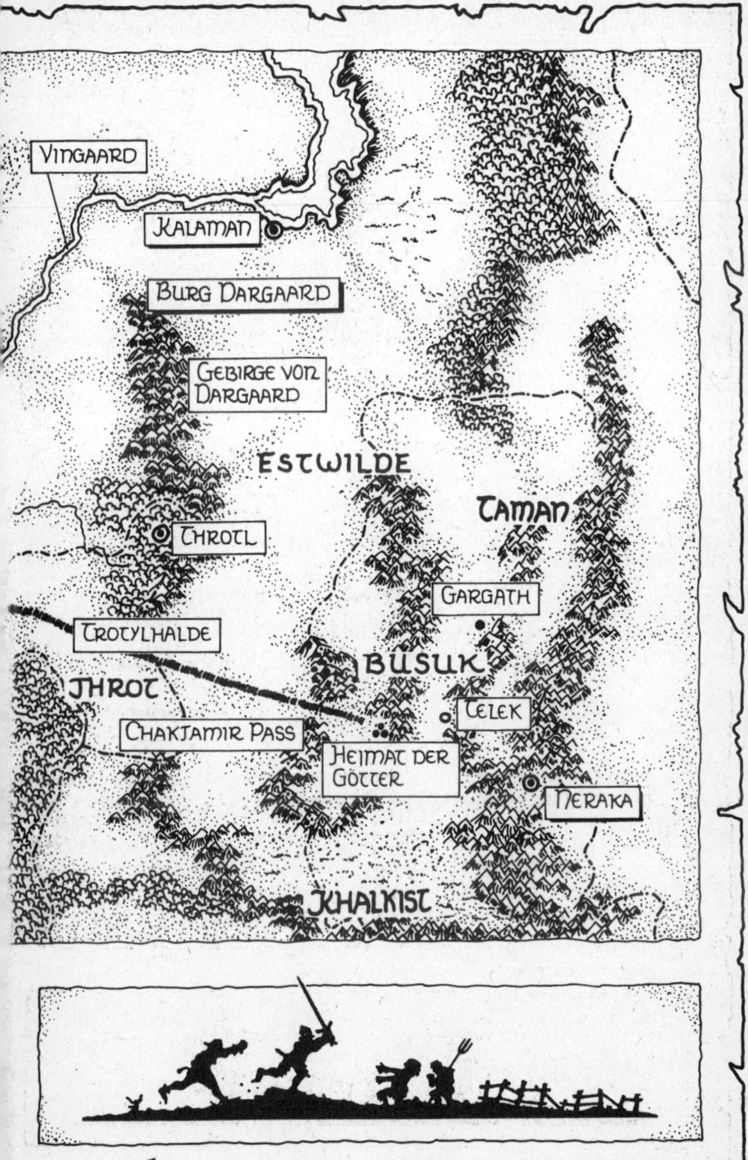
Vingaard
Kalaman
Burg Dargaard
Gebirge von Dargaard
Estwilde
Taman
Throtl
Gargath
Trotylhalde
Busuk
Jhrot
Telek
Chaktamir Pass
Heimat der Götter
Neraka
Khalkist

Kapitel 1

Es begann in der Nacht des Banketts, an dem ich nicht teilnahm.

Während die anderen feierten, putzte ich die Zimmer meines ältesten Bruders Alfrik und fegte sein alltägliches Chaos von schmutziger Wäsche, Knochen und Melonenschalen zusammen. Es war ein richtiger Misthaufen, wie in einer Ogerhöhle. Bestimmt versteckten sich die Dienstboten nur irgendwo in der Wasserburg vor Alfrik und würden bald auftauchen.

Versteht mich nicht falsch. Mein Bruder glich weder damals noch heute einem Oger. Ein Oger ist größer und gefährlicher. Wahrscheinlich auch schlauer.

Aber immerhin war Alfrik schlau genug, mich sein Zimmer fegen und die Fenster putzen zu lassen, während er mit dem Rest der Familie und einem Ehrengast beim Abendessen saß. Seit acht Jahren hatte er mich selbst für die kleinsten Verfehlungen angeschwärzt. So verbrachte ich meine Jugend nicht wie die Söhne anderer solamnischer Ritter mit Reiten und Falkenjagd, sondern eingeschüchtert fegend, und nur weil... nun, die Gründe erzähle ich später.

Damit will ich nur gesagt haben, daß ich mir mit siebzehn zu alt vorkam, um meinem Bruder hinterher zu räumen.

Während ich in seinen Räumen den Staub aufwirbelte, saß Alfrik im großen Saal am Tisch, wo sich Vater mit Sir Bayard Blitzklinge von Vingaard unterhielt, ein solamnischer Ritter, der in einer funkelnden Rüstung – die schon jetzt Thema von Legenden und Liedern war – in unser Heim in der Provinz eingeritten war. Und obendrein war Sir Bayard angeblich auch noch der beste Schwertkämpfer von Nordsolamnia.

Was ich an unserem Besucher besonders aufregend fand, war die Erlösung von Alfrik. Es war nämlich so, daß Bayard Blitzklinge unterwegs war, um bei irgendeinem großartigen Turnier um die Hand der Tochter eines Adligen aus dem Süden anzuhalten, und in unserem armseligen Hinterlandsschlößchen hatte er nur Station gemacht, weil er unserem einst berühmten Vater einen Gefallen tun wollte. Bayard nahm meinen Bruder im fortgeschrittenen Alter von einundzwanzig als Knappen an, nachdem ein halbes Dutzend Ritter dankend abgewinkt hatten. Er würde Alfrik mitnehmen, ihm die Flausen austreiben und ihn als zukünftigen Ritter zurückbringen.

Als Alfrik von dieser Zukunft gehört hatte, hatte er beschlossen zu feiern: Am Morgen lag wieder einmal ein zu Tode gehetztes Pferd im Stall, und wieder einmal hatte unser Lehrer Gileandos in Flammen gestanden. Brandstiftung war ein Hobby von Alfrik und mir, aber wie gewöhnlich bekam ich die Schuld und wurde ohne Abendbrot und ohne Umschweife aus dem Saal geschickt, während eine lebende Legende in unserer Mitte speiste.

Von unten drang Gelächter und Geschirrgeklapper herauf, als ich den Nachttisch meines Bruders abstaubte und über das frisch eingeritzte »Alfrik was here« auf der Tischfläche fuhr. Zweifellos redeten sie da unten bei Wein und Wildbret über mich und hofften, ich würde bald aus dem herauswachsen, woraus ich herauswachsen sollte (was auch immer das war). Brithelm, mein mittlerer, spirituell veranlagter Bruder, hatte sich wieder einmal wegen Gott weiß was für einem uralten, bedeutenden Festtag vom Abendbrot entschuldigen lassen, und Alfrik saß zweifellos zur Rechten meines Vaters und stimmte dem alten Mann zu, der für uns alle sein Bestes gegeben hatte, während Sir Bayard ernst und sehr rittermäßig allem beiwohnte.

Ich regte mich über die Feier unten auf, während ich Zunder, mehr Knochen und mehr Federn zusammenfegte. Aber die Aufregung – ganz zu schweigen von meiner Geschichte – hatte gerade erst begonnen.

Als ich unter das Bett kroch, um fertig zu fegen, und ehe ich mich dem Fenster zuwandte, das ich jeden Tag putzen mußte, hörte ich hinter mir an der Tür ein Geräusch. Mein erster Gedanke war, daß Alfrik mich heute noch nicht genug getriezt hatte und sich höflich vom Tisch zurückgezogen hatte, um nach oben zu rennen und mich nach Herzenslust zu verdreschen –

einfach aus Lust am Verdreschen. Zwischen den Scherben, den leeren Weinflaschen, mehreren erloschenen Öllampen und weiteren Knochen hielt ich inne und verkroch mich unter dem Bett.

Eine Stimme wie Honig – tief und melodiös – ertönte von der Schwelle her.

»Wo sind die anderen, du Kleiner unter dem Bett? Du brauchst dich nicht zu verstecken. Ich kann nämlich auch im Dunkeln sehen, durch Zeit, Stein und Metall, und ich weiß, wo du bist. Wo sind die anderen? Ich habe hier zu tun.«

In der Stimme lag neben dem Honig auch Härte und Gefahr. Ich dachte an Assassine, an einen gedungenen Mörder, der mit singender Stimme spricht und sich noch sanft wie ein Cello anhört, wenn er schon den Dolch zieht oder sein Gift ausstreut.

Ich hätte schwören können, daß in Gegenwart des Besuchers das Licht in der Kammer schwächer wurde und daß ein leichter Nebel vom Boden aufstieg. Die Temperatur fiel ab, bis der steigende Nebel mit beißendkaltem Eis überzogen war.

Ich war noch entsetzter, als wenn es nur mein Bruder gewesen wäre, der mich verprügeln wollte, und ich antwortete so, wie ich es für das Sicherste hielt, um dem Wichtigsten so wenig Schaden wie möglich zuzufügen.

»Schaut mal, ich weiß nicht, wer Ihr seid, aber tut mir nichts. Ich steh viel zu weit unten, ich bin noch nicht mal gut genug für eine Entführung. Wenn Ihr Vater sucht, der ist unten beim Bankett, aber Ihr erwischt ihn wahrscheinlich hervorragend, wenn er in den frühen Morgenstunden die Treppe hochkommt. Er hatte übrigens vor einem halben Jahr einen Jagdunfall und schont immer noch sein linkes Bein, also zielt auf das rechte.«

Ich fing an zu weinen und zu stottern und plapperte weiter.

»Oder wenn Ihr hinter meinem Bruder Brithelm her seid, der

meditiert wahrscheinlich in seinem Zimmer. Irgend so ein religiöser Feiertag. Den Gang runter, dritte Tür links.«

Brithelm war harmlos, gutmütig und der, den ich von der ganzen Familie und allen Gästen am liebsten mochte. Aber nicht genug, um mich einem möglichen Mörder in den Weg zu stellen. Rasch fuhr ich fort.

»Sonst ist hier oben nur noch unser Lehrer Gileandos, der nichts hören wird, weil er sich von seinen Verbrennungen und inzwischen wahrscheinlich auch vom Brandy erholt.«

Während dieses Verrats blieb ich unterm Bett, von wo aus ich den Eindringling von den Knien abwärts sehen konnte, wie er erst auf der Schwelle stand, dann den Raum betrat und sich auf einen Stuhl am Fenster setzte. Durch das gewölbte Glas der umgeworfenen Lampe wirkten seine Beine riesig, und er trug schwarze Stiefel mit silbernen Skorpionen daran, als wenn schwarze Stiefel an sich nicht schon fies genug ausgesehen hätten. Ich errichtete einen Wall aus Knochen, Tonscherben und Fusseln um mich herum und preßte mich enger und enger an die Wand, an der Alfriks Bett stand.

»Natürlich werdet Ihr wissen, daß ich einen älteren Bruder Alfrik habe. Falls Ihr also seinen gesamten Stundenplan für die nächsten paar Tage und eine Liste seiner Leibspeisen wollt...«

»Aber Kleiner«, unterbrach mich der Fremde, dessen Stimme wie ein einschläferndes Lied war. »Ich habe nicht vor, dir oder deiner Familie ein Leid anzutun. Außer wenn es unbedingt sein muß. Ich suche nämlich jemand anderen...«

»Oh, Ihr meint Sir Bayard. Ja, wenn Ihr hinter dem her seid, solltet Ihr lieber später wiederkommen, wenn alles schläft und wenn auch die Dienstboten im Bett sind. Dann wäre die ganze Sache einfacher, privater sozusagen. Ihr müßtet niemand anderen umbringen, um zu tun, was Ihr vorhabt.«

»Hörst du nicht zu, Kindchen?« Die Stimme wurde noch leiser, fast ein Flüstern, und die Luft wurde noch kälter. Draußen hörten die Nachtigallen auf zu singen, als ob die Wasserburg und alles drumherum schwiege, um das Gemurmel des Besuchers zu vernehmen. »Bist du so verliebt in deine eigene Stimme? Ich versichere dir, daß *ich keinem ans Leben will.*«

Ich stützte mich auf die Ellenbogen, wobei ich eine Staubwolke unter dem Bett aufwirbelte, von der ich zutiefst hoffte, daß sie meine Gedanken und mein Zittern ebenso verbergen würde wie meine genaue Lage.

Leise begann der Herr in Schwarz zu erklären, während das Feuer im Kamin immer weiter herunterbrannte.

»Heute nacht will ich kein Leben. Heute nicht, o nein. Es ist nur die Rüstung, die ich will, Kleiner, die berühmte Rüstung von Sir Bayard von Vingaard, dem verdienten solamnischen Ritter des Schwerts, der heute abend in diesem Hause abgestiegen ist, soweit ich weiß. O ja, nur die Rüstung, ein kleiner Preis, nicht wahr, für die zukünftige Sicherheit derer, die du so innig liebst?«

Nun, um ehrlich zu sein, die, die *ich* so innig liebte, waren größtenteils unter dem Bett. Und wenn ich vorher vor Angst geheult hatte, weinte ich jetzt da mitten im Dreck vor Freude und Erleichterung. Denn mein Besucher war nur ein kleiner Dieb – ein Einbrecher. Ein Bruder im Geiste.

Ich wäre unter dem Bett hervorgekrochen, um diese silbernen Skorpione und das schwarze Schuhblatt zu küssen, wenn ich geglaubt hätte, daß ich durch Bewunderung und Huldigung dieses Diebs weitergekommen wäre. Aber ich befürchtete, daß eine plötzliche Bewegung noch immer unklug wäre. Statt dessen lag ich da und überlegte, was er wohl mit Sir Bayards Rüstung wollte.

Es dauerte nicht lange, bis er mein Schweigen durchschaut hatte. Er setzte sich um. Das Zimmer wurde noch kälter.

»Wie gesagt, es ist nur die Rüstung, die mich interessiert, kleiner Galen. Du solltest dir keine Gedanken darüber machen, was ich damit will.« Ich dachte an den schönen solamnischen Brustharnisch, die Beinschienen und den Helm, die – von meinem ältesten Bruder schlecht poliert – in dem gewaltigen Mahagonischrank im Gästezimmer standen. Sollte der Eindringling sie doch nehmen. Ich hatte andere Sorgen.

»Woher wißt Ihr meinen Namen?«

»Oh... das braucht dich auch nicht zu kümmern. Ich will dir nichts Böses.«

Die ganze Zeit lauschte ich auf Schritte auf der Treppe oder im Gang.

»Also, wenn Ihr hinter der Rüstung her seid, die könnt Ihr gerne haben. Die ist in dem großen Mahagonischrank im Gästezimmer. Bedient Euch.«

»Ah!« sagte die Stimme.

»Das Problem ist nur, daß das Gästezimmer abgeschlossen ist – dreifach verschlossen. Drei Riegel. Und die Schlüssel hat mein Bruder Alfrik. Ich vermute, Ihr werdet die Tür einschlagen oder die ganzen Schlösser knacken müssen, aber letzteres würde zu lange dauern, und ersteres würde das ganze Haus alarmieren...«

»Aber, mein kleiner Freund, ich habe noch eine Alternative«, bemerkte er melodiös, wobei die abgelaufenen Hacken seiner Stiefel in mein Blickfeld gerieten, weil er sich weiter zurücklehnte. In der kalten Luft hing der Geruch von Rauch und Schweiß und altem Blut. »Ich liebe Alternativen.«

Etwas verriet mir, daß das hier kein gewöhnlicher Einbrecher war. Ich steckte bis zum Hals in der Tinte.

Dann eine Bewegung – leise und schnell wie von einer zuschnappenden Viper –, und ein kleiner Lederbeutel flog durch die Luft und landete neben mir. Ich rutschte unruhig herum und zupfte an dem Bändchen. Im Dämmerlicht kullerten ein halbes Dutzend schimmernde Steine heraus, Onyxe vielleicht oder schwarze Opale. Vielleicht dunkle Jade. Im Schatten unter dem Bett war das schwer zu sagen. Sie lagen kühl und glatt in meiner Handfläche, klickten verführerisch aneinander und gegen meinen Namensring.

»Für deine Umstände, kleiner Galen«, flötete die Stimme. Etwas in ihr ließ mich erschauern. Der Eindringling fuhr fort.

»Um Mitternacht komme ich wieder in die Burg, und ich erwarte, daß ich dann ungehindert ins Gästezimmer gelange und daß mich dort die Rüstung erwartet. Von da an sind wir quitt. Solltest du natürlich versäumen, deinen Teil des Geschäfts zu erledigen oder das Schweigen brechen, das ich dir hier und heute auferlege – wenn du irgend jemandem etwas verrätst oder auch nur heute oder später den Wänden deines Schlafzimmers von mir erzählst –, dann habe ich keine andere Wahl, als *dir das Fell über die Ohren zu ziehen*, Kleiner.«

Anfangs ignorierte ich die Drohung. Schließlich war ich mit den glitzernden Steinchen in meiner Hand beschäftigt und rechnete mir schon aus, wieviel sie mir bei den Händlern im Dorf verschaffen würden, bei denen ich allmählich nicht mehr anschreiben konnte.

Solches Rechnen strafen die Götter mit großem Ärger.

Von der Gier eingelullt, streckte ich nämlich die Hand unter dem Bett hervor, damit die Steine besser beleuchtet waren. Grün und gelb waren sie, mit ein paar Tupfen in Tiefrot... Und schon packte mich der Eindringling mit seinen schwarzen Handschuhen.

Zuerst war ich erschrocken, dann mehr als das, denn der heftige Schmerz seines Griffs schoß wie ein rasch wirkendes Gift im Blut meinen Arm hoch. Es kam mir so vor, als würde sich das Bett über mir drehen, und ich kämpfte benommen um meinen Arm und um mein Gleichgewicht in dem rasch verschwimmenden Zimmer. Sein Griff lockerte sich, und gerade, als ich wieder ruhiger atmen wollte, verschlug mir ein Kitzeln und Kratzen in meiner pochenden Hand erneut den Atem.

Denn auf meiner Handfläche saß mitten zwischen den leuchtenden Edelsteinen ein leibhaftiger, schwarzer Skorpion, der den Schwanz zum Stich erhoben hatte.

Ich wäre fast ohnmächtig geworden, doch die honigsüße Stimme brachte mich wieder zur Besinnung.

»Ich habe den Eindruck, daß du mir nicht richtig... zuhörst, junger Mann. Oh, aber laß mich alle Mißverständnisse deinerseits ausräumen, jede Möglichkeit, daß du mich hier bei unserer ersten Begegnung unterschätzt. Ich will nämlich eine gewisse Ehrlichkeit zwischen uns. Selbst Skorpione halten sich an die Regeln, auch wenn es vielleicht ihre eigenen Regeln sind.«

Das Tier auf meinem Arm verharrte totenstarr wie eine Ebenholzbrosche. Eine Brosche mit einer Giftnadel.

Der Raum, die Stimme, die ganze Welt schien sich auf meine bewegungslose, klamme Hand zu konzentrieren.

»Und die Regeln bei diesem Geschäft sind einfach. Deine bedingungslose Mitarbeit. Dein völliges Stillschweigen. Deine Bereitschaft, zu kommen, wenn ich rufe, und meine Geheimnisse niemals zu hinterfragen. Dafür erhältst du Tag für Tag dein Leben. Wir werden natürlich hin und wieder deine Taten begutachten, um zu überprüfen, ob du die Regeln befolgt oder... versagt hast. Der Tod ist ein gemütliches Nest, Junge. Vielleicht ziehst du ihn sogar irgendwann vor.«

Der Skorpion auf meiner Hand verschwand. Ich schloß sie schnell zur Faust, wobei die Halbedelsteine zu Boden fielen. Als das Klackern verstummt war und der letzte Stein unter dem Stuhl des Eindringlings liegengeblieben war, stand er auf. Seine Stiefel glänzten schwarz im Schein des Feuers.

»Denk dran, Galen Pfadwächter: Der Skorpion kehrt so schnell zurück, wie er verschwindet, und ebenso unerwartet. Aber um Mitternacht werden wir im Gästezimmer der Wasserburg abrechnen. Zu dieser Stunde gehört die Rüstung mir. Oder du.«

Der Eindringling benutzte den Stuhl als Schemel, um auf das Fensterbrett und nach draußen in die Dunkelheit zu steigen – und das im schwindelerregenden dritten Stockwerk! Hinter ihm schwangen quietschend die Fensterflügel hin und her. Ich wußte aus Erfahrung, daß es unter dem Bett immer noch sicherer sein würde. Über mir hörte ich jemanden laufen, ein Knarren, als ein Diener die Stufen zum Glockenturm hochstieg. Bald darauf schlug die Uhr zehnmal.

Dann folgte eine lange Pause, während der sich die Luft in den Zimmern allmählich wieder erwärmte, der Vogel vor dem Fenster sein Lied wieder aufnahm, und ich irgendwann aufhörte zu zittern, ans Licht kroch und kurz auf dem Boden ausgestreckt liegen blieb, um Atem zu holen. Um mich herum lagen dunkle Opale verstreut.

Es waren nämlich dunkle Opale und damit ein großzügiges Bestechungsgeschenk für meine Mühen und mein Schweigen. Ich sammelte sie auf und suchte nach Makeln. Der Skorpion, wie ich ihn zu Ehren seiner Begleiter wie seiner Kleidung nennen wollte, stand offenbar zu seinem Wort.

Was mich natürlich nachdenklich machte. Denn wer sein Wort in einer Hinsicht hält...

Hält es wahrscheinlich auch in anderen Dingen!

Ich sprang auf und raste aus der Tür von Alfriks Räumen, wo ich ein halbgefegtes Zimmer, offene Fenster und einen Kamin voller Asche hinterließ. Dann eilte ich die enge Granittreppe in den ersten Stock hinunter, wobei ich höchstens zwei Stufen berührte, landete keuchend, stolperte und fing mich dann wieder, als ich bereits auf dem Weg zur Tür des Gästezimmers war.

Das dreifach verschlossen war. Drei Riegel.

Und die Schlüssel klimperten irgendwo im großen Saal an Alfriks Gürtel, wo sie wie Glöckchen herumbimmelten, während dem kleinen Bruder ihres Besitzers um Mitternacht *das Fell über die Ohren gezogen* werden würde.

Ich zog mein Messer und begann, an dem oberen Schloß herumzupulen.

Dort hätte ich bleiben können, um bis zur Stunde der Abrechnung zitternd herumzustochern und immer hektischer und verzweifelter zu werden, je mehr die Zeit fortschritt. Aber das Glück – Wiesels Glück, wie Alfrik meine Begabung nannte, in einen Misthaufen zu fallen und nach Jasmin duftend wieder aufzutauchen – meldete sich nach langer Abwesenheit wieder zurück.

Ich hörte, wie jemand die Treppe zu Alfriks Zimmer hochstieg. Aus dem schweren Tritt und dem Schnaufen und Murmeln schloß ich, daß mein Bruder dem Wein zugesprochen hatte, während Vater und Sir Bayard sich edlen Gedanken und Gesprächen gewidmet hatten.

Schwerfällig wie ein Oger und nach Spanferkel und Portwein stinkend kam Bruder Alfrik auf dem Treppenabsatz des ersten Stocks zum Stehen. Er legte seine fettige Hand über die Augen und spähte in meine Richtung den Gang entlang.

»Du schon wieder, Wiesel? Ich habe dich doch gerade erst auf der Treppe gesehen.«

Er nennt mich übrigens Wiesel, falls ihr das noch nicht erraten habt. »Galen« bedeutet auf Altsolamnisch »Wiesel«, und Alfrik hatte andere – unfaire –, eigene Überlegungen dazu.

»Macht der Zacken in der Krone«, erklärte ich ihm sein vom Wein vernebeltes Blickfeld. »Wie gefällt es deinem Gast?« fuhr ich mit süßer Stimme voll brüderlicher Zuneigung fort (zumindest so gut ich das imitieren konnte).

Aber es dämmerte Alfrik, daß ich in einer Art um das Gästezimmer herumlungerte, wie ich dort nicht herumlungern sollte. Nichts Gutes verheißend kam er auf mich zu geschwankt.

»Was hast du da an dem Schloß gemacht, Brüderchen?«

»Ich bin gar nicht da, Alfrik. Du hast mich doch gerade auf der Treppe gesehen, weißt du nicht mehr? Was du vor dir siehst, ist reine Halluzination. Macht der Rausch.«

Ich kann nicht behaupten, daß ich einen besonderen Plan gehabt hätte. Aber bei dieser Ausrede hielt Alfrik inne und wirkte einen Augenblick lang verwirrt. In der Zeit konnte ich aufstehen, vor ihm zurückweichen und weiterreden.

»Bruderherz, während ich hier rede, gehen geheimnisvolle Dinge in dieser Burg vor, die uns alle in Gefahr bringen.«

Klang gut.

»Die vor allem dich in Gefahr bringen. Denn du sollst Knappe eines gewissen, angesehenen Ritters werden, dessen... Habseligkeiten heute abend in Gefahr sein könnten.«

Alfrik hatte Schluckauf. Er ließ von seiner unsteten Verfolgung ab und starrte mich verwirrt und dümmlich an. Wenn er mir folgen würde, würde er in einer Minute die Steine und wahrscheinlich die ganze Geschichte haben. Und dann würde er mich wahrscheinlich dafür bewußtlos schlagen.

Mein Besucher würde zurückkommen und feststellen, daß die Rüstung immer noch hinter einer dreifach verriegelten Tür steckte. Würde die Steine zurückfordern, die ich nicht mehr hatte.

Würde mir das Fell über die Ohren ziehen.

Ich redete weiter. Rasch durchforstete ich Gedächtnis und Phantasie und sprudelte Lügen hervor.

»Bruder, als ich mit deinem Zimmer fast fertig war... da huschte eine dunkle Gestalt durch die Schatten im Hof.«

»Ein Diener?« Alfrik war stehengeblieben und lehnte sich keuchend an die Wand des Korridors. Sein ungekämmtes, rotes Haar klebte verschwitzt an der Stirn: Als Sir Bayard gelobt hatte, ihm Manieren einzubläuen, hatte der edle Solamnier zugegeben, daß es ein »schwieriges Unterfangen« sein würde.

»Diener huschen nicht durch die Schatten, Alfrik. Das machen Einbrecher.«

»Einbrecher?«

»Und was gibt es in dieser Provinzburg, wofür sich ein Einbruch lohnen würde?«

Alfrik starrte mich fragend an.

»Sir Bayards Rüstung, natürlich!« brüllte ich. Dann dämpfte ich meine Stimme, weil ich Angst hatte, der Lärm würde nach unten dringen. »Wenn ich dich hoch geholt hätte, wäre viel Aufruhr entstanden, möglicherweise ganz umsonst. Aber ich mußte wissen, ob die Rüstung sicher war, besonders weil sie der Hut meines geliebten Bruders anvertraut war, denn wenn der sie verloren hätte... tja, seine Knappenzeit – *deine* Knappenzeit, Alfrik – wäre vielleicht noch mehr verzögert worden als... Pech...«

»Und Politik...«, unterbrach Alfrik, während er an der Wand zum Sitzen herunterrutschte.

»... und Politik ... sie jetzt schon verzögert haben.«

Ich konnte der Versuchung nicht widerstehen, ihn daran zu erinnern, daß ein einundzwanzig Jahre alter Knappe schon ein bißchen grotesk war. Wie unser alter Lehrer Gileandos, der Elspeth, dem zwanzigjährigen Milchmädchen, Blumen, Sonette und skandalöse Anträge sandte.

»Und das soll ich glauben? Ich soll glauben, daß – falls tatsächlich ein Einbrecher da ist – er an all unserem Gesinde, den Hunden und den Schlössern da vorbeikommt?«

»Guck dir unser Gesinde doch an, Alfrik. Guck dir die Hunde an. Diese Burg steht jedem mittelmäßigen Kerl offen, der aus unserem kleinen Privatsumpf unten an der Straße kriecht. Die Diener beschweren sich selbst dauernd über vermißte Pennys, Tand und Glasperlen.«

»Was teils auf dein Konto geht, Galen.«

»Und teils auf deins. Aber wir wissen beide, daß unsere armseligen Diebereien hier keinen großen Unterschied mehr machen. Es schlüpft mehr durch die Ritzen, als durch die Ritzen schlüpft, wenn du verstehst, was ich meine.«

Ich war mir nicht so sicher, ob er mich verstand, doch sein trüber Gesichtsausdruck verzog sich.

»Wann war das mit dem Einbrecher?«

»Bevor es zehn schlug.«

»Eine dunkle Gestalt?«

»Die durch die Schatten huschte, Alfrik. Das muß einfach ein Einbrecher gewesen sein.«

Mein ältester Bruder kauerte sich auf dem Boden des Gangs zusammen und steckte den Kopf zwischen die Knie.

»Oh, Brüderchen! Was soll ich nur tun?«

Das war schon besser. Ich sah Alfrik an, dann zum Fenster am jenseitigen Ende des Korridors. Draußen konnte ich den Ruf eines Kuckucks hören, der sich irgendwo ein Nachtquartier suchte – wahrscheinlich in einem fremden Nest, wo er sein Ei legen und im Schutz der Dunkelheit weiterfliegen würde, wie die alten Legenden erzählen. Dann ließ er sein Junges in der Obhut eines Rotkehlchens, einer Nachtigall oder eines anderen Singvogels, der das krächzende Wechselbalg als sein eigenes aufziehen würde.

»Es ist noch nicht alles verloren, Alfrik. Die Rüstung könnte schließlich noch da sein.«

Mit breitem, zahnlückigen Grinsen sah er hoffnungsvoll im Fackellicht zu mir hoch. Ich dankte den Göttern, daß die Intelligenz der Familie ihn in jeder Hinsicht übersprungen hatte.

»Zuallererst sollten wir also mal nachsehen, ob die Rüstung überhaupt noch da ist.«

Ich blickte zur Tür zurück, doch unvermittelt stürzte Alfrik sich auf mich. Ich wurde gegen die Wand gedrückt und hing da, während meine Füße hilflos herunterbaumelten. Eine Hand packte meine Kehle, die andere zerrte an meinen Haaren.

»Du hast besser keine Hintergedanken, Wiesel.«

Ich begann mich zu winden, heulte und schwindelte.

»Bitte, bitte, Bruder, erwürg doch nicht das Nesthäkchen! Ich weiß, daß du ein guter Kerl bist, du wirst auch ein feiner Knappe und ein noch feinerer Ritter! Bedenk doch, Vater hatte kleine Brüder, die alle ganz erwachsen geworden sind! Er betrachtet das inzwischen als Familientradition.«

Alfrik begriff die Anspielung. Sein Griff ließ nach, und ich faßte Mut.

»Natürlich habe ich keine Hintergedanken. Kein Verlangen nach Ärger, Bruder. Die Sorgen, die Verwirrung, das kopflose Herumrennen, das kommt alles noch früh genug, falls keine Rüstung mehr in dem Zimmer hier ist.«

Alfrik ließ mich fallen und kniete sich augenblicklich an die Tür, um mit dem Messer da herumzustochern, wo ich aufgehört hatte zu stochern.

»Alfrik?«

»Klappe, Wiesel.« Das unangenehme, hektische Kratzen von Metall auf Metall, als das Messer zum Schloß durchrutschte. Ich sah den Gang hinunter. Keiner da.

»Alfrik, weißt du, warum du so tief in der Sache drin steckst? Weil du die Schlüssel zu dem Zimmer hier am Gürtel hast.«

Nachdem er eine Weile mit den Schlüsseln und Schlössern herumgefummelt hatte, konnten wir das Gästezimmer betreten, das heute nacht den vortrefflichsten Schwertkämpfer von Solamnia beherbergen sollte. Es war der bestausgestattete Raum der Burg, da Vater in bezug auf Gastfreundschaft ein Eiferer war. Überall Wandbehänge, Decken mit Gänsedaunen auf dem riesigen Bett und ein fröhlich prasselndes Feuer.

Das war kein Raum für Missetaten.

Alfrik stürmte an mir vorbei, um in trunkener Panik zum Wandschrank zu schwanken. Ich flatterte hinterher und dachte mir verzweifelte Ausreden aus, die ich zur Hand haben wollte, falls Sir Bayard Blitzklinge durch die Tür treten sollte und feststellte, daß wir seine Sachen durchwühlten.

Und ich überlegte angestrengt, wie ich jetzt weitermachen sollte.

Alfrik stolperte einmal, griff nach den Schranktüren und zog. Sie waren natürlich verschlossen. Der Schlüssel hing natürlich an seinem Gürtel, und natürlich hatte er das vor lauter Angst und Wein ebenfalls vergessen. Im Schrank klirrte die Rüstung wie ein Geist in einer alten Geschichte.

Wenn man gut achtgibt, kann man ein Wunder auf viele Meilen kommen sehen. Es kam alles zusammen – Leichtsinn, Hast, die schwere Rüstung im Schrank. Nachdem mein Bruder einen langen, beunruhigenden Moment mit den Schlüsseln herumgefummelt hatte, paßte einer ins Schloß. Mit seiner beträchtlichen, rohen Kraft riß Alfrik die Tür auf, die bereitwillig aufschwang.

Und Sir Bayard Blitzklinges außerordentlich schweren Brustharnisch freigab.

Der mit einem solchen Scheppern auf den Kopf meines Bruders stürzte, daß es leicht die solamnischen Unterhaltungen von meinem Vater mit Sir Bayard unten hätte unterbrechen können. Oder oben Brithelm aus seinen Meditationen und Gileandos aus seinem Rausch reißen.

Aber nichts davon. Nur mein Bruder lag ausgestreckt auf dem Boden des Gästezimmers. Das Scheppern des Metalls auf die felsartige Masse des Schädels meines Bruders verlor sich im Schlagen des Glockenturms. Wie gesagt, wer achtgibt, kann ein Wunder auf viele Meilen kommen sehen.

»Paß doch auf, Alfrik«, sagte ich leise und dankbar, als der elfte Glockenschlag verhallte.

Was folgte, war eine Stunde unsicheren Wartens im Gästezimmer, bis der Eindringling zurückkehren und die Rüstung holen würde. Die Vögel draußen waren noch still, nur die Nachtigall sang fröhlich, während ich vor mich hin brütete.

Ich warf die roten Würfel, die ich immer dabei hatte, um mein Schicksal zu befragen. Ich rollte Neun und Neun, Tunnel um Tunnel für das Zeichen des Wiesels – großer Reichtum, wenn man meinen Spitznamen bedachte –, obwohl ich da weniger sicher hätte sein sollen, wenn ich die zweite Zeile für den Wurf bedacht hätte.

Also wartete ich, bis die Turmglocke wieder schlug, und

stählte mich solange für die Rückkehr des Eindringlings. Beim siebten Schlag hörte ich etwas draußen im Gang – als wenn jemand hinten durchs Fenster einstiege.

Schon die Akrobatik war beeindruckend.

Ich sprang zum Bett und wollte mich darunter verstecken, für den Fall, daß der Skorpionmensch doch nicht ganz so zu seinem Wort stünde. Aber ein Stöhnen hinter mir ließ mich herumfahren.

Das Wunder hatte einen Haken. Denn mein Bruder wachte unseligerweise genau um Mitternacht auf.

Da fiel mir der Helm ein. Er lag neben dem Brustharnisch auf dem Boden. Weil Alfrik seine Arbeit als Knappe noch nicht so ernst nahm, war er noch etwas schmutzig, aber mit seinem genial verzierten Innenpolster, Kupfer, Silber und Messing nichtsdestoweniger eindrucksvoll.

Im Gang näherten sich Schritte dem Gästezimmer, während mein Bruder langsam wach wurde und mich zweifellos in den Ruin stürzen würde.

Es gab keine Zeit zu verlieren. Ich schnappte mir den Helm, während ich zu meinem Bruder eilte, hob das ganze verdammte Ding hoch und schmetterte es ihm – mit Visier und Krone und Feder, Eisen, Kupfer, Silber und Messing – auf die Stirn. Wieder verlor sich das Geräusch des Schlags im Läuten. Alfrik fiel mit einem Grunzen auf den Boden zurück, wo er still liegen blieb.

Meine Panik ließ nach. Die Vernunft kehrte zurück. Eine lange Minute stand ich bestürzt über meinem Bruder und dachte, daß jetzt der Mord stattgefunden hatte, zu dem ich in den letzten fünf Jahren der Kämpfe in der Wasserburg Talent gezeigt hatte.

Eine Bewegung an der Tür. Ich drehte mich gar nicht erst um, sondern tauchte unters Bett. Eine starke Hand packte meinen Knöchel und zerrte mich in die Mitte des Raums, wo ich zitternd und plärrend liegen blieb. Hinter mir hörte ich, wie der Skorpion die Rüstung mit einer raschen, fließenden, fast mühelosen Bewegung aufhob. Und wieder kam die Stimme – immer noch leise, immer noch giftig.

»Du hast deine Sache ganz ordentlich gemacht, Kleiner, auch wenn die Gewalt zum Schluß etwas... unordentlich war.«

Ich sah mich um. Eine schwarze Gestalt mit Kapuze bewegte sich zur Tür. Die schwere Rüstung trug sie wie ein Bündel Holz oder eine Decke über der Schulter. Dann blieb sie stehen und drehte sich um.

Der rote Glanz der Augen durchdrang mich wie der Griff, der mich vor zwei Stunden gequält und vergiftet hatte.

»Deinen Ring.«

»Äh – wie bitte?«

»Deinen Namensring, Kleiner.« Und die Hand im Handschuh kam mir geöffnet entgegen. »Wir sind nämlich, hm, durch mehr als eine lose Übereinkunft aneinander gebunden. Ich wäre zufriedener und auch einfach beruhigter, wenn ich für unsere Geschäfte ein Pfand von dir in der Hand hätte.«

»Nicht meinen Namensring! – Aber Ihr könnt die Steine zurückhaben, Sir. Die sind bestimmt mehr wert als der kleine Kupferring, und schließlich haben sie Euch auch zuerst gehört.«

Der Eindringling stand schweigend mit ausgestreckter Hand da. Widerstrebend zog ich den Ring ab. Er war nur aus Kupfer, aber wunderschön graviert – einzigartig. Ich hatte ihn vor vier Jahren am Abend meines dreizehnten Geburtstags bekommen, als ich in die ziemlich armselige Erwachsenenwelt eintrat, die ich durch mein Abkommen mit diesem rüstungsgeilen Schurken jetzt noch mehr verpfuscht hatte.

Der Namensring war das Ein und Alles eines jungen Solamniers.

Ich warf dem Skorpion den Ring zu. Mit einer kurzen Handbewegung ließ der ihn verschwinden.

»Übrigens«, murmelte er, »bist du immer noch zum Rest unseres Geschäfts verpflichtet. Zu niemandem ein Wort davon, denn sobald du etwas davon verlauten läßt, werde ich es hören – egal, wo ich bin. Vielleicht ziehe ich dir dann deine Haut noch in derselben Nacht über die Ohren. Vielleicht auch später. Aber es wird bald sein, o ja, sehr bald.« Und mit einem großen Schritt über den sich allmählich wieder regenden Alfrik verschwand er rasch durch die Tür.

Jemand – vielleicht ein Diener – schlug Alarm, und ich stand mutlos da und hoffte, daß alte Kämpen wie mein Vater oder der unvergleichliche Bayard Blitzklinge den Schuft in schwarzen Stiefeln erwischen würden, bevor er mit der Rüstung und seinen Plänen für meine Haut in der Dunkelheit verschwand. Ich hatte keine Ahnung, wie schnell und wie geschickt der Eindringling war, wie er mitsamt der Rüstung verschwunden sein konnte, bis Vater – mit schwerem Kopf – und Sir Bayard – absolut nüchtern, aber beladen mit Vater – zu einer verspäteten Rettung die Treppe erklommen hatten.

Kapitel 2

Ich wußte nicht, was die Pächter und Tagelöhner sagen würden, als mein Besucher in Verkleidung der von Sir Bayard gestohlenen Rüstung anfing, die Dörfer um die Wasserburg in sein eigenes, kleines Lehen zu verwandeln. Doch Plündern kam in ländlichen Gegenden nie gut an – Forderungen nach Tribut und Käse und Vieh, das auf der Stelle zu schlachten und zu braten war. Forderungen nach Geld und Töchtern. Obwohl ich nicht sagen konnte, wozu Verkleidung und Gewüte dienten.

Gleich am Tag nach dem Diebstahl begannen die Pächter, in der Wasserburg vorzusprechen, um meinen Vater zur Hilfe zu rufen. Jeder trug seinen Hut in der Hand, und jeder trug ihm zunächst einfach und demütig seine Bitte vor, daß »der Herr etwas gegen das Böse in unserem Dorf tun möge«.

Dieses »Etwas«, das sie erbaten, bedeutete normalerweise, daß Vater den schandbaren Ritter vierteilen und verschiedene Teile seines Körpers »auf einem Tablett« servieren sollte (welchen Körperteil, das hing von der Vorstellungskraft des Bauern ab).

»Wenn der Herr erlaubt, so würden viele von uns gern den Kopf des Schuldigen auf einem Silbertablett sehen.«

»Wenn es den guten Herrn nicht zu viel Zeit und Ärger kostet, dann würde es den geplagten Menschen von Hohleiche gut gefallen, diese diebischen Finger auf einem Bronzetablett aufgereiht zu sehen.«

»Ach, wenn dieses Herz doch nur auf einem Kupfertablett neben dem Brunnen in meinem Hinterhof schlagen würde!«

Und so weiter, während jeder versuchte, seinen Nachbarn zu übertrumpfen und die einfachen Leute sich zu Körperteilen verstiegen, von denen ich noch nie gehört hatte, bis ich mich fragte, ob sie bei der Feldarbeit noch an etwas anderes als an Folter dachten.

Vater hörte nur mit halbem Herzen zu, denn seine Gedanken galten zweifellos der Pflichtvergessenheit seiner Söhne. Er war ein Ritter von Solamnia aus der alten Schule, der sich eisern an Kodex und Maßstab hielt. Daß unter seinem Dach ein Gast beraubt worden war, verursachte ihm Krämpfe und stellte sicher, daß Alfrik für sein Versäumnis unter Hausarrest stand. »Bis auf weiteres« durfte er die Wasserburg nicht verlassen.

Und was noch schlimmer war, der beraubte Gast war Sir

Bayard Blitzklinge, einer der vielversprechendsten Ritter von Nordansalon, dessen Tapferkeit und Kampfkunst (und offenbar Gutmütigkeit) selbst so hoch im Norden wie in unserem gottverlassenen Provinzlehen mitten in Küstenlund (das liegt nordöstlich des Vingaard-Gebirges und südöstlich von Nirgendwo) bekannt war. Bayard kochte still und höflich vor sich hin und regte sich zweifellos über die Verzögerung auf, die ihn bei uns festhielt, wo er doch viel lieber auf dem Weg nach Solamnia sein würde, um eines Mädchens wegen, das er noch gar nicht kannte, ein paar jungen Männern die Köpfe einzuschlagen, wenn ich richtig verstanden hatte.

Wahrscheinlich wurde ich deshalb mitbestraft.

Denn in jener Nacht, die jetzt Ewigkeiten her scheint, als der Eindringling mit den schwarzen Stiefeln zur Tür hinaus war, Alfrik mit dem Gesicht nach unten im Schrank lag und Vater und Bayard die Stufen hinaufeilten, mußte ich schnell handeln.

Es hätte zu viele Fragen gegeben, wenn man mich unversehrt mitten im Kampfgeschehen fand. Lieber anpassen.

Ich senkte den Kopf und rammte ihn gegen die Eichentür des Knappenraums. So kam es, daß die Ritter mich zuerst fanden und als ersten wachrüttelten. Und natürlich wußte ich von gar nichts, sondern stöhnte nur mitleiderregend, während Vater zu seinem Ältesten rannte, ihn an den Beinen in die Mitte des Zimmers schleifte und mit ein paar Ohrfeigen weckte.

Das war mein erster, genauerer Blick auf Sir Bayard Blitzklinge. Er bestand die Musterung.

Da stand ein Mann, der meinen Vater um einen ganzen Kopf überragte und deutlich dünner war als er. Schnurrbart, mindestens dreißig, aber noch keine Vierzig, schulterlanges Haar, wie es in Solamnia zu jener Zeit Mode war, Selbstbeherrschung – sein Gesicht war eine schöne, aber ausdruckslose Maske.

Bayard betrachtete mich kurz, um dann meinen Vater bedeutsam anzusehen, der mich barsch anfuhr.

»Kein Tamtam, Galen. Was war hier los?«

Alfrik hinter uns war noch nicht ganz bei sich. Er stöhnte, und Vater schaute besorgt in seine Richtung. Rasch fing ich an zu erzählen.

Die beiden Ritter bekamen dieselbe Geschichte serviert wie mein unglückseliger Bruder – von der huschenden Gestalt im Schatten vor dem Fenster, von meiner Sorge um den Gast. Daß ich aus Sorge um Sir Bayards Habe die Tür des Gästezimmers überprüft hatte und, als sie verschlossen war, meinen vorbeikommenden Bruder um Hilfe gebeten hatte.

»Mein Bruder und ich sind also in bester Absicht in das Zimmer eingedrungen, Sir Bayard. In unserer Sorge haben wir den fraglichen Kerl vielleicht nicht bemerkt, der hinter uns in einer dunklen Ecke im Gang gelauert haben mag oder...«, und ich machte eine bedeutsame Pause, um Alfrik möglichst die Suppe zu versalzen, »...oder sich vielleicht schon in Eurem Zimmer versteckt hatte, und den man dort vorher übersehen hatte.«

Ich machte eine Pause, damit sich das setzen konnte, und fuhr fort. »Wie auch immer, ich bin mir nicht sicher. Aber ich habe mich kurz umgedreht, weil ich etwas auf dem Gang hörte, und als ich wieder zurückschaute, da beugte sich eine Gestalt mit einer schwarzen Kapuze über meinen Bruder. Wer es auch war, er war schnell. Er stürzte sich auf mich, bevor ich begreifen oder klar sehen konnte. Das nächste, was ich weiß, ist, wie ihr mich geweckt habt und ich hier an der Schwelle liege und Alfrik mit dem Gesicht nach unten im Kleiderschrank und... jetzt wird mir ganz schwindelig, Vater.«

Mit gespielter Erschöpfung ließ ich den Kopf wieder sinken. Alfrik grunzte neben mir auf dem Boden.

»Ich hoffe nur«, seufzte ich, »daß mein lieber Bruder unversehrt ist.«

Unversehrt genug, um weitere zehn Jahre auf seine Knappensporen zu warten.

In den nächsten paar Tagen änderte sich einiges in der Wasserburg – Dinge, die ich von Anfang an bemerkte, die andere jedoch nur als schlechtes Wetter durch einen plötzlichen Klimaumschwung abtaten. Von dem Moment an, wo die Vögel in der Nacht des Banketts zu singen aufgehört hatten, fehlte etwas in der Luft. Wo man das Lied der Nachtigall, das Schimpfen der Eichelhäher, das Flattern und Gurren der Tauben erwartete, war jetzt nur Stille, und es kam mir irgendwie so vor, als ob die Vögel fortgezogen waren, obwohl noch Hochsommer war, um vielleicht in einer milderen Gegend zu überwintern.

Aufgrund der Jahreszeit erwarteten wir Sommer – Licht und Wärme und die Dunstschwaden, die aus den berüchtigten Sümpfen eine knappe Meile vor unseren Mauern aufsteigen –, doch das Wetter war anderer Ansicht. Wenn wir morgens aufwachten, war der Boden hart gefroren, und die Bäume warfen vorzeitig ihre Blätter ab. Wir hatten Schwierigkeiten, die Feuer am Brennen zu halten und die Kerzen sowieso, als ob Licht und Wärme geradezu aufgesaugt würden.

Gileandos hatte bei Gnomen studiert. Er ignorierte fast immer das Offensichtliche und nahm lieber etwas Nebensächliches, Unscheinbares an einer Situation wahr, woraus er fast immer die falschen Schlüsse zog. Als er den Vogelzug und den plötzlichen Temperaturabfall bemerkte, führte er das auf »eine vorzeitige Wirkung von Sonnenflecken auf die Marschdämpfe« zurück.

Ich kann mich jetzt noch daran erinnern, wie er ganz versunken durch sein Teleskop direkt in die Sonne schaute, so daß er anschließend zweifellos überall Sonnenflecken sah, die ursprünglich nicht dagewesen waren. Er war mindestens sechzig, ging jedoch sicher seit Jahren krumm und ergraute zusehends. Dennoch behängte er sich mit Schmuck, kämmte seinen Bart, trug schmierige Pomade und Duftwässerchen auf – ein Stutzer, der im Alter grauenhaft aussah. Dazu kam in letzter Zeit ein merkwürdig gehetzter Blick, weil ihn die vielen Liter Gin einholten.

Er unterrichtete uns in Dichtkunst und Geschichte (und bis zu dem Tag, wo Alfrik vor Erschöpfung im Unterricht ohnmächtig wurde, sogar in Mathematik). Er gab auch Wappenkunde und Rhetorik und solamnische Sagenkunde – ein Hansdampf in allen Gassen mit Halbwissen auf allen Gebieten, der vor allen Licht- und Wärmequellen voller Panik flüchtete.

Weshalb ich seiner Erklärung wie gewöhnlich wenig Aufmerksamkeit schenkte, weil er so mit Mutmaßungen, Gerüchten und Aberglauben beschäftigt war. Statt dessen warf ich die Calantina, die roten Würfel aus Estwilde, und erhielt viermal nacheinander die Fünf und die Zehn, Dampf auf Erde, das Zeichen der Viper. Ich schlug in den Büchern aus Gileandos' Bibliothek nach, las alle Kommentare zu dieser Weissagung, wußte jedoch hinterher nicht mehr über das Geheimnis als zuvor.

Inzwischen war alles mit den Ereignissen in der Nacht des Banketts beschäftigt. Bayard hatte sich ein Lederwams geliehen und wollte dem Dieb mit Schild und Schwert nachsetzen, sobald er seinen Aufenthaltsort herausfinden würde. Er war wütend, daß er auf seinem Weg zum Turnier aufgehalten wurde. Da er jedoch von Natur aus nachsichtig war, beabsichtigte er immer noch, seinen Knappen mitzunehmen, obwohl

Alfrik das Verschwinden der Rüstung nicht verhindert hatte. Vater hingegen machte sich Gedanken über Alfriks Beteiligung an dem Diebstahl.

Und Vater war nicht sehr nachsichtig.

»Bayard, ist die Strafe für Nachlässigkeit in Sachen Rüstung immer noch der Tod durch den Strang, oder ist der Orden mit den Jahren laxer geworden, seit ich mich zur Ruhe gesetzt habe?«

Ich erinnere mich an jedes einzelne Wort, das sich in mein Gedächtnis einbrannte, während ich ein Husten wegen der Asche und dem alten Rauch unterdrückte. In der Wasserburg gab es nämlich Geheimgänge, die Vater entweder vergessen oder nie kennengelernt hatte und zu deren Entdeckung Brithelm zu heilig und Alfrik zu dumm war. Dennoch gab es sie, und einem Jungen, der es gewöhnt war, lästigen Pflichten und Strafen zu entfliehen, kamen sie sehr gelegen. Besonders der Zugang zum großen Saal, der sehr praktisch an der Rückwand des Kamins lag, sagte mir zu. Von dort aus belauschte ich Vater und Bayard.

»Nicht lax, Sir Andreas, sondern vielmehr *verständnisvoll*, daß Knappen oder zukünftige Knappen Fehler machen können.« Ich konnte sehen, wie er sich nach vorne beugte, und hörte das Lederwams knirschen und knacken, als er eine Kunstpause machte. Das Wams war ihm zu kurz und hätte ihn lächerlich aussehen lassen, wären da nicht diese grauen Augen und das ernste Gesicht gewesen. »Nein«, fuhr er fort, »heutzutage neigt der Orden zur Nachsicht, und ich bin mir gar nicht sicher, ob das so falsch ist.«

Also kein Hängen. Auch gut. Es gab dauernd Zwischenfälle auf den Straßen – Räuber, feindselige Zentauren, sogar die Bauern selbst, die dem Orden schon seit Generationen nicht sehr wohlgesonnen waren –, was Gileandos zufolge etwas mit der Umwälzung zu tun hatte, obwohl die doch schon fast zweihundert Jahre her war.

Die Bauern hatten offensichtlich ein langes Gedächtnis.

Jedenfalls würden unsere eigenen Bauernlümmel jede Entschuldigung begrüßen, einem Ritter von Solamnia aufzulauern, der durch ihr Land zog. So wenigstens hatte man es uns im Schloß erzählt.

»Ich sehe es als Jugendsünde an«, fuhr Bayard fort, während er einem unserer unzähligen Hunde das Ohr kraulte, der zu seinem Stuhl gekrochen war. Bayard hob die Hand, um seine Aussage zu bekräftigen, woraufhin der Hund, den seine Jahre in der Burg geprägt hatten, zusammenzuckte und aufjaulte.

»Aber vergeßt nicht, Bayard, daß der ›Junge‹, von dem Ihr sprecht, einundzwanzig Jahre alt ist«, brummte Vater, wobei sich seine Riesenpranken fester um den Stock schlossen, den er benutzte, wenn ihn der Schmerz in seinem Bein an den Jagdunfall vom letzten Winter erinnerte. »Und wie Ihr inzwischen wißt, ist Alfrik nicht der Hellste meiner Söhne.«

Bayard unterdrückte höflich ein Lächeln und nickte. Vater bemerkte das gar nicht, weil seine Augen vor ihm auf den Boden gerichtet waren.

»Um deutlich zu sein: Im Grunde ist er ein rechthaberischer, ziemlich ungehobelter Flegel. Er ist einundzwanzig, Sir Bayard, kein Junge mehr, also ist es unwahrscheinlich, daß er aus solchen Sachen noch herauswächst. Wenn er als Kind irgendwie anziehend oder auch nur anständig gewesen wäre, wäre er inzwischen Ritter. Als Bauer würde er inzwischen wahrscheinlich Verantwortung für Frau und Kinder tragen.«

Und als Hund oder Pferd wäre er vermutlich längst tot und könnte keinen Ärger mehr machen.

Mein Versteck war zu eng. Ich setzte mich anders hin, wobei mein Gürtel an den Steinen entlang ratschte, was ein Geräusch verursachte, das man ganz sicher bis nach Palanthas und Pax Tarkas und an allen Enden der Welt hörte. Ich hielt die Luft an und wartete.

Bayard lehnte sich wieder zurück und warf einen raschen, unauffälligen Blick in meine Richtung. Ich war mir sicher, daß er mich bemerkt hatte.

Doch er drehte sich sofort wieder zu Vater um, der fortfuhr, als wäre nichts geschehen.

»Was ich sagen will, Bayard«, erklärte der alte Mann, »ist, daß Alfrik mit einundzwanzig jenseits von ›Jugendsünden‹ stehen sollte. In seinem Alter war ich ein Ritter des Schwertes, hielt mit einer kleinen Truppe den Chaktamir-Paß, watete bis zu den Knien im Blut der Männer von Neraka...«

»Aber, Sir Andreas, das waren besondere Zeiten, in denen es besondere Männer gab«, entgegnete Bayard sanft und voller Respekt. »Ich habe von Euren Taten bei Chaktamir gehört. Darum glaube ich, daß dennoch etwas in einem Eurer Söhne schlummert, unabhängig davon, wie wenig vielversprechend sie Euch bisher erscheinen mögen. Schließlich zählt bei solchen Sachen das Blut.«

Hinter dem ergrauten Rot seines Bartes errötete Vater, der noch nie ein Kompliment leicht hingenommen hatte.

»Verdammt, Sir Bayard, ich wollte diese Jungs aus dem nördlichen Küstenlund rausschaffen, weg von diesem sumpfigen Ende der Welt. Sie nach Solamnia bringen, zu Abenteuern und Schwertkämpfen und edlen Taten und so. Mein mittlerer Sohn ist so eine Art... Mönch, und der Jüngste hat alles Zeug zum Gauner...«

Bayard warf einen raschen Blick in meine Richtung.

»Ihr beurteilt sie streng, weil Ihr hohe Maßstäbe anlegt«, versuchte er ihn zu besänftigen, doch Vater sprang nicht darauf an.

»Und der älteste ... ein mürrischer Fettkloß in meiner Speisekammer. Das reicht doch, um einen alten Mann zur Weißglut zu treiben!«

»Mein Angebot steht weiterhin, Sir Andreas«, erwiderte Bayard etwas ungeduldig. »Einer Eurer Söhne – ich meine jetzt irgendeinen – als meinen Knappen. Er wird einen fähigen Lehrer bekommen.« Er lehnte sich zurück, verschränkte die Finger und drehte sich ganz langsam zum Kamin hin.

Ich drückte mich an die Mauer des Kamins, in die sichere, aschgraue Dämmerung zurück. Da sah ich mich plötzlich neuen Problemen gegenüber. Eine Ratte, die aufgewacht oder durch mein Abenteuer im Tunnel aus ihrem Versteck aufgestört war, huschte über meinen Fuß und duckte sich erschrocken in die dunkle Ecke des Kamins. Ich fuhr entsetzt hoch und stieß mit dem Kopf gegen die geschwärzten Ziegelsteine, worauf ein Ascheregen auf mich niederging.

Jetzt kam natürlich auch noch der Hund kläffend auf mein Versteck zugerannt, weil er sicher war, daß er etwas Wildes und vielleicht Freßbares bemerkt hatte. Ich holte mit dem Fuß aus, trat die Ratte dem Hund in den Weg und kroch den Geheimgang hoch, während hinter mir Knurren, Geschrei und schließlich verzweifeltes Quieken verebbte. Durch den Wandschrank schlüpfte ich in mein Zimmer, vertauschte meine verdächtig rußigen Kleider mit einem unschuldigen Nachthemd und sprang ins Bett, um den späten Vormittag und den leeren Flügel der Burg mit dem Geräusch von vorgetäuschtem Schnarchen zu füllen.

Die Diskussion ging ohne mich weiter, und die beiden Ritter trafen die schlimmstmögliche Entscheidung.

Vater war überzeugt, daß der Einbrecher uns im Raum aufgelauert hatte, in den er durch Alfriks Mangel an Aufmerksamkeit hatte eindringen können. Trotz Bayards Zureden, daß Alfrik Verständnis verdiente, fällte Vater sein Urteil rasch und im Zorn.

Mein großer Bruder würde unter Hausarrest stehen und mußte innerhalb der Mauern der Wasserburg bleiben. Ganz anders als am Ende eines Stricks oder in den Tiefen eines Kerkers konnte er von dort aus meine Wenigkeit mit jeder verfügbaren Waffe angreifen.

Denn Alfrik war der Meinung, daß ich hätte reden sollen – und die Schuld für das ganze Unheil auf mich nehmen.

Das ist der Undank unter Brüdern.

Ich brauche wohl nicht zu sagen, daß es mich damals jedesmal beunruhigte, wenn ich die Schritte meines Bruders auf dem Gang hörte. Alfrik war stinksauer und gab irgendwie mir die Schuld an dem Verschwinden der Rüstung, obwohl er sich durch den Wein und den Schlag auf den Kopf gar nicht richtig erinnern konnte, was eigentlich in jener unglückseligen Nacht geschehen war.

Er würde deshalb jedoch weder Faust noch Fuß von einem wohlgezielten Schlag oder Tritt zurückhalten. Darum versteckte ich mich stundenlang in geheimen Tunneln und Alkoven, kauerte in der Asche und trat gelegentlich einem neugierigen Hund eine Ratte hin, denn ich wußte, daß von allen Lebewesen in der Wasserburg ich in der größten Gefahr schwebte. Ich verkleidete mich und kam einmal wirklich als Schornsteinfeger durch. War ich nicht verkleidet oder versteckt, so setzte ich eine Unschuldsmiene auf und hielt mich in der Nähe von Vater oder Brithelm auf.

Meine Hände hatte ich immer in den Taschen, damit mich niemand fragte, was aus meinem Namensring geworden war.

Meine einzige Gesellschaft war Brithelm, und ich gab mir Mühe, nicht einzuschlafen, während er mir seine Ideen über die Götter erklärte.

»Galen, was hältst du von Prophezeiungen?« fragte er zum Beispiel mit gutmütigem Lächeln beim Vogelfüttern im Hof. Sein rotes Haar fiel schief über die geflickte, rote Robe, so daß er für alle Welt wie ein grellrotes Huhn aussah, das zwischen die Tauben geraten war.

»Ich weiß nicht, Brithelm. Vorsicht, der Trog.«

Im letzten Moment wich mein Bruder aus, während er weiterhin Korn verstreute und vor sich hin pfiff.

»Ich denke, Prophezeiungen sind eine Halle voller Spiegel, die sich gegenseitig spiegeln und alles in das zusehende Auge im Zentrum reflektieren.«

»Du weißt, daß du recht hast, Brithelm. Tritt nicht auf den Hund.«

»Diese Vögel, Galen«, setzte Brithelm an, während er einen Schritt über den Terrier machte, der im Schatten des Wassertrogs schlief. Der Hund bewegte im Traum paddelnd die Füße.

»Im Zeitalter des Lichts haben die Kleriker Katastrophen aus dem Vogelflug vorhergesagt. In meiner Einsiedelei habe ich mitunter…«

»Hinten im Wächtersumpf? Ich habe gehört, daß er ganz überwuchert ist, und daß dort ein Zypressenschößling in wenigen Wochen zu einem richtigen Baum heranwächst. Die Luft ist so feucht, daß menschenfressende Fische auf der Suche nach Beute durch die Gegend fliegen.«

Brithelm hielt inne und sah mir in die Augen, während er auf die Zisterne zulief. Ich nahm seinen Arm und lenkte ihn behutsam zur Treppe, die die Südmauer unserer kleinen, heruntergekommenen Festung hochführte.

»Der Sumpf des einen...«, begann er leise lachend, während er den uns verfolgenden Tauben eine letzte Handvoll Körner hinwarf, »ist die Zuflucht des anderen. Morgens sieht man manchmal ein Dutzend Wachteln, kleiner Bruder. Sie fressen dir aus der Hand. Es gibt auch dunklere Dinge, aber die Legenden bauschen sie auf. – Also, Vögel sind am gebräuchlichsten bei Weissagungen. Dann gibt es noch Blätter, die stille Oberfläche eines Teiches, in den du so lange starrst, bis du unter den Spiegelbildern...«

So verbrachte ich meine Zeit mit völligem Blödsinn, während mein ältester Bruder intrigierte und Gemeinheiten plante, heulte und bettelte, obwohl er sich nie an genug erinnerte, um mich beschuldigen zu können. Dennoch gewann er mit seinen Mutmaßungen Vaters Ohr. Nach einem abergläubischen Morgen mit Brithelm sah ich mich häufig zwischen Vater und Alfrik gefangen, die mich vom Kopf der Tafel und vom Katzentisch am hintersten Ende des Saals beide argwöhnisch musterten. Es war, als säße ich zwischen zwei Spiegeln fest.

So war Vater wütend wegen Alfriks Nachlässigkeit und hegte einen wachsenden Verdacht gegen mich, obwohl nie ein Beweis auftauchen wollte. Bayard schien ebenfalls seine gute Laune zu verlieren, als die Wasserburg wochenlang vor Verdächtigungen brodelte.

Erst als wir von dem Mord hörten, verlor Vater endgültig die Geduld.

Wieder kamen ein paar Pächter in die Wasserburg, diesmal

eine kleine Menschenmenge, die die bisher schlimmsten Nachrichten brachte. Es war kurz nach Sonnenaufgang. Bayard war bereits zu seiner täglichen Fahndung nach dem plündernden Rüstungsdieb aufgebrochen, doch die Bauern erwischten Vater, der gerade die Hunde von seinem Stuhl im großen Saal verscheuchte, damit er in voller Würde Leute empfangen konnte.

Die Dorfälteste, eine grauhaarige Frau von mindestens achtzig Jahren, war ihr Sprachrohr. Gegen die unnatürliche Kälte trug sie einen selbstgewebten Mantel, und sie wirkte wie eine Hexe, wie sie im Buche steht. Sie verschwendete keine Zeit, sondern begann schon mit ihrer Rede, bevor der letzte Mastiff heulend vor meinem Vater geflohen war.

»Es war nämlich so, Herr Ritter, und mögen die Götter mich und meine Kinder strafen bis ins fünfte Glied, wenn nicht jedes meiner Worte der Wahrheit entspricht.«

Rotgesichtig und schnaufend setzte Vater sich hin und setzte sein interessiertestes Gesicht auf. Ich versuchte zu raten, wo der himmlische Blitz zuerst einschlagen würde, wenn die alte Schreckschraube log, was sie gewiß tun würde, weil sie es immer taten.

»Ich zittere, wenn ich Euch dies sagen muß, Herr Ritter, aber auf Eurem Land hat ein Mord stattgefunden, ein überaus gemeiner, unaussprechlicher Mord. Mord durch einen Angehörigen Eures eigenen Ordens.

Sie war gut. Vater ergriff wütend die Armlehnen. Brithelm stand am Kamin und unterdrückte einen erschrockenen Schrei. Alfrik und ich hingegen blieben sitzen. Alfrik schärfte demonstrativ seinen Dolch, während ich meine Nase in ein Buch steckte, das ich nicht las.

Ich hörte die ganze Zeit zu. Doch ich kann nicht behaupten, daß die Klagen der alten Frau »meine Augen für das traurige

Los der Bauern« öffnete, wie das jedem mit nur einem Funken edler Gesinnung in der Seele gehen sollte. Ich wußte sehr gut, daß die Armen ein Leben voller Sorgen führten, das mit unserem nichts zu tun hatte.

Um ganz ehrlich zu sein, war es mir so auch lieber.

Wenn sich ihr Leben und unseres nämlich doch einmal kreuzten, dann war Vater zornig, und seine Söhne mußten es ausbaden. Ich machte mich hinter dem Tisch kleiner, während die alte Fledermaus gelassen fortfuhr, da sie bereits in ihrer Geschichte von Unheil und willkürlicher Gewalt gefangen war. Wenn ich Glück hatte, würde Alfrik den Ärger abbekommen.

Mein ältester Bruder, Erbe des gesamten Grundbesitzes, saß da und wischte sich mit dem Ärmel die Nase ab, ohne zu merken, daß ihm noch härtere Zeiten bevorstanden. Eine Bulldogge, die die Stille als ein gutes Zeichen ansah, wagte sich in den Saal zurück und bettelte an meinem Stuhl um Schinken.

»Es ist eine schreckliche Geschichte, die ich Euch bringe«, redete die alte Schachtel weiter. »Gestern, als der Abend nahte, ritt ein Mann in der Rüstung von Solamnia zu Pferd zum Haus meines Neffen Jaffa. Ihr erinnert Euch doch an Jaffa, Herr Ritter? Der, wo letztes Jahr beim Streit um die Abgaben durch Euren Sohn ein Ohr eingebüßt hat? Nicht, daß ich dem Jungen die Schuld geben würde, oder daß Jaffa, er ruhe in Frieden, böse Gedanken gegen den jungen Herrn Alfrik gehegt hätte! ›Jungens lieben nun einmal Schwerter‹, hat er immer gesagt, ›und meinem Gehör hat es nie nicht geschadet.‹«

Bei Huma, sie war gut! Ich warf einen Blick über das Buch und die Bulldogge und gab mir größte Mühe, sympathisch zu wirken. Alfriks Aufmerksamkeit galt nicht länger seinem Messer. Er wand sich, fein. Ich grinste höhnisch hinter den Seiten des Buches.

»Nun, Jaffa reparierte gerade unser Dach – da, wo es vor erst einem Monat von dem seltsamen Feuer beschädigt worden war.«

Jetzt konnte Alfrik schäbig grinsen. Viel zu auffällig starrte er in meine Richtung. Ich vergrub mich hinter meinem Buchdeckel.

Schließlich hatte ich nie geplant, das Feuer außer Kontrolle geraten zu lassen.

Die alte Schrulle fuhr fort, weil sie segensreicherweise in ihrer blutrünstigen Geschichte gefangen war.

»Und dieser Ritter steigt ab – oh, wir hatten von ihm gehört, von Sir Rabe, der in den Dörfern umgeht und Käse und Vieh und die Tugend unserer Töchter fordert. Aber dennoch dachten wir nie, daß er zu uns kommen könnte! Aber denkt man jemals so etwas, bevor das Böse vor der Tür steht?

Jedenfalls fragt der Ritter nach Käse, und ich möchte, daß Ihr wißt, daß Jaffa gleich auf die Frage des Herrn vom Dach gerutscht ist, um ihm den Käse zu bringen. Ihn gerne zu bringen, weil er ja glaubte, er gehörte zu Eurer Familie oder Euren Freunden oder irgend jemand, der mit diesem Haus zu tun hat. Aber dann fragt Sir Rabe nach Ruby, unserer Kuh, und Jaffa wird klar, wer er ist, und er rührt sich nicht.«

»Hat sich ihm aber auch nicht widersetzt oder ihm irgendwie widersprochen«, piepste eine jüngere Stimme aus der Menge, die hinter der alten Frau versammelt stand. Hatten sie das zuvor verabredet?

Ich hätte nur zu gern nach diesem geheimnisvollen Ritter gefragt, um zu erfahren, ob er mit leiser, sanfter und gefährlicher Stimme geredet hatte. Aber das konnte ich nicht. Danach zu fragen hätte verraten, daß ich mehr wußte, als ich durfte. Ich nahm meine Augen vom Buch, als die Bulldogge aufgab und zu

Alfrik hinüber watschelte. Heute morgen schienen alle regelrecht auf Schwierigkeiten aus zu sein.

»Wie das Mädchen sagt: Ohne sich zu widersetzen, genau, er hat sich nur nicht gerührt, bis der Ritter ungeduldig wurde und wieder nach Ruby fragte, diesmal mehr als Befehl denn als Frage, wenn Ihr versteht. Dann fragt er nach Agnes, und erst da antwortet ihm Jaffa mit harten Worten. Agnes ist selbst da, um das zu bestätigen«, sagte die alte Schachtel und schob ein blondes Mädchen meines Alters mit teigigem Gesicht und Froschaugen nach vorne, dasselbe, das hinter ihr wie ein heiserer Chor gepiepst hatte. Jaffas Frau oder seine Tochter? Ich wußte es nicht, und es war mir auch egal. Wie auch immer, der Besucher hätte sich lieber mit Ruby, der Kuh, begnügen sollen.

Diese Agnes nahm die Geschichte auf, wo die alte Frau sie abgebrochen hatte, baute sich vor den Leuten auf und zeigte ein blutiges Hemd herum.

Ich gebe zu, das war etwas zuviel für mich.

»Es war genau, wie die gute Frau sagt, Herr Ritter«, heulte das Mädchen, während es das blutige Hemd mit beiden Händen wrang. »Jaffa steht bloß da. Dann zieht er das Messer und sagt zu Sir Rabe, sagt: ›Ein hoher Herr mögt Ihr wohl sein, aber dem Mädchen krümmt Ihr kein Haar.‹ Genau das waren seine Worte, oder die Götter sollen meine Familie strafen bis ins fünfte Glied.«

Sie schienen alle eifrig ihre Familien mit ins Spiel bringen zu wollen. Die Leute wurden mir direkt sympathisch.

Von der alten Frau hörten wir den Rest der Geschichte. Wie Jaffa nicht zur Seite gewichen war, wie aus Worten Gebrüll wurde und aus Gebrüll Schläge wurden, und aus Schlägen ein gezogenes Schwert, das ungelenk in die Brust des Bauern fuhr. Als sie fertig war, folgte das übliche Geflenne vor dem Gutsherrn, sechs Versionen derselben Geschichte (alle mit demselben unglücklichen Ausgang) und die Vorführung der hilflosen Überlebenden – die alte Frau selbst und die Tochter (oder Frau oder was auch immer). Die Bauern boten sogar an, Ruby hereinzubringen (»die fragliche Kuh«, wie die Alte sagte), falls das Vaters Herz noch mehr erweichen könnte.

Vaters Gesicht lief rot an, als er von diesen Untaten hörte. Brithelm war ebenfalls außer sich, aber vor Mitleid. Alfrik fuhr herum und trat die arme Bulldogge, während Vater Vergeltung versprach.

»Bei meiner Ehre als Ritter«, rief er mit der Hand am Schwert aus, »ich werde nicht ruhen, bis dieses Unrecht gesühnt ist, bis der Schurke vor mir steht und seiner Bestrafung entgegensieht – und alle anderen, die etwas mit diesen schlimmen Vorkommnissen zu tun haben.«

Und nachdem die Pächter tränenüberströmt unter vielen *Gott segne Euch, Sirs* hinter der verwaisten Agnes und der fraglichen Kuh über die brüchige Zugbrücke, die die Diener nachlässigerweise weder reparierten noch deren maroden Zustand überhaupt bemerkten, die Wasserburg verlassen hatten, wandte sich Vater an meinen ältesten Bruder.

»Leg den Dolch weg und schau mich an, Junge.«

Ein rascher Blick verriet mir, daß der betroffene Junge Alfrik war, und ich versteckte mich wieder hinter meinem Buch, um frohlockend zu lauschen.

»Ob hier der Vater gegenüber dem Sohn seine Pflicht versäumt hat oder der Sohn gegenüber dem Vater, ist nicht zu entscheiden. Vielleicht habe ich dich in den letzten Wochen zu sanft behandelt, aber die Götter mögen mir vergeben, ich dachte, daß nichts wirklich Schlimmes aus deiner Pflichtvergessenheit entstanden war. Zwar haben wir tatsächlich die Pflichten des Gastgebers verletzt, und in alten Zeiten war keine Strafe hart genug für ein solches Versäumnis, aber da jetzt andere Zeiten herrschen, wo das Auge dazu neigt, solche Verfehlungen nicht als... Kapitalverbrechen anzusehen, dachte ich...«

Er stand auf, und im Morgenlicht schien er etwas von der Gestalt und dem Auftreten wiederzugewinnen, die er vor unserer Geburt gehabt haben mußte, als er zu den Edelsten von Küstenlund zählte. Bevor die Jahre ihn einholten, und er sich auf unser etwas abgeschiedenes Gut zurückzog.

So mußte er vor Jahren ausgesehen haben, und – bei den Göttern – er mußte beeindruckend gewesen sein! Hätte er damals gefragt, so hätte ich womöglich die ganze Geschichte hervorgesprudelt, all meine Missetaten mit dem Skorpion gebeichtet und sogar einiges, das schon Jahre zurücklag, nur weil es so aussah, als könnte er mitten durch uns hindurchsehen und würde uns noch viel härter bestrafen, wenn wir logen.

Aber Vater stellte keine Fragen mehr. »Doch das gilt nicht länger«, fuhr er fort. »Du hast etwas Schreckliches getan, das inzwischen immer schrecklicher wird. Ob Nachlässigkeit oder Schlimmeres, auf solche Taten hat allein der Maßstab eine Antwort. Der Kodex und der Maßstab.«

Vater starrte Ewigkeiten auf den Boden, bevor er weitersprach.

»Ich habe keine andere Wahl. Ich wünschte, es wäre anders, aber jetzt habe ich keine Wahl mehr.« Er erhob sein Schwert zum förmlichen Gruß von Solamnia.

»Bis Sir Bayard Blitzklinge von Vingaard, Ritter von Solamnia, den Dieb und den falschen Inhaber seiner Rüstung zurückbringt, damit wir ihn aburteilen und hinrichten können, muß ich meinen ältesten Sohn Alfrik Pfadwächter daher in den Kerker werfen. Bis wir für seinen schändlichen Beitrag zu dieser Sache eine gerechte und angemessene Strafe gefunden haben. In dieser Verlassenheit wird mein Sohn hoffentlich darüber nachdenken, welchen Anteil er an den Verbrechen hat, die den Namen unserer Familie und den des solamnischen Ordens beschmutzt haben.«

Ich muß zugeben, daß ich Vater so etwas nie zugetraut hätte. Ich sah Brithelm an, der achselzuckend zum Himmel aufschaute. Alfrik hingegen war so verblüfft, daß er nur lachen konnte. Und so lachte er zunächst, schüttelte ungläubig den Kopf und trat noch einmal nach der Bulldogge, die dann endlich zwecks Trost und Sicherheit zu Brithelm flüchtete.

Alfrik hörte erst auf zu lachen, als er begriff, daß Vater keine Witze machte, wie absurd sich die Strafe auch anhörte. Ernüchtert versuchte mein Bruder, etwas zu sagen – irgend etwas –, das seine eigene Schmach ausdrückte. Alles, was herauskam, war eine Art nasales Blöken.

Vater starrte seinem Erstgeborenen und Erben fest in die Augen. »Wenn du nur wüßtest«, bemerkte er voller Trauer, »was für eine schwere Enttäuschung du mir bereitet hast, Alfrik, dann wäre dieses Wissen Strafe genug.«

»Waaaa«, antwortete mein Bruder. Die Bulldogge unter Brithelms Stuhl betrachtete ihn neugierig.

»Aber du hast nicht mehr Ahnung von Ehre, von Verantwortung und von Buße als... als...«, Vaters Augen schweiften ärgerlich durch den Raum, »als diese Bulldogge da, die sich unter Brithelm versteckt.« Er zeigte auf die Bulldogge, und die zog den Schwanz ein.

»Waaaa«, blökte Alfrik, und da konnte ich mich nicht mehr halten und begann zu kichern. Auf einmal schwenkte der wütende Blick direkt in meine Richtung.

Jetzt konnte ich mir vorstellen, wie die Männer von Neraka sich vorgekommen waren, als mein Vater noch jung war und Wege beschützte.

»Und da ich einsehe, daß mein Jüngster, dein Bruder Galen, sich nicht so verhält, daß er über jeden Verdacht erhaben wäre, soll er sich in dieser Haftzeit zu dir gesellen, bis alles aufgedeckt ist und wir erkennen, wer die Schuld trägt.«

»Aber, Vater!« Ich begann zu betteln. Ein panischer Seitenblick auf Alfrik zeigte mir, wie sich langsam ein höhnisches Grinsen über seine Wut und seine Angst legte. Wir würden allein im Kerker sein, allein und außer Hörweite. Und Alfrik hatte schon wieder eine neue Schmarre, für die er mir die Schuld geben konnte. Ich konnte nur noch stammeln.

»Aber, Vater! A-aber, Vater!«

Ein einziges Mal sprachlos. Nicht besser als Alfrik.

Der Kerker stank nach Schimmel und Eiche und saurem Wein. Ich kauerte mich in eine dunkle Ecke. Dann schob ich mich zur Mitte der jenseitigen Wand, immer noch so weit wie möglich von Alfrik entfernt, ohne mir gleich einen Weg ins Freie zu buddeln – was natürlich als erstes auf der Tagesordnung stehen würde, wenn ich die brüderlichen Aufmerksamkeiten überleben würde, die mir ganz sicher bevorstanden.

Vater stand mit Brithelm und Gileandos in der Tür. Brithelm hielt eine Lampe, die die Gruppe in schwaches, flackerndes Licht tauchte. Gileandos war kaum zu sehen, weil er verständlicherweise vor Flammen zurückscheute, seit er vor einem Monat in der letzten gemeinsamen Schandtat von Alfrik und mir zum letztenmal gebrannt hatte.

Man konnte kaum das Licht auf seinen Verbänden glimmen sehen.

»Zweimal am Tag bekommt ihr zu essen«, verkündete Vater. »Wir wollen streng sein, aber nicht unmenschlich. Jeden Morgen dürft ihr im Hof spazierengehen, um frische Luft zu schnappen. Das ist eine Lektion«, fuhr er fort. »Eine Lektion für uns alle. Auch wenn ich verflucht sein will, wenn ich herausfinde, warum.«

Er zog sich zurück. Jetzt konnte ich nur noch Brithelm sehen, der die Lampe hielt, mich besorgt und mitleidig ansah und sich zweifellos wünschte, er könnte meinen Platz einnehmen.

Aus der Dunkelheit hörte ich Vater sagen: »Ich nehme an, ihr seid euch klar darüber, wie enttäuscht ich von euch beiden bin.« Dann schloß sich die Tür, und um uns herum herrschte absolute Finsterkeit.

Und ich hörte, wie Alfrik sich knurrend in meine Richtung aufmachte.

Kapitel 3

Obwohl ich Poesie immer gehaßt habe, weiß ich noch, daß ich mal Barde werden wollte. Ich hatte nämlich ihre nächtelangen Vorstellungen in der Wasserburg gesehen, so daß mir ihr Geschäft als eine ganz einträgliche Sache vorkam. Man bekommt zu essen, dann erzählt man eine Geschichte, die keiner als Lüge bloßstellen darf, so daß man sie ausschmücken kann, wie man will. Dann wird man noch für das Lügen bezahlt. Das war ein Leben, an das ich mich gewöhnen könnte.

Diese Illusion verlor ich jedoch schon früh. Ich erinnere mich sogar noch genau daran, wie die Illusion an einem Abend vor acht Jahren über den Burggraben flog und verschwand.

Als Quivalen Soth, der berühmteste Elfenbarde, zwei Wochen nach meinem neunten Geburtstag in der Wasserburg vor meinem Vater sang, reichte mir das, um der Poesie für immer abzuschwören.

Die Nacht des Barden war die Nacht, wo die Nachstellungen begannen. Unter der Aufsicht von Gileandos putzten wir Jungen den großen Saal der Wasserburg, während Vater sich auf den Empfang des Ehrengastes vorbereitete. Weil der Saal für den Künstler wirklich so gut wie möglich aussehen sollte, war Gileandos ganz aufgelöst und trat sogar nach ein paar Bediensteten, als er feststellte, daß im Kamin noch die alte Asche lag. Mit dem Besen in der Hand machte ich mich über die Asche her, während zwei staubige Jungen aus dem Saal rannten. Beim Schrei eines Stallknechts, dem diese wichtige Aufgabe aufgetragen worden war, drehte ich mich um. Er lag krumm vor Schmerzen unter dem Tisch und erwartete einen neuerlichen Tritt von Alfrik, der lächelnd über ihm stand.

»Nicht so heftig, Alfrik!« rief Gileandos, als der alte Mann vor Schmerz ohnmächtig wurde und dabei noch das Tischtuch herunterriß.

»Hab mich hinreißen lassen«, grummelte Alfrik. Dann hockte er sich hin, wischte seinen Stiefel ab und packte den Mann an den Haaren. Während er ihn aus dem Saal schleppte, rief er lachend über die Schulter: »Ein Liebhaber der Poesie, ganz bestimmt bin ich das!«

Schon vor acht Jahren hätte Alfrik bereitwillig einem Bauerntölpel mit Cello den Tisch gedeckt, wenn sich dadurch Gelegenheit bot, das Personal zu drangsalieren.

Quivalen Soth war kein Bauerntrampel, sondern sah eigentlich aus wie jeder andere Elf. Seine Zeit als Barde hatte ihn nicht reicher gemacht, er trug die grünen Kleider eines Jägers, das lange Haar war leicht silbrig. Dennoch trat er feierlich und beredt auf, und schließlich war er eine wirkliche Berühmtheit. Er war der Autor von *Humas Lied,* das Gileandos mir im letzten, trüben Winter genau hier im großen Saal eingebleut hatte, bevor mein erstes Rachefeuer seinen Bart und das halbe Gesicht darunter versengt hatte, woraufhin unser Studium der Klassiker sich etwas abkürzte.

Vater und der Elf tauschten beim Abendessen Förmlichkeiten aus, und die unvermeidliche Hundemeute kroch in den Saal, weil sie von der Wärme des Feuers und dem Geruch des Rehbratens angelockt wurde.

Alfrik grinste mich vom anderen Ende der Tafel höhnisch an. Ich machte kurz das unanständige Zeichen in seine Richtung, das ich erst am gleichen Morgen von einem Stallburschen gelernt hatte. Wütend starrte er in seinen Weinkelch, denn es war das erste Bankett für uns, seit er dreizehn geworden war, und er durfte zum erstenmal etwas Stärkeres trinken.

Der Elf erhob sich, um uns alle zu begrüßen.

»Zur Unterhaltung habe ich für den heutigen Abend *Mantis von der Rose* ausgewählt«, verriet Quivalen Soth. Wahrscheinlich hatte ihm irgendein geheimer bardischer Nachrichtendienst Vaters Lieblingslied verraten, denn der alte Mann lächelte, hob sein Glas und war sich offensichtlich überhaupt nicht bewußt, daß er das bekam, was Gileandos als Quivalen Soths »frühe, zweitklassige Werke« abtat.

Nach dem Essen begann die Vorstellung. Da mich die abstrakte, religiöse Geschichte über freien Willen und Rosen am Himmel augenblicklich langweilte, beobachtete ich Alfrik, der in seinem Stuhl so tief zusammengesunken war, wie es seine Rüstung zuließ, und seine Messerklinge am Rücken eines schnarchenden Hundes abwischte, dessen Pfote glücklich zuckte, weil er sich wohl vorstellte, daß er gekrault und getätschelt wurde. Brithelm, mein mittlerer Bruder, stand aufrecht wie eine verrückte, rote Vogelscheuche da. Er war ein Meister in der Kunst, nur dem Anschein nach zuzuhören. Wahrscheinlich meditierte er.

Vater hingegen war der gute Gastgeber, der selbst den lächerlichsten Teilen der Geschichte lauschte.

Nur Vater zollte dem Elf letztlich den Respekt, nach dem seine Berühmtheit zu schreien schien. Als der Barde meinem Vater hinterher für das Dutzend Silberstücke dankte, seine Harfe über die Schulter schwang und den Saal verließ, als der rote Mond gerade im Westen unterging und der Osthimmel sich zu röten begann, kam mir ein Gedanke. Wenn Quivalen so überaus erfolgreich war, warum spielte er dann in den entlegensten Dörfern von Solamnia?

Ich sollte sofort ins Bett gehen, schlich mich statt dessen aber auf die Zinnen, wo ich meine Spielzeugsoldaten zurückgelassen hatte, als wir zum Empfang des Elfs gerufen worden waren. Selbst für einen frühen Spätsommermorgen waren die Zinnen kalt. Meine Legionen waren so aufgebaut, daß sie bequem die Zugbrücke und den niedrigen, sumpfigen Wald eine Meile westlich der Wasserburg überblicken konnten. Ein paar Soldaten waren infolge von Zweckentfremdung kopflos, andere, die noch ziemlich heil waren, lehnten an den Zinnen.

Mittlerweile hatte Quivalen Soth die andere Seite des Grabens erreicht, wo ein gut gezielter, eiserner Soldat, der ihn an seinem schön gekämmten Dichterkopf von hinten traf, ihm ziemlich weh getan haben mußte. Aus dieser Entfernung war ein neunjähriger Möchtegern-Assassin, der sich zwischen Efeu und Klematis und anderen Gewächsen versteckte, selbst für die schärfsten Elfenaugen praktisch unsichtbar.

Doch unglücklicherweise beobachteten andere Augen die Szene. Alfrik war mir auf die Zinnen gefolgt (ich war damals schließlich erst neun und noch nicht daran gewöhnt, mich ständig nach verdächtigen Brüdern umzuschauen). Verborgen im Schatten der Zinnen und hinter wildem Wein stand er da und wurde Zeuge der Bombardierung von Quivalen Soth.

Der Erbe der Familie packte mich schon, bevor der Elf den Weg einschlug, der von unserem Haus fast zum nächsten Ziel seiner endlosen Bardenwanderungen führte.

»Ich seh alles, du kleines Aas«, zischte Alfrik.

»Du meinst, du *hast* alles *gesehen*«, berichtigte ich ihn, da ich meinen Bruder nur zu gern daran erinnerte, daß ich bei Gileandos in viel größerer Gunst stand als er. Das war zu diesem Zeitpunkt nicht die klügste Bemerkung, denn Alfrik stürzte sich auf mich wie ein wilder Eber. Mit meinem großen Bruder im Rükken, das Gesicht unangenehm fest gegen die moosbewachsenen Steine der Zinnen gedrückt, den Kopf in Efeu und Unkraut verheddert, so daß es aussah wie ein Kranz auf der Stirn eines zweitklassigen Barden, berichtigte ich meine Berichtigung.

»Was hast du denn eigentlich gesehen, Bruderherz?«

»Ich hab gesehen, wie du den Soldat nach dem Elf geworfen hast«, erwiderte er.

»Aber du hast nicht gesehen, Bruder, was der Elf vorhatte. Da war etwas Glitzerndes – hab ich gesehen –, das hielt er gegens Licht und steckte es dann in den Ärmel seiner langen Bardenrobe. Bestimmt was von unserm Silber oder ein Kristallkelch von Vaters Tafel.«

»Nur, heute war gar kein Kristall und kein Silber auf dem Tisch. Wir hatten ’nen Dichter da, keinen Händler.« Er stieß mein Gesicht noch fester gegen die Mauer. Ich schmeckte Mörtel und Moos.

»Aber du hast nicht gesehen, wie er Karten gezeichnet hat – Karten vom Gelände um das Haus. Bestimmt ist er ein Agent aus Neraka oder ein Spion für irgendwelche antisolamnischen Fanatiker, die Vater belagern wollen.«

Alfriks Griff ließ nicht nach, ebensowenig der Druck des Granits gegen meine Nase. Ich ging zu einer anderen Taktik über.

»Hast du dir schon mal überlegt, Alfrik, daß du Opfer von einem Elfenzauber sein könntest? Hypnose? Daß das, was du siehst, nur scheinbar stattfinden könnte?«

Sein Griff ließ nicht nach, denn Alfrik bewegte sich auf dem schmalen Grat, auf dem Dummheit gewisse Einsichten erlaubt. Er hatte einfach nicht die Phantasie dazu, sich etwas vorzustellen, was seine Augen nicht sahen.

Also war ich gezwungen zu beichten, zu plappern, zu weinen und zu betteln und mich seiner Gnädigkeit auszuliefern, die damals leider bei ihm noch nicht besonders ausgeprägt war.

Doch Alfrik entwickelte eindeutig Phantasie, als die ersten schwachen Schimmer von übler Nachrede in den folgenden Monaten aufleuchteten. Wie der Leser bereits weiß, war Gastfreundschaft meinem Vater heilig, und in meiner Vorstellung wuchs meine Missetat und hing durch die Grausamkeit und Gier meines Bruders wie ein Damoklesschwert beständig über mir.

Es half auch nichts, daß Quivalen Soth eines seiner wortreichen Epistel an Vater schrieb, in dem er behauptete, daß er einen »visionären Moment erlebt« habe, als ihn ein »göttliches

Geschoß« von den Zinnen der Wasserburg am Hinterkopf getroffen habe.

War das Objekt, das vom Himmel gefallen war, ein Geschenk von Branchala? Da Soth den Spielzeugsoldaten niemals gefunden hatte (glaubt mir, dafür habe ich gesorgt, indem ich die ganze Arbeit tief im Misthaufen der Burg vergrub), nahm er die blaurote Beule an seiner Birne als physikalischen Beweis dafür, daß der Künstler für seine Kunst leiden muß.

Leider wurden aus diesen visionären Momenten in den darauffolgenden Monaten richtige Aussetzer, von denen sich der Elf irgendwann erholte, um diese Erfahrung dann in dem Werk *Solinaris Dunkel* zu verarbeiten, das zwar nie gedruckt wurde, jedoch durch mündliche Verbreitung in unseren Teil von Küstenlund gelangte. Der Bezug auf den »Morgenschuß eines grauen Ritters« war zwar zweideutig, ließ Vater jedoch immer argwöhnen, ob nicht doch einer seiner Söhne hinter diesem Anschlag stand, besonders als er mitbekam, wie die Diener den Vers gekrümmt vor Lachen rezitierten.

Nein, Vater würde mir meinen Angriff auf einen berühmten Barden nicht verzeihen. Er würde mich wahrscheinlich rauswerfen, damit ich im Sumpf südlich der Wasserburg sehen sollte, wo ich blieb. Im Wächtersumpf, aus dem unseres Wissens nach niemand zurückkehrte.

Unter Alfriks Drohungen übernahm ich seine Aufgaben beim Ausmisten und beim Putzen seines Zimmers. Und wenn ein Pferd oder ein Diener hinkte, war es der kleine Galen, nicht der verantwortliche Alfrik, der das beichtete und Vaters Zorn über sich ergehen ließ. Als aus den Monaten Jahre wurden, fragte ich mich allmählich, ob es mir nicht helfen würde, die ganze Soth-Geschichte zu bekennen. Wahrscheinlich nicht.

So war der Stand der Dinge zu einer Zeit, als mir der Widerstand große Freude bereitete und ich eine so süße, so geschickte Rache einleitete, die sich acht Jahre nach jener Sommernacht und zwei Wochen nach meinem siebzehnten Geburtstag erfüllen sollte. Doch dann kam die Nacht, von der ich bereits berichtet habe.

Von meinem damaligen Standpunkt aus mußte die Rache erst noch süß werden. Denn das Licht im Gang war kaum verschwunden, und der Kerker, in den Alfrik und ich verbannt waren, war kaum still geworden, als mein Bruder wie gesagt wie eine Riesenkrabbe über den dunklen Boden auf mich zuzukriechen begann. Dabei strauchelte und fluchte er in der Finsternis und schimpfte: »Wo bist du jetzt, du kleiner Schuft?«

Ich sprang rasch hinter die nahende Stimme, piepste »Hier drüben!« und sprang wieder fort. Ich hörte den Krabbenbruder herumfahren und fluchen und sprang wieder hinter das Geräusch seiner Bewegung. Es war ein Blinde-Kuh-Spiel, und das wußte ich.

»Hier drüben!« quiekte ich wieder. Da bewegte sich etwas an meinen Füßen. Ich sprang rückwärts von dem Geräusch weg und direkt in die starken Arme meines Bruders.

Jetzt war Alfrik am Zug. Ich fühlte einen heftigen Schlag gegen den Hinterkopf. Dann schlossen sich ungeschickte, aber feste Finger um meinen Hals, und ich fiel aus der Dunkelheit irgendwo in eine noch tiefere Schwärze.

Ich erwachte, als mir eine Laterne in die Augen leuchtete. Gileandos war über mir. Er beugte sich über mich, wobei er die Laterne auf Armeslänge von sich abhielt. In der anderen Hand hielt er einen Teller mit Brot und Käse. Hinter ihm standen zwei Wachen, die ihre Aufgabe als Wärter der Zelle genossen. Ich kannte sie aus den Ställen und wußte, daß Alfriks Gefangenschaft sie begeistern mußte. Was mit mir war, war ihnen zweifelsohne egal.

»Mein Junge, du bist ›gar fein geprügelt und verhauen‹, wie es in dem alten Gedicht heißt«, rief Gileandos aus.

Es tat weh, mich aufzusetzen, zu atmen oder mich gar noch an irgendein altes Gedicht zu erinnern. Mein linkes Auge wollte sich kaum öffnen, und das Licht der Laterne tat furchtbar weh. Ja, *gar fein geprügelt und verhauen* war eine ganz gute Beschreibung.

Aber Gileandos war noch nicht zufrieden und fuhr fort:

»Solche Leiden sind bei frisch Eingesperrten nicht unüblich. Das Zusammenspiel von Melancholie, Dunkelheit und feuchter Luft ist schmerzlich, aber selten tödlich. Es gibt Geschichten von Santos Silberklinge, Ritter von Solamnia und Ahnherr unseres Gastes, Sir Bayard Blitzklinge. Darin wird erzählt, wie Santos die Belagerung von Daltigod überlebte, obwohl er in den Kerkern dieser verhaßten Stadt saß, und wie sich beim siegreichen Einzug von Vinas Solamnus und seinen Gefolgsleuten die Gefängnisse öffneten und Santos heraustrat: ›Zerschunden und zerschlagen, aber unbesiegt‹, heißt es im Lied.«

»Galen ist gegen die Wand gerannt«, mischte sich mein Bruder aus der Ecke der Zelle ein. »Eine Ratte hat ihn erschreckt, und er ist einfach losgerast.«

»Na, na, Alfrik«, schalt Gileandos und beleuchtete mit seiner Laterne das Gesicht meines Bruders, das hungrig, aber ansonsten nicht besonders schlimm aussah. »Es ist doch ganz offensichtlich, daß wir es hier mit der eben erwähnten Krankheit der Gefangenen zu tun haben, die zweifellos durch das für diese Jahreszeit ungewöhnlich kühle Wetter noch verschlimmert wird, die ich folgerichtig auf die vorzeitige Wirkung von Sonnenflecken auf die Marschdämpfe zurückgeführt habe, deren Faktoren alle…«

»Er ist gegen die Wand gerannt. So war es. Nicht wahr, Brüderchen?« Alfrik ließ mich nicht aus den Augen.

Ich wählte meine Worte vorsichtig.

»Mein Bruder hat recht, Gileandos. Es war eine Wand, da bin ich mir sicher. Und es war eine Ratte, die mich erschreckt hat, so daß ich den unglücklichen Sprung unternahm, der zu dieser Verletzung geführt hat.«

Ich legte mich wieder hin und versuchte, noch geprügelter und mitleiderweckender auszusehen.

»Und dazu kommt noch, daß ich die Verletzung hätte vermeiden können, wenn ich bloß auf Alfrik gehört hätte, der mir gesagt hatte, ich sollte stehenbleiben, bis er ein kleines Feuer für uns gemacht hat, damit wir etwas sehen können – er hat wirklich ein bemerkenswertes Talent dafür, an den unmöglichsten Orten Feuer zu machen… aus den unmöglichsten Sachen.«

Umständlich und vielleicht ein bißchen zu direkt.

»Was war das?« Gileandos beugte sich vor, weil seine Aufmerksamkeit endlich mir galt. »Was hast du da gerade über Feuer gesagt?«

»Ach, nichts. Wie gesagt, ich war erschreckt«, wimmerte ich, »und vielleicht ein bißchen ein Opfer jener Krankheit, die Ihr gerade erwähnt habt, aber es war ganz bestimmt eine Ratte – eine große, die größte aus dem Wurf, dennoch eine gewöhnliche Ratte –, die mich so traurig zugerichtet hat, wie Ihr hier sehen könnt.«

Gileandos beugte sich mit prüfendem Blick über mich und stellte den Teller hin.

»Zu einer Ratte gehört mehr als der Käse, den sie frißt«, erklärte er mit fragender Stimme. »Dein Frühstück. Bevor es kalt wird.«

Er drehte sich um, machte die Tür hinter sich zu und ließ uns im Dunkeln zurück.

Als seine Schritte im Gang verhallten, hörte ich eine Bewegung in der gegenüberliegenden Ecke der Zelle. Ich duckte mich, fühlte einen Luftzug, als etwas Großes über mich hinwegzischte, hörte, wie es gegen die Wand knallte und wie mein Bruder fluchte. Ich kroch dorthin, wo ich die Mitte der Zelle vermutete.

»Das mit der Ratte habe ich wohl begriffen«, knurrte Alfrik von irgendwoher.

Gut. Dann hatte Gileandos es vielleicht auch. Ich blieb still.

»Und was sollte das eigentlich mit dem Feuer?«

Ich war immer noch still.

Und das blieb ich auch für Stunden oder gar einen ganzen Tag. Ich bewegte mich, wenn ich Bewegung hörte, und stand reglos da, wenn nichts zu hören war.

Ich versuchte, mich mit der Möglichkeit abzufinden, daß ich nie wieder schlafen würde, als sich ein Schlüssel im Schloß bewegte. Licht strömte in die Zelle, und ich erkannte, daß Alfrik und ich kaum einen Schritt voneinander entfernt Rücken an Rücken standen. Er drehte sich um und griff nach mir, doch bevor mein Bruder zulangen oder ich mich auch nur ducken konnte, stand Vater zwischen uns, in der Linken eine Fackel, in der Rechten die Vorderseite von Alfriks Hemd. Er hielt meinen ziemlich fülligen Bruder gut einen Fuß über den Boden.

Ich staunte über die Schnelligkeit und die Kraft des alten Mannes und gelobte, ich würde ein so ergebener Sohn sein, wie es geboten schien.

An der Tür standen unsere beiden strammen Bewacher, die

uns anstarrten und offensichtlich versuchten, ihr Grinsen zu verbergen. Auf ein Nicken des alten Mannes machten sie sich daran, Fußschellen an der Kerkerwand zu befestigen. Auf ein weiteres Nicken meines Vaters trat Gileandos in den Raum.

Ich zählte nur zwei Ketten in den Händen der Diener.

Vater, der immer noch meinen ältesten Bruder in die Luft hielt, nickte erneut Gileandos zu, der mit bester Lehrerstimme die neuen Umstände erläuterte.

»Lüg niemals Ältere an, Galen. Du bist weder geschickt genug noch erfahren genug. Denn, mein Junge, ein geschulter Geist kann in der Sprache Wunder entdecken, und es ist wirklich nicht möglich, daß jemand in deinem Alter... und bei deinem Mangel an Bildung... hätte wissen können, daß er mit seiner Lüge paradoxerweise die Wahrheit enthüllte.«

Das hörte sich nicht gut an. Der alte Mann fuhr mit seinen senilen Träumereien fort. Meine Finger juckte es nach Kohlen, nach Phosphor, nach Vaters Fackel. Er schien wirklich um erneutes Abfackeln zu betteln.

»Denn jeder Text, ob gelesen oder gesprochen«, leierte er weiter, »hat einen tieferen Sinn, und der tiefere Sinn deiner Lüge enthüllte eindeutig, daß Alfrik *die Ratte* in deiner kleinen Geschichte war, daß deine Verletzung auf keine Ratte im wörtlichen Sinn und auch auf keine Wand außer dem einfachen, jedoch gewaltsamen Arm des eben benannten Bruders zurückgeht. Ist das richtig?«

»Ja, Gileandos.« Warum sollte ich ihn mit der ganzen Wahrheit verwirren? Ich versuchte, beeindruckt zu wirken, und lächelte dümmlich. Er lächelte verächtlich zurück.

»Und außerdem hast du ein Geheimnis gelüftet, das ich seit einem halben Jahr zu durchschauen versucht habe, seit der ersten, unglücklichen Feuersbrunst? Ist das richtig?«

»Ich weiß nicht.«

»Na, na, Junge. Dachtest du etwa, es würde mir gefallen, immer wieder unerklärlicherweise in Flammen aufzugehen, ohne zum Kern der Sache durchzudringen? Als du versucht hast, die Schikanen deines Bruders zu decken, hast du in Wirklichkeit das aufgedeckt, was wir als seine... gefährlicheren Neigungen bezeichnen könnten. Wäre da die Wahrheit nicht von Anfang an besser gewesen?«

»Wahrscheinlich, Gileandos.«

Als die Dienstboten einen schäumenden, tobenden Alfrik in die Fußschellen legten, funkelte Vater ihn an und schwang die Fackel wie ein sagenumwobenes Schwert.

Ich wußte, daß ich jetzt den Mund halten mußte. Gileandos sprach weiter.

»Dein Vater und ich haben über deine Bestrafung geredet, Galen, und wir haben beschlossen, daß es am passendsten für dich ist, wenn du mitansiehst, wie dein Bruder hier für seine Missetaten gestraft wird. Du wirst in dieser Zelle bleiben, bis Sir Bayard seine Rüstung wieder hat. Wir rechnen damit, daß du am Schicksal deines Bruders reifst, der, da er erwachsen ist, natürlich die Strafe eines Mannes empfängt.«

Mein Vater fragte sich anscheinend, wie er einen Brandstifter, einen Mystiker und einen Lügner, aber keinen einzigen Kerl mit dem Zeug zum Ritter gezeugt haben konnte. Und die beiden Wärter fragten sich offensichtlich, ob alle reichen Familien so waren.

Schweigend verließen sie die Zelle. Dann hörte ich drüben in der Dunkelheit wie in einer schlechten Gruselgeschichte die Ketten rasseln. Mein Bruder begann, sich auszumalen, was er mit mir anstellen würde, wenn er mich in die Finger bekam.

Ich saß mit dem Rücken zur Tür und zog Resümee.

»Ich sehe das so, Alfrik, daß deine wilden Drohungen und Versprechungen völlig nutzlos sind, solange du angekettet bist. Und so, wie es aussieht, wirst du für immer in Ketten liegen. Wahrscheinlich wirst du hier mindestens zehn Jahre bleiben, bis mal wieder ein Ritter seinen Ruf als gerechter Mann festigen will, indem er dir eine letzte Chance als Knappe gibt. Wie oft war das jetzt eigentlich, Alfrik?

›Zu mies für einen Knappen.‹ Waren das nicht die Worte von Sir Gareth de Palantha, als du vierzehn warst? Als er herausgefunden hatte, daß du eine Almosenkiste geplündert hattest, um diese magischen Augengläser von einem Händler zu kaufen, durch die du angeblich durch Elspeths Kleid sehen könntest? Sogar ich hätte mit vierzehn Knappe werden können, könnte morgen einer werden, wenn ich wollte. Zumindest in jeder anderen Familie.

Aber Vater muß dich ja als ersten loskriegen, weil du sein Ältester bist. Kannst du dir vorstellen, wie peinlich es ihm ist, wenn andere Ritter des Ordens Söhne in der Ritterschaft und Enkel als Knappen haben, während er einen einundzwanzigjährigen Nichtsnutz versorgen muß, der ums Haus streunt, seinen Rehbraten futtert, seinen Wein säuft und nur davon träumt, Dienstboten zu verprügeln und Pferde zuschanden zu reiten?«

Aus der Finsternis kam ein Schrei. Genüßlich fuhr ich fort.

»Und jetzt sind es bestimmt noch zehn Jahre. Und dann ist es der letzte Versuch, denn selbst einem Idealisten muß es peinlich sein, wenn ihm ein Einunddreißigjähriger die Rüstung schleppt. Dann bleibt dir nur noch ein Leben als Priester, und vielleicht bist du dann sogar dafür zu alt, denn wir wissen beide, daß Brithelm bis dahin auf dem Weg zur spirituellen Reinheit schon weit fortgeschritten sein wird, während du ein grauhaariger

Novize bist, dessen ganze Lebenserfahrung sich darauf beläuft…«

Das war das Stichwort, wie in alten Komödien, wo man einen Namen erwähnt und derjenige augenblicklich hereingelaufen kommt. Der Schlüssel rasselte an der Tür, und im Kerzenlicht und mit einem Schwall warmer Luft von den sonnigen Räumen oben betrat mein Bruder Brithelm, der einzige Unschuldige in der Familie, hinter den Wachen die Verschwörerzelle.

Es wurde wirklich voll hier unten. Und es störte mich besonders, weil ich doch gerade dabei war, Alfrik zu ärgern, der an seinen Ketten zerrte.

Aber schließlich war es Brithelm. Und da er der einzige wahrhaft Unschuldige war, hatte er Mitleid mit uns.

»Wie geht es euch, Brüder? Diese bedrückende, feuchte Zelle – die Ratten, die Dunkelheit, der faulige Gestank. Ich hasse es, daß wir euch so lange hier festgehalten haben. Aber ich glaube, es ist fast vorüber.«

»Was ist fast vorüber, Brithelm?« fragte mein ältester Bruder. Seine Stimme klang laut und schrill, denn nach meinen Ausführungen erwartete er zweifellos siedendes Öl, bestenfalls einen dicken, baumelnden Strick.

»Du sollst sofort mitkommen«, fuhr Brithelm fort, hockte sich neben mich und hielt die Kerze vor sich, um besser sehen zu können, wie der Erbe der Familie an der Wand hing. »Zu einer Audienz mit Vater im großen Saal. Bayard ist zurückgekehrt und hat den Dieb seiner Rüstung dabei.«

Der Skorpion! Und das nannte Brithelm eine gute Nachricht.

»Ich nehme an, jetzt kommt die Wahrheit heraus«, fuhr er fort, »und der Name Pfadwächter wird bei euch beiden reingewaschen.«

Ja. Bis ins fünfte Glied.

In den Ecken rauchten Fackeln, die man angesichts der vorgerückten Stunde und der herbeiströmenden Menge eilig angezündet hatte. Denn im großen Saal herrschte ein reges Treiben, und es waren eine Menge Hunde da: Mastiffs, Beagles und Bluthunde umringten den Tisch, kämpften am Kamin, paarten sich hinter den Vorhängen.

In seiner Eile, rasch und gnadenlos Recht zu sprechen, hatte Vater den Saal nicht räumen lassen.

Der Hundeakt ging der eigentlichen Vorstellung voraus, in der wir auftraten.

Vater und Bayard saßen in hochoffizieller Kleidung auf den Ehrenplätzen, um den schwarzgekleideten Gefangenen zu verhören. Die Dienerschaft hatte sich um des Klatschens willen versammelt, und selbst die Pächter waren in der Hoffnung auf fließendes Blut wiedergekehrt.

Doch was mir gerade Sorgen bereitete, war der Gefangene. Seine dünnen, fast skelettartigen Pfeifenputzer ähnelten kaum den starken, drahtigen Beinen des Besuchers, an den ich mich erinnerte. Gut, er war schwarz gekleidet, jedoch mindestens sechzig. Ich wartete darauf, daß seine Stimme meine Hoffnungen bestätigte.

Bestimmt hatte Bayard den Falschen gebracht.

Was mir recht sein konnte. Viel lieber einen Sündenbock als den Richtigen – den Skorpion, der mich in einem Gewebe von Verfehlungen verstricken konnte, die die Familie bis ins fünfte Glied heimsuchen würden.

Mit Alfrik und den Wachen ging ich in die Mitte des Saals. Brithelm nahm neben Vaters Stuhl Platz.

Bayard betrachtete uns eindringlich. Sein Bein baumelte über die Stuhllehne, die Finger waren verschränkt, die grauen Augen fixierten unsere Mienen und Gesten. Ich schätze, daß ihm dieselbe Idee gekommen war: daß der Mann in Schwarz kaum von der wilden Sorte war. Er war Alfrik nicht gewachsen und schon gar nicht einem Burschen wie Jaffa. Diese arme Seele hatte wahrscheinlich schon bei Bayards Anblick die Waffen gestreckt. Ich war fast in Versuchung, das arme Schwein da als den Skorpion zu identifizieren, wenn uns das aus dem Kerker holen würde. Aber ich hielt meine Zunge im Zaum, weil ich wußte, daß eine solche Identifikation häßliche Fragen nach sich ziehen würde, wie genau ich den Einbrecher damals gesehen hätte.

Das arme Schwein vor uns hatte keine solchen Hemmungen.

»Das ist er. Der hat mir geholfen«, sagte er mit einer Stimme, so hart und brüchig wie altes Papier. Er kroch vor Vater hin und zeigte mit seinem knochigen Finger auf mich.

»Ihr müßt Alfrik meinen«, rief ich verzweifelt aus. »Ich habe Euch noch nie zuvor gesehen.«

Bayard erhob sich von seinem Stuhl und beobachtete mich noch eingehender. Er räusperte sich und redete ruhig mit dem Gefangenen, wobei seine Augen – und Vaters – auf mich gerichtet blieben.

»Weißt du, wen du da beschuldigst, Mann? Diebstahl ist eine schwere Beschuldigung…« Bayard machte eine Pause, sah zum Feuer hin und richtete seine unbewegten, grauen Augen dann wieder auf mich. »Diebstahl ist ein Kapitalverbrechen, kein einfaches Versäumnis wie… wie bei der Wache einzuschlafen. Es könnte ein Leben auf dem Spiel stehen, Kerl.«

Ich entwickelte allmählich eine Abneigung gegen Sir Bayard Blitzklinge, in dessen Gegenwart ich mich unbehaglich fühlte. Darum meldete ich mich zu Wort.

»Nein, Sir, ich habe den Schuldigen niemals richtig zu Gesicht bekommen, wie ich schon sagte, und würde mich niemals an Eurem Eigentum oder Eurer Person vergreifen. Ihr könnt mir glauben oder diesem widerspenstigen Halunken, den Ihr auf frischer Tat ertappt habt.« Mit dramatischer Geste zeigte ich auf den Gefangenen.

Alle Blicke lagen auf dem Mann in Schwarz, der in Handschellen zu Füßen meines Vaters zitterte. Alle Blicke außer dem meines Vaters, der sich in dieser Sache an Bayard hielt, dessen graue Augen mich weiterhin durchdringend musterten.

»Wenn das meine Wahl ist, glaube ich dir, junger Mann«, entgegnete Bayard und drehte mir den Rücken zu. Er trat gewandt über einen zurückweichenden Hund und ging zum Sims über dem Kamin, wo er bei seiner wiedergewonnenen Rüstung stehenblieb, die als glitzernder Haufen dort lag.

»Aber das ist der, der mir geholfen hat, und das kann ich beweisen«, beharrte der Gefangene.

Er war kein besonderer Redner, aber seine Worte erregten Aufmerksamkeit. Jetzt sprang auch Vater auf, denn er hörte, was er meiner Meinung nach die ganze Zeit hatte hören wollen – daß sein kostbarer Ältester, der arme Alfrik, wirklich unschuldig war. Er war einfach nur etwas dumm und am falschen Ort gewesen. Bayard regte sich nicht, sondern starrte abgewandt lange unschlüssig ins Feuer, bevor er forderte:

»Laß uns noch einmal deine Version von den Geschehnissen in jener Nacht hören, Alfrik.«

Umständlich fing mein Bruder an, während seine Augen hin und her gingen – erst Vater, dann Bayard um Zustimmung anflehten. Ich hatte diesen Blick schon früher gesehen. Er versuchte herauszufinden, ob er lügen mußte, um sich keine Schwierigkeiten einzubrocken.

Aber das lag ihm zu fern, also brachte er eine vernebelte Version derselben alten Geschichte vor.

»Als ich in jener Nacht vom Bankett hochkam, um eine Runde durch die oberen Geschosse zu drehen, denn du hast uns immer gesagt, Vater, es sind harte Zeiten, und es gibt nicht viele ehrliche Menschen...«

»Und möge es nicht einer weniger sein, als du behauptest, Junge«, drohte Vater, der unter seinem roten Bart und den roten Augenbrauen dunkel anlief. Bayard kehrte seufzend zu seinem Stuhl zurück, als eine Wolke draußen vor die Sonne zog und die Fenster dunkel wurden. Das Blau in den Flügeln des bunten Eisvogelfensters verblaßte zu einem fahlen Grau, bis es so aussah, als ob jemand am Ostfenster stünde. Obwohl es so abwegig war, dachte ich einen Moment lang, daß wirklich jemand vor dem Fenster stand – vielleicht einer, der den Prozeß ausspionierte. Ich sah Bayard an, um festzustellen, ob er es bemerkt hatte.

Er hatte sich hingesetzt und hörte meinem Bruder zu.

»Hab Galen an der Tür zu Sir Bayards Zimmer gesehen, und weil ich doch ein Knappe sein wollte, der brav die Interessen seines Herrn schützt...«

»Ja, ja, Alfrik«, drängte Bayard. »Du hast deinem Bruder die Tür aufgemacht...«

»Der behauptete, daß da draußen ein verdächtiges Element herumsprang. Von da an wird alles etwas unklar, Sir. Ich glaube kaum, daß ich sah, wer mich niedergeschlagen hat. Könnte schon der Kerl da drüben gewesen sein. Könnte aber auch Galen gewesen sein.«

Er lächelte unschuldig, da sein verräterisches Herz endlich siegreich war.

Unter den Dienern und Pächtern hob Gemurmel an – für Leute wie sie war das hier ein grandioses Schauspiel. Vater wurde so rot, daß er schon am Rand eines Schlaganfalls stehen mußte, und setzte sich wieder, wobei er seine Armlehnen so fest umklammerte, daß ich sie knacken hörte und erwartete, daß das Holz splitterte. Brithelm lehnte sich mit einem so blassen, mitleidigen Gesicht über Vaters rechte Schulter, daß ich mich allmählich fragte, ob er auch Böses im Schilde führte. Bayard lehnte sich an und warf einen gequälten Blick auf mich.

»Das nächste, was ich weiß«, fuhr Alfrik gelassen fort, »ist, wie Ihr mich selbst aus dem Schrank gezogen habt, so daß ich das Alibi von dem kleinen Wiesel da kaum bestätigen kann.«

Ich begann zu stottern und zu weinen.

»Vater, das ist völlig unfair.«

Das war gut. Ich hustete, blickte auf den Boden und ging dann rasch in eine der Ecken, wo eine Fackel in ihrer Halterung rauchte.

»...und Ihr, Sir Bayard, dessen Vertrauen die unschönen Worte meines Bruders wie Brechbohnen erfaßt, verdreht und gebrochen haben...«

Ein schlechter Vergleich, aber bodenständig, der mir sicher das Mitgefühl der Diener und Bauern verschaffte, das ich gerade gebrauchen konnte. Mit weit aufgerissenen Augen starrte ich in die spuckende Fackel und ließ den Rauch über mein Gesicht streichen, damit meine Augen brannten und näßten.

Das Zweitbeste nach echtem Weinen. Tränenüberströmt drehte ich mich wieder zu meinem Publikum zurück. Der Gefangene lächelte dünn und griff in die Falten seines Umhangs. Bayard bemerkte die Bewegung und trat leise und aufmerksam vom Kamin weg, wobei er den ramponierten Mann in Schwarz genau im Auge behielt.

»Oh, feiner Herr, durch mein Versäumnis bin ich eine Schande für meinen Vater und seine glorreiche Vergangenheit...«

Ich senkte den Kopf. Brithelm trat vor und ergriff sanft meinen Arm.

»...eine Schande für fünf Generationen der Familie Pfadwächter. Bis ins fünfte Glied.«

»Galen. Galen.« Mein Bruder Brithelm gab sich größte Mühe, mich zu trösten. »Sicher war nichts, was du getan hast...« Ich riß meinen Arm aus seinem tröstenden Griff, verbarg mein Gesicht in den Händen und fuhr fort.

»Wenn es doch so wäre! Aber mein Versäumnis ist schändlich. Wie mein älterer Bruder habe ich mich gedrückt und habe genickt...«

»Hast mehr getan als zu nicken, Galen Pfadwächter«, brüstete sich der Gefangene triumphierend. »Mehr als nicken, denn du hast das Geschäft gierig angenommen.«

Zu meinem Erstaunen zog der knochige Gefangene meinen Namensring aus der Tasche, das Pfand, das er – oder der jemand, der in jener schicksalhaften Nacht die Rüstung gestohlen hatte – mir abgenommen hat, um mich zum Schweigen zu zwingen.

Eine Fackel hinten in der Halle ging aus, doch die Diener waren zu gebannt von dem Schauspiel. Das Licht wurde nicht wieder angezündet. Ich bastelte mir stammelnd eine Geschichte zurecht.

Aber es kam nichts dabei heraus. Ich brachte nur Gestotter und schwaches Stöhnen hervor: »Wie ist er an meinen Namensring gekommen? Das kann nicht meiner sein! Es muß eine Fälschung sein! Oh, daß dieser Einbruch auch noch durch Fälschungen verschlimmert wird...«

Vaters großer Stuhl wackelte, als er aufsprang. Die Hunde stoben jaulend auseinander.

»Ruhe, Galen!« donnerte der alte Mann. »Woher wußte er

deinen Namen? Wie sollte er deinen Namensring kopieren, wenn es doch auf der ganzen Welt nur ein Vorbild gibt?«

»Das weiß ich nicht, Sir. Vielleicht... hat er ihn mir in der Nacht, als er die Rüstung gestohlen hat und als ich bewußtlos war, abgezogen?«

Vater biß nicht an.

»Zeig mir deine Hand!« befahl Vater in einem Ton, der keine Ausflüchte zuließ.

Ich konnte nur noch gehorchen. Meine nackte, zitternde Hand verursachte allgemeines Geflüster und *Hab ich's nicht gesagt?* unter den lauschenden Dienstboten. Vaters Gesicht verfinsterte sich.

»Aber... aber –«

»Und warum«, fragte Vater mit gefährlich gedämpfter Stimme, »haben wir bis eben nichts davon erfahren, daß dein Namensring verschwunden ist?«

Dafür hatte ich keine schnelle Lüge parat. Tödliches Schweigen.

»Galen, ich bin zutiefst verletzt«, sagte Vater nach einer unendlichen Zeitspanne mit leiser, resignierter Stimme. »Wenn ich diesen Rüstungsdieb ansehe, wenn ich dich und deinen Bruder ansehe und alles, was ihr gemeinsam und einzeln getan habt, bin ich arg in Versuchung, den Dieb hinrichten zu lassen und euch beide so lange auszupeitschen, bis ihr um die Hinrichtung fleht. Aber ich nehme an, das würde gegen den Kodex von Solamnia verstoßen, egal wie sehr es dem gesunden Menschenverstand entspricht. Ich überlasse die Ermittlung von Urteil und Strafe Sir Bayard Blitzklinge.«

Damit wurde ich aus dem Saal geführt, genauso unsanft wie mein Bruder, aber glücklicherweise nicht zurück in dieselbe Zelle. Alfrik durfte sich frei im Haus bewegen, weil er nur nachlässig gewesen war, während ich vorerst in Gileandos' Bibliothek eingesperrt wurde. Die richtige Zelle – wir hatten nämlich nur eine – war für den Mann in Schwarz.

Zwischen den Pulten und Schreibtischen, den Büchern und Schriftrollen, den Knochen und Pulvern und alchemistischen Apparaten warf ich dort wieder einmal die Calantina. Ich erhielt die Neun und die Elf, Tunnel auf Stein, das Zeichen der Ratte. Ich konsultierte die Bücher und Kommentare und war wieder einmal im unklaren über mein Schicksal.

Ich wartete stundenlang. Das einzige Geräusch war das Schlagen der Turmuhr, die Drei, Vier, dann Fünf schlug. Irgendwann am späten Nachmittag ertönte leise der schrille Schrei eines Eichelhähers vor dem Fenster der Bibliothek, und zweimal hörte ich das unverwechselbare schwere Schnaufen meines Bruders, der draußen im Flur herumschlich.

Einmal probierte er es an der Tür. Zu seiner Enttäuschung und meiner Erleichterung war sie abgeschlossen, und nach den Ereignissen vor vierzehn Tagen war er nicht länger der Schlüsselmeister. Dennoch versteckte ich den Beutel mit den Opalen tief in der Tasche meiner Tunika und vertrieb mir dann bis zum Abend die Zeit.

Ich las ein Buch über Zwergensagen und ein anderes über Sprengpulver. Dann probierte ich mehrere von Gileandos' Roben an, hing etwas gewagt im Alkoven der Bibliothek herum und spielte dabei mit den Elixieren und Pülverchen herum, die er bei den alchemistischen Apparaturen aufbewahrte. Schließlich kletterte ich auf einen Tisch und schlief inmitten der Papiere und Manuskripte ein. Als ich aufwachte, war es draußen dunkel, und ich hatte dieses ungute Gefühl, wenn man irgendwo aufwacht und weiß, daß man nicht allein ist.

»W- wer ist da?«

Keine Antwort, aber ich bemerkte, daß das Geräusch von einem kurzen, unruhigen Flattern am Fenster kam. Anscheinend war nicht nur ein jüngster Sohn hier eingesperrt.

Ich zündete eine Kerze an, hielt den Atem an und ging dem Geräusch nach.

Es war nur ein Vogel, der auf dem Fensterbrett hockte – ein großer, häßlicher Rabe, der mit seinen schwarzen Flügeln gegen die dunklen Fensterscheiben schlug. Ich griff über den Vogel hinüber und öffnete das Fenster. Dabei flüsterte ich: »Wie bist denn du hier reingekommen, kleiner Vogel?«

Der Rabe stand auf dem Fensterbrett und blickte mich teilnahmslos an. Einen Augenblick lang sah er aus wie ausgestopft, und ich fragte mich, ob ich die Bewegung und das Geräusch geträumt hatte.

Dann legte er langsam, fast mechanisch den Kopf schief und sprach mit einer trockenen Stimme, die aus dem Nichts zu kommen schien.

»Ungefähr genauso wie du, kleiner Junge. Ich habe mich mit Leuten angelegt, die mächtiger waren als ich.«

»Wie?« Die Kerze rutschte mir aus der Hand. Reflexartig schnappte ich nach ihr, erwischte sie und verbrannte mir die Hand an dem heißen Wachs, als die Flamme ausging.

Wir waren wieder im Dunkeln, doch die Dunkelheit wurde durch Mondlicht erhellt, das durch das geöffnete Fenster fiel. Der Rabe wich auf dem Fensterbrett zurück und tauchte in das rote Licht von Lunitari. Wieder legte er den Kopf schief und sprang ungeschickt in die Luft, wodurch er fast ohne Flügelschlag auf einem Pult landete.

»Hast du gedacht, ich würde die im Stich lassen, die … mir gehorcht haben? Ich würde dich den solamnischen Wölfen ausliefern?«

Die Stimme aus der Kehle des Raben klang flach und unharmonisch, doch ich erkannte sofort den Rhythmus und den beruhigenden Tonfall, der Eisen und Gift verbarg. Die Luft in der Bibliothek wurde kälter.

»Ich... habe darauf vertraut, daß Ihr zurückkommen würdet, Sir«, log ich zitternd.

»Du lügst.« Der Vogel hüpfte einmal nervös. »Aber ich bin trotzdem zurück. Ich brauche dich nämlich noch«, sagte die Stimme des Skorpions.

»Es ist mir eine große Freude, Euch zu Diensten zu sein, Sir, und laßt mich noch hinzufügen, daß...«

»Ruhe!« Die Stimme wirkte zu mächtig für den Vogel, zu mächtig für den ganzen Raum. Ich stieß beim Zurückweichen einen Stuhl um, der in einen Haufen Glasröhren und Retorten und Fläschchen mit weiß Gott was für Elixieren kippte.

»Du hast noch eine Menge für mich zu erledigen, Galen Pfadwächter. Eine Menge zu erledigen, um deine Haut zu retten.«

Das alles erschien mir gar nicht so bedrohlich, da es ein Vogel sagte.

»Was denn? Habe ich mich etwa noch nicht genug verstrickt? Bist du immer noch nicht zufrieden?« Ich stand wieder auf, wobei ich ein weiteres Becherglas umwarf.

»Kaum.« Der Rabe musterte mich kurz mit trüben Augen. »Weißt du, ich schließe meine Freundschaften fürs Leben, und du erwartest doch schließlich kein halbes Dutzend Opale für das bißchen, was du getan hast, oder?«

Ich wickelte mich in eine von Gileandos' Roben; inzwischen war es wirklich kalt hier drin.

»Glaubst du, ich bin in dieser Gestalt gefangen? Glaubst du, ich könnte keine Schlange oder kein Leopard werden oder nicht die Gestalt deines zusammengerollten Freundes mit dem

Stachelschwanz von neulich abend annehmen – erinnerst du dich an neulich abend?«

Ich nickte blöderweise, weil ich vergaß, daß es dunkel war.

»Vor ein paar Nächten hast du dich in Schulden gestürzt, Kleiner. Und mit der Rückzahlung hast du erst begonnen.«

»Möchtet Ihr die Opale zurück? Dann wären wir doch quitt.«

»Aber es geht nicht um ›quitt‹, Galen. Weil ich bei dem Geschäft nämlich meinen wertvollen Diener verloren habe – den Mann, der unten in eurem Kerker steckt und mir nicht länger dienen kann, da ich beschlossen habe, mich an die Regeln zu halten.«

»Wie bitte?«

»Also brauche ich einen neuen Diener, kleiner Galen, der den ersetzt, den ich verloren habe. Ich glaube, ich brauche nicht mehr hinzuzufügen, daß du dieser Diener bist.«

Ich war wie vom Donner gerührt. Mir fehlten die Worte.

»Also bist du es, der tun wird, was ich sage. Du wirst Sir Bayard auf seiner Reise nach Südsolamnia begleiten, auf dem Weg zu dem Turnier, das er unbedingt gewinnen will. Du wirst dich um seine Waffen, seine Kleider und seine Uniform kümmern – alles, was ein Knappe macht.

Und während deiner Reise mit Sir Bayard wirst du mir hin und wieder Informationen geben – kleine Tips bezüglich seiner nächsten Ziele, seines Gemütszustandes, was er als nächstes so vorhat. Vor allem wirst du dafür sorgen, daß du nur langsam vorankommst. Und Bayard Blitzklinge ebenfalls.«

Was war das denn für eine seltsame neue Wendung? Warum war ich so unglücklich, daß ich hierzu ausgewählt wurde.

»Das müßt Ihr schon mit meinem Vater ausmachen, Sir«, entgegnete ich erleichtert. »Ich bin nämlich fürs erste hier eingesperrt und sehe meiner Strafe entgegen. Ihr wißt ja, Ihr habt dafür gesorgt, daß Vater meinen Namensring in den Händen des Mannes in Schwarz gefunden hat und mich mit dieser ganzen üblen Geschichte in Verbindung gebracht hat. Nein, tut mir leid, Sir, aber ich sehe nicht, wie ich hier eine Hilfe sein kann. Ihr müßt Euch anderswo nach einer geeigneten Eskorte umsehen, auch wenn es mich betrübt, Euch in dieser Sache enttäuschen zu müssen.«

»Oh, aber ich werde nicht enttäuscht werden, junger Mann. Nein, nein, denn ich bin im Besitz deiner Freiheit.«

»Wie bitte?«

»Den Namensring. Da wir ja dabei waren, einander wichtige Dinge wiederzugeben.« Der Vogel flatterte genau auf mich zu. Ich zuckte zusammen, bedeckte mein Gesicht und fühlte dann das leichte Trippeln von Krallen auf meiner Schulter. Ich senkte den Kopf und starrte ihm direkt in die trüben Augen.

»Guck dir meine Füße an, du Idiot«, krächzte der Rabe.

»Mein Namensring! Ihr habt ihn ums Bein! Wie habt Ihr –«

»Ich habe ihn nie hergegeben«, erklärte der Rabe selbstgefällig. »Du bist zu Unrecht verbannt worden.«

»Und das soll ich Vater wohl einfach erzählen, damit er mich auf der Stelle herausläßt?« Mit dem Raben auf der Schulter ging ich zum Fenster.

»Natürlich nicht. Aber wenn er den Ring sieht und ihn mit dem vergleicht, den er schon hat, wird er erkennen, daß er beinahe wegen einer Fälschung einen Sohn verloren hätte.«

Der Vogel steckte seinen Kopf unter den Flügel, als das Licht des roten Mondes erneut über uns strich.

»Deshalb«, fuhr er fort, »weil Bayard ihm den Ring zeigen wird. Bayard wird den Ring noch heute nacht in seinem Zimmer finden. Er wird nicht nur für deine Freilassung sorgen, sondern seinen Fehler auch wieder gutmachen wollen.«

»Wie soll er das wieder gutmachen?«

Der Rabe breitete die Flügel aus und duckte sich. »Oh, du wirst schon sehen. Und wenn er es macht, wirst du wissen, was zu tun ist.«

Damit schwang er sich in die Nachtluft, flatterte über den Hof, bis er irgendwo hinter der Wasserburg verschwand.

Wieder schlief ich unruhig, denn meine Träume waren voller Skorpione und von schrecklichem Flügelschlagen erfüllt. Und ich erwachte mit demselben unguten Gefühl – daß ich wieder nicht allein war.

Vorsichtig sah ich mich um und sah an der Tür der Bibliothek eine Kerze flackern. Dahinter stand eine große Gestalt.

Ich griff an meinen Gürtel und tastete verzweifelt nach meinem Messer. Erst da fiel mir ein, daß man es mir schon vor meinem Kerkeraufenthalt abgenommen hatte.

»Wer ist da?« Diesmal lag etwas mehr Festigkeit in meiner Stimme. Ich versuchte, einen drohenden Ton anzuschlagen, doch das mißlang.

Die Kerze wurde hochgehoben, und die einzige Lampe in der Bibliothek ging an.

Darunter stand Sir Bayard Blitzklinge, umgeben vom rotgoldenen Schein der Lampenflamme und mit dem schon bekannten halb erstaunten, halb amüsierten Gesichtsausdruck.

»Für eine Bibliothek ist dieser Raum recht spärlich beleuchtet«, stellte er fest, während er mich über einen breiten Tisch voller Pergament ansah.

»Das liegt an Gileandos...«, wollte ich erklären, aber der Ritter war schon in Fahrt.

»Was vor uns liegt, kann kurz oder lang werden, Galen, ganz wie du willst.«

Sir Bayard hielt inne, blickte auf den Tisch vor sich, schlug ein Manuskript auf und las kurz darin. Er fiel über den ganzen Tisch und verlor sich in der Dunkelheit.

»Es sieht so aus, als wärst du entlastet«, sagte er ruhig und öffnete seine Hand.

Auf seiner Handfläche glitzerte mein Namensring. Ich erkannte die Gravur selbst auf die Entfernung.

Jetzt war es ratsam, still zu sein und zu hören, was er zu sagen hatte.

»Ich habe ihn vor nicht mal einer Stunde auf meinem Kaminsims gefunden. Mein erster Gedanke war, daß ihn vielleicht jemand dahin gelegt hat, der wußte, daß der Ring des Diebs eine Fälschung war, und Mitleid mit dir hatte. Ein Diener vielleicht? Jedenfalls hat er dir etwas Gutes getan. Dieser Ring gleicht fast völlig dem, den der Dieb hatte – ich habe sie in den Gemächern deines Vaters verglichen –, *fast*. Bis darauf, daß der, den der Dieb hatte, jetzt als Fälschung entlarvt ist.«

»Also hat jemand den Originalring zurückgegeben, um zu zeigen ... daß ich ihn nicht dem Dieb gegeben habe! Ich war die ganze Zeit unschuldig!«

»Sieht so aus«, brummte Sir Bayard. »Auch wenn die Frage unbeantwortet bleibt, wie der Dieb deinen Ring nachmachen konnte oder wo er die ganze Zeit gesteckt hat. Unangenehme Fragen, möchte man meinen.«

Mein Herz sank wieder. »Durch Magie? Oder vielleicht Alfrik?« half ich ihm unschuldsvoll auf die Sprünge.

»Vielleicht. Vielleicht«, erwiderte Brithelm abgelenkt und mit unbewegtem Gesicht. Er hustete eindrucksvoll. »Sei es, wie es ist, du bist entlastet, aber ich bin meinem Ziel, einen Knappen zu haben und meine Verabredung im Süden einzuhalten, immer noch nicht näher. Deshalb ...« Hier machte er eine

Pause, um sich wieder (irgendwie nervös) zu räuspern. »Ich biete diese Stellung dir an.«

»Aber Alfrik…«

»Hatte seine Chance und hat sie nicht besonders gut genutzt. Alfrik steht hier immer noch unter Verdacht, und Sir Andreas will nichts davon hören. Ich habe in der letzten Stunde darüber nachgedacht, Galen. Du hättest dich aus den Anklagen des Diebs herausschwindeln können – dir eine Geschichte ausdenken können, wie er dich so eingeschüchtert hat, daß du ihm den Ring gegeben hast. Oder daß er ihn dir im Kampf abgenommen hat. Aber das hast du nicht. Du hast geschwiegen und warst bereit, lieber eine falsche Anklage hinzunehmen, als dich durch eine Lüge zu retten.«

Seine Version der Tatsachen gefiel mir gut.

»Das ist ein Knappe, wie ein Ritter ihn sucht.«

»A-aber…«

»Und wenn ich mich täusche, Galen, dann wird die Zeit das schon zeigen. Ich brauche jetzt einen Knappen, und von allen verfügbaren scheinst du mir am geeignetsten.«

Kapitel 4

Mir wurde bald klar, daß das Knappendasein keine ruhmreiche Angelegenheit war. Ein Junge kann sich nicht unendlich oft etwas darauf einbilden, wie toll er einen Brustharnisch poliert hat, wenn er dann sein Gesicht darin spiegeln kann. Mir reichte genau einmal.

Ich verabscheute diesen Sir Bayard Blitzklinge bald mehr als jeden Bruder, Lehrer oder Diener, besonders wenn ich seine Rüstung zu wienern hatte.

Sie hatten mich aus der Bibliothek in Brithelms Zimmer umziehen lassen, weil dieser Raum keine Fenster hatte, durch die ich entkommen konnte, und kein bewegliches Mobiliar, aus dem ich Waffen herstellen konnte. Der einzige Komfort waren eine Strohmatratze auf dem Boden, ein begehbarer Schrank, ein Kamin und eine Lampe. Ich hatte wenig Ablenkung und reichlich Rüstungsteile zum Polieren.

An einem kühlen, dunklen Morgen einige Tage später trafen wir die letzten Vorbereitungen, um Bayards hirnrissige Reise anzutreten. Das Wetter sah nach Regen aus – wahrscheinlich einer dieser Vormittage, die ich gewöhnlich vermied, indem ich bis in den Nachmittag schlief. Aber ich machte mich fertig, um nach nur vier Stunden Schlaf in den Regen und den kalten Morgen zu einem Ziel aufzubrechen, das nur die Götter kannten.

»Wo liegt der Unterschied?« fing ich an. Mein Selbstgespräch war vielleicht etwas laut. »Ich wüßte wirklich gerne den Unterschied, denn mein neuer Herr sitzt mit Vater und Brithelm unten im großen Saal beim Abschiedsfrühstück, während ich hier oben mit ein paar Lumpen am Polieren bin.«

»So wahr ich lebe«, jammerte ich, als ich mit dem Tuch das feingearbeitete Visier des Helms bearbeitete, »ich sehe keinen großen Unterschied zwischen dem hier und dem Putzen von Alfriks Zimmern. Was ist dieser Bayard Blitzklinge eigentlich anderes als ein neuer Kommandeur? Bloß hat der hier vor, mich nach Südsolamnia zu karren, wo er anderen Rittern die Köpfe einschlägt und das Herz der Maid gewinnt, während ich seine Rüstung poliere, die Pferde versorge und kleine Aufträge erledige. Ich habe es jetzt schon satt, *das Faktotum eines verdammten südländischen Pinkels* zu sein!«

Der letzte Satz gefiel mir so gut, daß ich die Augen zumachte und ihn wiederholte.

Dann begutachtete ich meine Arbeit und bemerkte, daß ich keine Ahnung hatte, wie ich die Rüstung wieder zusammensetzen sollte. Am Kamin lagen die Beinschienen, der Brustharnisch wartete auf der Matratze, wo ich ihn aus Langeweile hingelegt hatte, die Handschuhe waren auf dem einfachen Teppich vor dem Feuer, und den halb polierten Helm hielt ich in der Hand. Überall lagen Lederriemen herum. Dieses Zeug mußte ganz exakt zusammengesetzt werden, aber ich hatte keine Ahnung, wie es funktionierte.

»Die Teile werden nie zusammenpassen«, wimmerte ich. »Da paßt gar nichts, weder an Bayards Rüstung noch an Bayard selbst. Was soll ich dem Skorpion sagen, wenn ich nicht weiß, wonach ich suche, wo der Mann ist, den ich ausspionieren soll?«

Ich ging zum Kamin und wärmte meine Hände an der Glut.

»Erst mal wird er mir nicht glauben, wenn ich seinen Gefangenen als den Skorpion identifiziere. Er war natürlich *nicht* der Skorpion, aber das kann Sir Bayard ja nicht wissen. Er sagt zwar nichts, aber ich glaube, er glaubt mir nicht, weil er so komische Fragen stellt. So, wo ist jetzt das Wachs?«

Ich griff in die Tasche und zog die schrille Hundepfeife hervor, mit der ich wiederholt den großen Saal aufgestört und Vaters Empfangszimmer in ein Tohuwabohu von Jagdhunden, Terriern und Mastiffs verwandelt hatte. Ich warf sie neben den Brustharnisch auf Brithelms Matratze.

Dann meine wertvolleren Besitztümer. Als erstes die roten Calantina-Würfel, ganz besondere zwölfseitige Würfel aus Estwilde. Einhundertvierundvierzig Zahlen konnte man damit würfeln, und jeder Zahl war traditionell ein Tiersymbol und ein Dreizeiler zugeordnet, der prophetisch sein sollte, meistens aber zu mehrdeutig war, um eine Hilfe darzustellen. Erst im nachhinein konnte man gewöhnlich sagen: »Ach, *das* war die Bedeutung.«

Sie waren wirklich keine große Hilfe, aber man hatte wenigstens das Gefühl, man würde die Dinge kommen sehen, und dieser Gedanke war seltsam beruhigend.

Nach den Würfeln meine Handschuhe. Ich hatte sie von einem Händler gekauft, der geschworen hatte, daß sie in der Schlacht von Chaktamir die Hände eines Hauptmanns von Solamnia geziert hätten. Bezahlt hatte ich sie mit dem Geld von Dienstboten, die gehört hatten, daß Sir Bayard kam. Er war ein ziemlich berühmter Held, so daß mich die jüngeren Bediensteten in der Spülküche, in der Besenkammer und unten in den Fluren angebettelt und mir ihre Pennys angeboten hatten, damit sie einen kurzen Blick auf die legendäre Rüstung werfen konnten.

Die Pennys waren jetzt weg. Ich hatte sie für das dicke Paar Lederhandschuhe ausgegeben, das ich neben die Würfel auf das Bett schmiß. Ich hatte nicht davon geträumt, sie in der Wasserburg zu tragen, weil sie zu kostbar bestickt waren. Auf den Knöcheln waren sogar die Phasen des roten Mondes aufgemalt. Mich so ausstaffiert vor Vater zu zeigen, hätte nur unangenehme Fragen nach sich gezogen.

Die jungen Diener hingegen waren so unschuldige, vertrauensvolle Seelen, daß sie keine solchen Fragen stellten. In der Nacht vor dem Diebstahl hatte ich ihnen erzählt, daß ein Blick auf die Rüstung unmöglich sei und daß mich allein die Bitte um diesen Blick all ihre Pennys gekostet hatte. Diese Erklärung kauften sie mir auch ab, denn sie dachten vielleicht, daß man so eben mit Rittern von Solamnia verhandelte.

Nachdem Pfeife, Würfel und Handschuhe auf dem Bett lagen, durchstöberte ich weiter meine Taschen.

»Irgendwo hier drin muß Wachs sein...«

Ich gab bei der einen Tasche auf und ging zur nächsten über, wobei ich die ganze Zeit über mein sich wandelndes Schicksal nachdachte. Und über Bayard Blitzklinge, der nun wirklich ein Geheimnis war.

»Erst lehnt er Alfrik als Knappen ab, weil der eingenickt ist und die Rüstung verloren hat, dann nimmt er mich für die gleiche Aufgabe an, obwohl er anscheinend argwöhnt, daß ich etwas viel Schlimmeres getan habe. Und er ist nicht gerade weichherzig. Den armen Mann in Schwarz hat er in den tiefsten Kerker geworfen und faselt von Hinrichtung. Köpfen! Ich wußte nicht, daß die Ritter von Solamnia so etwas zulassen, geschweige denn, daß Bayard es selbst auf sich nehmen würde! Der Witz ist, daß der arme Kerl kaum der Skorpion ist, denn der – wie ich und nur ich weiß – streift gegenwärtig im Körper eines Raben umher. Ha! Ha!« Ich sah nervös über meine Schulter für den Fall, daß jemand lauschte. Keiner da.

Bei der Erforschung der anderen Tasche stießen meine Finger auf etwas Ledernes. Ich zog den kleinen Beutel heraus und sah nach, ob er Wachs enthielt, aber er war leer bis auf die sechs Opale, die in jener schicksalhaften Nacht des ersten Besuchs des Skorpions darin gewesen waren. Ich erinnerte mich an den Skorpion auf meiner Hand und erschauerte.

Die Steine sahen aus wie Eier, und ich wünschte mir, der Rabe hätte sich mit ihnen zufrieden gegeben. Ich wollte sie in Brithelms Zimmer verstecken, überlegte es mir dann jedoch anders und legte sie einfach aufs Bett zu meinen anderen Besitztümern.

Ich brauchte das Wachs unbedingt. Es sah nämlich aus wie ein guter Plan: Ein bißchen davon über den Rüstungsteilen schmelzen zu lassen und es als eine Art Kleber zu verwenden.

Es würde die Teile nicht lange zusammenhalten, aber vielleicht lange genug, daß ich einen nichtsahnenden Küchenjungen bitten konnte, die Rüstung in Bayards Zimmer zu bringen. Wenn die Teile dann auseinanderfielen, konnte ich dem armen Jungen lautstark die Schuld geben.

Das war meine Strategie, aber man weiß ja, wie es mit den Plänen von Mann und Maus aussieht.

Gleiches gilt offenbar auch für Wiesel.

Als ich einen Schlüssel im Schloß vernahm, dachte ich an Alfrik, der mich jetzt noch weniger ausstehen konnte, weil ich statt seiner Bayards Knappe geworden war. Er war weiterhin dazu verurteilt, in der Wasserburg herumzuhängen, während Vater über seine Unzulänglichkeiten nachgrübelte, und obwohl er sich in Gegenwart von anderen normalerweise zusammennahm, bezweifelte ich nicht, daß er Übles im Schild führte.

Ich kroch also tief in den Schrank, Tür zu und hinter die dort hängenden Roben wie hinter einen Vorhang, wo ich überprüfte, ob da tatsächlich ein Vorhang war. Dann untersuchte ich die Rückwand auf geheime Türen oder Gänge, jedoch ohne Erfolg. Ich stand sozusagen mit dem Rücken zur Wand.

Draußen hörte ich Metall an Stein oder gegen Metall schlagen.

Jemand machte etwas mit der Rüstung.

Manchmal ist Neugier stärker als Vorsicht. Ich teilte den Kleidervorhang und öffnete die Schranktür gerade so weit, daß das Licht vom Kamin und von der einzigen Lampe im Raum hereinfallen konnte.

Natürlich dachte ich als erstes an eine Illusion, als ich durch den Türspalt spähte und Bayards Brustharnisch über dem Bett in der Luft schweben sah. Er hing einfach so in der dunklen

Luft. Ein Spiegeltrick, ganz klar. Ich meine, ist das nicht der erste Gedanke, wenn in ein ansonsten ganz normales Leben plötzlich Magie einbricht? Ich machte das, was fast jeder von uns tun würde: Ich sah mich nach Falltüren und Tricks um.

Von denen im Moment nichts zu sehen war. Nur Brithelm, der reglos in der Mitte des Zimmers stand. Er sah ruhig, regelrecht verspielt zu, wie die Rüstung erst rot, dann gelb, dann weiß erglühte. Langsam setzte sie sich selbst zusammen. Die Beinschienen standen auf und marschierten vom Kamin zu seinem Lager, als wären sie an den Körper eines alten Gespenstes gebunden. Als dann eine unirdische Musik aus den Wänden drang, gesellten sich die Beinschienen zu der sich zusammensetzenden Rüstung.

Und all das hatte etwas mit meinem mittleren Bruder zu tun, der gelassen dastand, die linke Hand in die Luft hielt und zu der Musik aus den Wänden sang. Die jetzt vollständige Rüstung stand zitternd in der Luft. Dann wurde die Musik leiser, und Brithelm setzte sich leise lachend auf seine Matratze.

Ich sank staunend zurück in den Schrank. Saß unablässig staunend noch ein paar Minuten lang so da. Draußen vor meiner Tür ertönte leises Metallgeklirr, dann ein Geräusch, als Brithelm quer durch den Raum ging, dann Stille. Vor dem Fenster erklang das Lied einer Nachtigall, grad wie in der Nacht, wo der Eindringling in Alfriks Zimmer gekrochen war und der ganze Schlamassel seinen Lauf nahm. Das letzte Lied vor dem Aufbruch.

Durch das Vogelgezwitscher drang das Wiehern eines Pferdes. Bayard hatte die Stallburschen aufgescheucht und bereitete alles für unsere Abreise vor.

Aber ich hatte die Abreise angesichts dieser Enthüllung beinahe vergessen – dieses Tricks, den mein mittlerer Bruder mit der Rüstung anstellen konnte. Wahrscheinlich war das nicht der einzige Trick, den er auf Lager hatte. Anscheinend hatte ich jahrelang den falschen Bruder hofiert. Wenn Brithelm auf diese Art eine Rüstung zusammensetzen konnte, was hätte er da mit Würfeln anstellen können!

Was mich an etwas erinnerte. Die Handschuhe, die Calantina-Würfel, die Hundepfeife und der Beutel lagen offen da, sichtbar selbst für die Augen des geistesabwesendsten Bruders der Welt.

Ich betrat das Zimmer. Die fertige Rüstung hatte sich in der Ecke an der Tür zum Gang niedergelassen, als wäre sie dort von einem Geist abgelegt worden, der sie nicht mehr tragen wollte und sorgfältig beiseite gepackt hatte.

Bayard hingegen saß in Gedanken, Meditation oder Andacht versunken, auf dem dünnen, offensichtlich unbequemen Lager mitten im Zimmer. Ich rief ihn leise, rief noch einmal, dann ein drittes Mal, aber keine Antwort. Er saß im Schneidersitz mit aufwärts gekehrten Handflächen und friedlich geschlossenen Augen da wie eine Statue aus einem alten, seit Hunderten von Jahren verlassenen Tempel. Hin und wieder findet man so etwas noch, wenn man tief genug in die Sümpfe oder hoch genug in die Berge zieht.

Auf jeden Fall wurde mir ganz anders. Und es wurde noch schlimmer, als Brithelm sich langsam von dem Lager erhob. Nein, nicht aufstand, sondern wie ein Kolibri in der Luft schwebte, während er immer noch friedlich dasaß. Mit geschlossenen Augen und aufwärts gekehrten Handflächen. Noch einmal versuchte ich, ihn anzusprechen – vergeblich.

Nach den Geräuschen vor dem Fenster zu urteilen, half Vater Bayard dabei, im Hof die Pferde fertig zu machen, und gab ihm letzte Ratschläge, wie er mich zu behandeln hatte.

»Sir Bayard, ich nehme an«, bollerte seine Stimme, »daß Ihr ihm irgendwann das Reiten besser beibringen müßt, wobei vielleicht eine Tracht Prügel behilflich ist.«

»Schon möglich, Sir Andreas. Zieht den Gurt da doch bitte noch etwas fester.«

»Und mit Lanzen kennt er sich ebenfalls nicht aus. Mit Alfrik habe ich mir viel Mühe gegeben, und er ist der beste Turnierkämpfer von den dreien, aber auch unser Bester ist nicht übermäßig gut. Irgendwann wird Wie- äh, Galen auf dem heranstürmenden Pferd sitzen müssen, wobei vielleicht eine Tracht Prügel behilflich ist.«

»Allerdings, Sir Andreas. Ist der von Valorus nicht ein bißchen zu fest?«

»Das glaube ich nicht, Sir Bayard. Und mit dem Schwert...«

»Am besten prügel ich ihn auch da. Sind die Steigbügel hoch genug?«

Und so weiter. Vater fielen eine Menge Dinge ein, die ich nicht beherrschte, deshalb hätte er noch mindestens eine Stunde weiterreden können, bis Bayards Höflichkeit ihre absolute Grenze erreichen würde und er fragen würde, wo denn sein Knappe und seine Rüstung hingekommen waren.

Ich warf einen Blick auf Bruder Brithelm, der über seiner dünnen Seegrasmatratze schwebte. Ich griff unter ihn und steckte meine Sachen ein. Dann ging ich zur Tür und wollte die Rüstung nehmen, drehte mich jedoch noch einmal um.

Ich legte Brithelm die Pfeife in die Hand – als Andenken, als Mysterium, über das er vielleicht lange nachdenken würde, wenn er in die Realität zurückkehrte. Es war einfach ein frecher Streich, denn ich wußte, daß der zerstreute Brithelm zweifellos stundenlang versuchen würde, die Bedeutung dieser Hundepfeife herauszufinden, die sich in seiner Hand materialisiert hatte. Erst spielte ich mit dem Gedanken, ihm die Opale zu geben, aber beim Gedanken an die Straße und deren Benutzer konnte ich mir vorstellen, daß ich sie nötiger brauchte. Woher sollte ich wissen, daß die Hundepfeife in anderen Händen und auf andere Weise ihre Geschichte der Unterbrechungen fortsetzen würde?

Auch die Pferde rebellierten gegen das frühe Aufstehen. Der Hof war voller Gehuste, Geschnaube und anderen, weniger höflichen Geräuschen. Hysterisch bellende Hunde fegten zwischen ihren Beinen durch, aufgeregt wegen der Kälte und der unüblichen Unruhe bei Mensch und Tier am frühen Morgen. Von den Körpern der Pferde stieg Dampf auf. Auch Bayards und Vaters Atem war zu sehen, eine Folge des geheimnisvollen Winters, der unseren Teil des Landes so früh heimsuchte.

Mit Bayards Hilfe schaffte ich es, die Rüstung einem Packpferd über den Rücken zu werfen. Ich deckte sie mit einer leichten Segeltuchdecke zu, legte mein eigenes Schwert um – das mir jetzt als armselig kleine Waffe erschien –, und hievte mich unter Bayards erneuter Hilfe auf den Rücken eines anderen Pferdes. Zu meiner Schande bekam ich den alten Molasses, ein Pferd, das wir nur noch zu dem Zweck durchfütterten, daß wir kleine Kinder von Besuchern mit kurzen Ritten um den Hof unterhalten konnten.

Vater hatte keine hohe Meinung von meinen Reitkünsten.

Die letzten Minuten in der Wasserburg verbrachte ich damit, Ratschläge entgegenzunehmen.

»Du mußt Bayard ein guter Knappe sein, Junge. Das heißt, keine Lügen und kein Stehlen. Ich weiß, daß ich dir damit ein grundlegend neues Verhalten abverlange, aber trotzdem bitte ich – nein, verlange ich es von dir.

Laß die Rüstung nicht schmutzig werden. Pfleg die Waffen gut – sie könnten dir ganz unvorhergesehen die Haut retten.«

Ganz unvorhergesehen. Das gefiel mir. Der alte Herr redete richtig ritterlich. Doch das ganze Ritual von Ratschlägen war ermüdend. Ich spähte in meine Satteltaschen.

»Hör mir zu, wenn ich mit dir rede! Merk dir jedes Wort. Reib die Pferde ab, wenn Bayard es dir sagt, und untersuche ihre Hufe nach Steinen und Verletzungen. Moos wächst an der Nordseite der Bäume – nur für den Fall, daß du dich verirrst. Wenn du etwas Böses triffst, dann tritt ihm tapfer entgegen – wie der Orden sagt: ›Ohne Rücksicht auf persönliches Leiden‹.

Leben ist wertvoll, das heiligste Geschenk von Paladin, der uns Atem schenkt, für den wir kämpfen und mit dem wir träumen, daß alles besser wird. Gib acht, daß niemals ein Leben vergeblich genommen oder geopfert wird.«

Ein kalter Windstoß fegte über die Mauern in den Hof, und Molasses erschauerte.

»Wir sollten jetzt aufbrechen, Sir Andreas«, kündigte Sir Bayard an, wobei er sich in Valorus' Sattel schwang.

»Einen Augenblick noch, Sir Bayard. Geh immer erst eine Stunde nach dem Essen ins Wasser, und geh nie ins Wasser, wenn ein Sturm aufzieht, denn Flüsse und Teiche ziehen Blitze an wie die blauen Zweige des Ewigkeitsbaums.«

Bayard murmelte etwas und schnalzte mit den Zügeln seines Pferdes. Der große, kastanienbraune Hengst setzte sich in Bewegung, woraufhin ihm das Packpferd und Molasses instinktiv folgten. Vater lief neben mir her, weil er noch nicht fertig war.

»Übermäßiges Trinken vor dem zwanzigsten Lebensjahr macht Jungen blind. Ebenso wie Glücksspiele aller Art oder ungehobelte Sprache. Die meisten Frauen, die du triffst, haben Messer.«

Trotz meiner Furcht vor dem, was vor mir lag, vor der unbekannten Straße, die hinter der Wasserburg in die entlegensten Regionen auf Krynn führte, wo auf Bayard und mich ein Abenteuer wartete – in dem Lärm, dem Kläffen der Hunde und den Anweisungen erschien mir alles, was am Ende der Straße wartete, jetzt weniger bedrohlich. Erschien mir sozusagen wie eine Erlösung.

Eine Erlösung, ja, aber nur bis die Wasserburg schweigend hinter uns in der Dunkelheit verschwand. Sie tauchte im Morgennebel unter, als würde sie langsam und ohne Flammen in einem mitternächtlichen Ozean verbrennen. Als die Mauern schließlich kaum mehr auszumachen waren, erschien die winzige Gestalt eines Mannes auf den Zinnen.

Ich sah einen Moment hin, so wie auch er uns sicher beobachtete, während wir von der Wasserburg und meinem Zuhause fortzogen.

Vater vielleicht?

Dann ging die Gestalt in orangerotem Feuer auf – eine Kerze in den Fenstern des Hauses.

»Gileandos«, kicherte ich, als es mir einfiel.

Eine kleine Rache zum Abschied für seine Lektionen im Kerker. Alle möglichen Chemikalien können in die Tasche einer Robe geraten, wenn man ein Wiesel in die Bibliothek läßt.

Die Nachtvögel wurden langsam still, und das bißchen Sonne, das zu sehen war, tauchte die grünen Wipfel der Vallenholzbäume in ein fast schon gelbes Hellgrün. Gelegentlich hörte ich einen Eichelhäher über uns schimpfen, dazu kamen Lieder von Vögeln, die ich schon früher gehört hatte, ohne je darüber nachzudenken. Dennoch waren die Lieder vertraut, es mußte angenehm sein in den oberen Zweigen. Unter dem Licht und dem Gesang lag vor uns jedoch ein stiller, dunkler Weg. Es war kalt. Nieselregen hatte eingesetzt, und die Straße wirkte trüb und unfreundlich.

Die Pferde liefen jetzt in einer Reihe hintereinander. Bayard ritt auf seinem Hengst Valorus vorweg, gefolgt von dem Packpferd. Ich machte mit meinem Alibipferd die Nachhut. Die Entfernung zwischen uns vergrößerte sich den Tag über immer mehr, weil Molasses müde wurde. Ich wünschte mir einen Maulesel, aber noch mehr wünschte ich mir, daß Bayard redete. Er sollte einfach irgend etwas sagen, nachdem meine diversen Versuche, eine Unterhaltung zu beginnen, mir nur knappe Antworten eingebracht hatten.

Zweifellos war er mit seinen Gedanken bereits im Süden und bereitete sich auf dieses überaus wichtige Turnier vor, das er so unbedingt gewinnen wollte.

Die Straße war so still wie ein Gefängnis. Auch genauso langweilig wie ein Gefängnis: Das Trappeln der Pferdehufe über den regendurchnäßten Boden war so regelmäßig wie das Tropfen von Wasser in einer Zelle, die Luft genauso kalt und feucht und unangenehm, die Gesellschaft genauso still und teilnahmslos.

»Also...«, setzte ich an, und mein Gefährte lehnte sich im Sattel vor, sah mir in die Augen und redete zum erstenmal seit fast einer Stunde.

»Kastell di Caela.«

»Was?«

»Du wolltest doch fragen, wo das Turnier stattfindet, oder?«

»Es stimmt mich zuversichtlich, wenn ich so etwas weiß, Sir Bayard.«

Er sah zurück über die Straße, dann wieder mich an.

»Kastell di Caela. Vierzehn Tage von hier. In Südwestsolamnia, ungefähr auf halbem Weg zwischen Solanthus und Burg Vingaard. Wenn wir gut vorankommen, haben wir immer noch drei Tage Zeit, bis das Turnier beginnt. Du kannst unser Zelt aufstellen, Robert die Caela meine Grüße überbringen und mich für das Turnier eintragen.«

»Seid Ihr nicht…«

»Ein bißchen zu alt dafür?« Obwohl er es sehr direkt ausdrückte, hatte er meine Gedanken erraten. Das Nieseln ging allmählich in richtigen Regen über, und der Pfad vor uns wurde noch dunkler und noch weniger einladend. »Wahrscheinlich. Aber so geht es einem eben, wenn man einem achtzehnjährigen Mädchen den Hof macht. Man schlägt sich mit achtzehnjährigen Burschen herum, um ihre Aufmerksamkeit zu erringen.«

Er schlug gegen den einsetzenden Regen die Kapuze über.

»Sollte Euch eine Lehre sein«, murmelte ich unklugerweise.

Sir Bayard lächelte und senkte den Kopf, so daß das Wasser vorne von der Kapuze herunterlief. Ich konnte seinen Gesichtsausdruck nicht mehr sehen, als er erwiderte: »Und du solltest als erstes ein wenig Respekt lernen.«

Der Morgen wurde zum frühen Nachmittag, doch der Regen machte keine Anstalten nachzulassen. Die Straße war ringsherum von den Geräuschen der Nässe erfüllt – das Platschen der Hufe durch die Pfützen, das Trommeln des Regens durch die Blätter und Zweige der umstehenden Bäume. Nach einer Weile verschmolzen diese Geräusche zu einem unablässigen Gemurmel, wurden zu einem ständigen Rauschen, das so vertraut war wie das Atmen, so daß jede ungewöhnliche Bewegung und jedes plötzliche Geräusch einen erschreckte.

Zweimal knackte es im Unterholz neben der Straße. Ich zog

das Schwert und versuchte ohne Erfolg, Molasses von dem Geräusch wegzutreiben. Beim drittenmal schlug Bayard seine tropfende, grüne Kapuze zurück und starrte mich verächtlich an.

»Dachs.«

»Wie bitte?«

»Dachs. Du ziehst dein Schwert gegen einen Dachs.«

»Woher wollt Ihr das denn wissen? Ich meine, genau?«

»Ein Weiser spricht mit dem Ohr am Wind«, erwiderte Sir Bayard, während er ein Kästchen mit Zunder unter seinem Mantel hervorzog.

»Dieses Wissen wird einen besseren Ritter aus mir machen, Sir.«

»Wir machen hier Rast und essen«, fuhr er fort. »Ich werde versuchen, in diesem Morast hier Feuer zu machen.«

Wir kauerten uns unter einen riesigen, ausladenden Vallenholzbaum und drehten seinem uralten Stamm den Rücken zu. So ein Wetter machte keinen fröhlich; selbst die Frösche und Grillen schwiegen, weil die Kälte sie so lähmte, daß sie den Regen nicht feiern konnten, den sie sonst so eifrig und lautstark verehrten. Bayard beugte sich über das Zunderkästchen und zog seine Handschuhe aus. Seine großen Hände wirkten für eine so knifflige Aufgabe ungeeignet. Es war, als würde er ein Puppennetz knüpfen.

»Was das Turnier angeht...«, fing ich an. »Wer ist denn das glückliche Edelfräulein?«

»Die Tochter von Sir Robert di Caela, Ritter des Schwerts. Dein Lehrer hat dich doch bestimmt auch in politischen Dingen unterrichtet. Du hast vom Haus di Caela gehört?«

»Alte solamnische Familie«, leierte ich auswendig herunter, während ich beobachtete, wie ein triefend nasses, trübseliges

Kaninchen seinen Kopf unter einem großen Busch Wacholder hervorsteckte. Es sah aus, als wäre es bespuckt worden oder Schlimmeres. Tja, wir waren etwas zerrupfte Vögel, das Kaninchen und ich.

»Alte solamnische Familie«, begann ich wieder, wobei ich an mein warmes Zimmer und mein Bett zu Hause dachte. »Geht zurück auf Dunkan di Caela, Vetter von Vinas Solamnus persönlich. In Kriegszeiten – hervorragend und erfinderisch. In Zeiten des Friedens – hervorragend und gerecht. Aber in den letzten paar Generationen hat sich die Familie di Caela sehr zurückgezogen, ohne die Gründe je bekanntzugeben.«

Das Kaninchen verschwand unter dem Wacholder. Es hatte wenigstens einen Bau in der Nähe, in den es schlüpfen konnte, wenn der Regen stärker und der Tag kälter wurde.

»Robert di Caela ist der letzte männliche Erbe«, ergänzte Bayard. »Zum erstenmal in der bekannten Geschichte der di Caelas fällt das Erbe an ein Mädchen. Nach Sir Robert geht das Haus di Caela ins Dunkel der Geschichte ein, wenn seine Tochter nicht heiratet. Darum veranstaltet er ein Turnier.«

Bayards frisches Feuer zeigte ein winziges Flämmchen.

»Darum werden sich aus ganz Ansalon junge Ritter von Solamnia einfinden. – Da!«

Neben uns brannte ein hübsches, kleines Feuer. Bayard packte das Zunderkästchen weg und fuhr fort:

»Sie werden sich zum Turnier einfinden, um die Hand von Lady Enid zu erringen.«

»Enid!« rief ich mit etwas mehr Häme aus, als ich hätte zeigen sollen. Aus allen Namen auf Krynn hatte Robert di Caela für seine Tochter ausgerechnet »Enid« gewählt? Eine Enid ist fast immer eine große Frau mit breitem Mund, die ihr Haar wie einen Brotlaib aufsteckt.

Ich meine, was konnte man schon von einer Enid erwarten außer leckerem Kuchen?

Ich fing an zu kichern. Da stand ich nun, war mitten im Nirgendwo praktisch am Ertrinken, und all das im Dienste eines Ritters, der sich in den Kopf gesetzt hatte, ein Turnier zu gewinnen, dessen erster Preis ein Mädchen namens Enid war!

Bayard sah stirnrunzelnd zur Seite.

»Mein Lachen ist nicht böse gemeint, Sir«, erklärte ich eilig. »Bitte nehmt keinen Anstoß an etwas Fröhlichkeit.«

»Daran ist kein Anstoß zu nehmen, Galen«, sagte Bayard ruhig, während er mich mit seinen kalten, grauen Augen anstarrte. »Dennoch würde ich mir etwas mehr... Respekt in dieser Sache wünschen. Schließlich soll ich Enid di Caela heiraten.«

Das war zu viel. Ich brach in das unbändige Lachen der Verdammten aus, und plötzlich zog Bayard sein Schwert.

Nun, ich dachte, es wäre aus mit mir. Ich rollte mich zu einer Kugel zusammen und wollte losschreien. Wollte mein Geburtsrecht und das von Brithelm und Alfrik als Bestechung anbieten, aber Bayards Hand drückte sich rasch und fest auf meinen Mund, um mich zum Schweigen zu bringen. Ich versuchte, ihn zu beißen, doch er hielt mir den Mund zu.

»Still, Junge!« flüsterte er und wartete mit erhobenem Kopf ab wie ein Leopard, der im umschlagenden Wind nach Beute schnuppert. Und durch das beständige Rauschen des Regens hörte ich Bewegungen in einer Tannengruppe auf der anderen Straßenseite, etwa dreißig Meter weiter.

»Kein Dachs«, zischte Bayard und ließ meinen Kiefer los. Er deutete mit dem Kopf auf mein Schwert. Mehr Befehle brauchte ich nicht. Ich zwinkerte gehorsam und legte die Hand an den Griff, als wollte ich meine Loyalität beweisen.

Aber glaubt mir, ich hatte nicht die Absicht, diese Waffe zu zücken, solange es einen Fluchtweg oder ein Versteck gab. Vater hatte meine Kunst als Schwertkämpfer richtig beurteilt: Eher würde ich mich oder Bayard verletzen als irgendeinen Feind, der auf uns einstürmte. In diesem Augenblick muß ich jedoch grimmig genug ausgesehen haben, um meinen strohdummen Begleiter davon zu überzeugen, daß ich hinter ihm stehen würde, egal was käme.

Ich war auch wirklich hinter ihm, aber auch deutlich über ihm, denn als Bayard sich wieder der Geräuschquelle zuwendete, brachte ich mich auf dem Vallenholzbaum in Sicherheit und versteckte mich in seinen tieferhängenden Ästen, wo ich sehen konnte, was geschah, und wo ich inständig hoffte, daß niemand, nicht einmal Bayard, mich entdecken würde.

»Wer da?« kam eine Stimme aus den Tannen. Bayard hatte recht, sofern das kein sehr wundersamer Dachs war.

»Sir Bayard Blitzklinge von Vingaard, Ritter von Solamnia. Und wer fragt nach meinem Namen?«

Ich schlug meinen Kopf ungläubig gegen den dicken Vallenholzast, auf dem ich rittlings saß. Keine Ahnung, wer oder was sich da drüben versteckte, aber ich würde jede Wette eingehen, daß es Bauern waren. Bauern, die den Rittern von Solamnia bekanntlich nie für ein kleines Ereignis namens Umwälzung verziehen hatten, das das Gesicht des ganzen Planeten verändert und dazu ein paar Millionen von ihnen getötet hatte.

Und darüber hinaus würden die Bauern sich an die jüngsten Untaten erinnern, die in genau jener Rüstung verübt worden waren, die zuoberst auf unserem Packpferd lag. Ja, ein Ritter von Solamnia wäre der letzte, bei dem sie heraustreten und ihn willkommen heißen würden.

Sie traten jedoch aus den Tannen, einer nach dem anderen,

bis ein halbes Dutzend vor Bayard stand – finstere, verdreckte und ziemlich rauh aussehende Gesellen. Alle runzelten drohend die Stirn, und jeder von ihnen trug eine Keule, eine Axt oder einen Hammer, die mindestens so groß waren wie ich.

Bayard wäre mit jedem einzelnen leicht fertig geworden. Er hatte seinen Mantel über einen Busch geworfen und stand im strömenden Regen nur in seiner Ledertunika vor ihnen. Das gezogene Breitschwert ruhte locker in seiner rechten Hand, ein kurzer, doch gefährlich aussehender Dolch in der linken.

Er hätte es auch mit zweien von ihnen aufnehmen können, vielleicht auch mit dreien, wenn er sich ein bißchen angestrengt hätte. Sechs hingegen waren eine zu starke Übermacht, und das schienen sie zu wissen, denn beim Überqueren der Straße verteilten sie sich und bildeten einen großen, ungleichmäßigen Kreis um ihn.

Bayard tat mir leid. Gleichzeitig kletterte ich auf einen höheren Ast.

»Ritter von Solamnia?« fragte einer von ihnen – nicht der größte, aber bestimmt der, der am verwegensten aussah, denn er hatte einen Glatzkopf, über den sich eine riesige, rote Narbe bis zur Mitte hinunter zog, Trophäe von weiß Gott welchen Plünderungen. »Ihr habt doch gerade ›Ritter von Solamnia‹ gesagt, nicht wahr, Sir?«

»Und wenn?« fragte Bayard, der sich langsam und elegant im Uhrzeigersinn drehte, nacheinander jeden einzelnen Gegner fixierte, zum nächsten überging und dann den musterte, als er die Richtung änderte und sich gegen den Uhrzeigersinn bewegte. All das erfolgte langsam wie in einem altehrwürdigen Ritual oder Tanz. Und die ganze Zeit redeten Bayard und der Narbenschädel vorsichtig miteinander, während die Bauern dem sich drehenden Ritter immer näher kamen.

»Nun, wenn das so ist, Sir«, antwortete Narbenschädel, während er seine Axt so leicht wie eine Angelrute schulterte, »wenn das so ist, dann habt Ihr meine Frage vielleicht ein wenig mißverstanden, denn Ritter von Solamnia sind in dieser Gegend nicht willkommen. Vielleicht seid Ihr eine andere Sorte Ritter, oder vielleicht seid Ihr von einem anderen Orden, von dem ich und meine Männer noch nichts gehört haben und dem wir keine üblen Gefühle entgegenbrächten, versteht Ihr? Karrock?«

Er nickte dem Mann zu seiner Linken zu, augenscheinlich Karrock. Ein großer, brutal aussehender Mann, dessen Haar so rot wie meines war und der Bart etwas dunkler. Eine merkwürdige Zusammenstellung, die man oft bei Menschen unseres Typs findet. Karrock bewegte sich langsam, jedoch eindeutig auf das Packpferd zu und streckte seine Hand nach den Satteltaschen aus.

»Ich würde genau da stehenbleiben, wenn ich du wäre«, schnappte Bayard, während er gleichzeitig auf Schwertlänge Abstand zu dem großen Mann hinsprang. Die Bauern erstarrten. Bayard drehte sich zu Narbenschädel um.

»Hör auf, wie ein Philosoph um Namen herumzutanzen, Mann. Wenn es einen Grund gibt, warum ich meinen Dienst für die Orden von Solamnia verbergen sollte, möchte ich ihn jetzt wissen, damit ich eure Irrtümer ausräumen kann.«

»Ich glaube, der hier meint, was er sagt, Meister Goad«, flüsterte Karrock Narbenschädel zu, während er einen Schritt von der Stute zurückwich. »Ich wollte nur in der Miliz mitmachen und mich nicht mit Fanatikern herumschlagen.«

»Wir sind sechs gegen einen«, erwiderte Goad, wobei er mit seiner Axt auf die Männer rechts zeigte, die enger zusammengerückt waren, und auf Bayard, der zwischen Molasses und das

Packpferd schlüpfte. »Und du hast gesehen, was sein Orden dem Dorf angetan hat.«

»Drum bin ich hier, Sir«, nickte Karrock.

»Ich meine«, lachte Goad kalt in Richtung auf Bayard, »ich kann vielleicht nicht lesen, aber ich kann zählen. Und selbst ein Ritter von Solamnia kann begreifen, daß in Zahlen eine gewisse Philosophie liegt.«

»Miliz?« Bayard entspannte sich etwas, auch wenn ich an seinen Schultern sah, daß er ein Auge auf die Männer hatte, die links von Goad anrückten. »Dann beschützt ihr also euer Dorf? Wovor?«

»Vor Rittern von Solamnia, wie Ihr einer seid, Sir, die glauben, daß eine Rüstung und eine reiche Familie ihnen gewisse... Freiheiten gestatten, die sich nicht einmal der alte Königspriester von Istar herausnehmen dürfte. Wir hatten erst vor kurzem Besuch von einem Eurer Ordensbrüder...«

Ich umarmte den Ast, auf dem ich lag, und sprach ein stilles Gebet. Aber ich achtete darauf, daß das Gebet wirklich völlig still blieb – nicht einmal geflüstert oder gehaucht. Denn Karrock hatte wieder Mut gefaßt, trat wieder zu der Stute und wollte gerade neugierig die Segeltuchdecke von ihrem Rücken ziehen.

In den Religionsstunden, die ich so oft wie möglich geschwänzt hatte, hatte Gileandos mir beigebracht, daß die Götter mitunter unerwartete Antworten auf unsere Gebete haben.

Denn Molasses war ja alt. Er kam nicht nur in die Jahre, wie das ein Mann von sich sagt, der sechzig oder gar siebzig wird. Molasses war über dreißig Jahre alt. Vater hatte ihn ungefähr zu Alfriks Geburt auf die Weide entlassen. Molasses war älter als ehrwürdig, älter als uralt, er war eher schon ein Fossil. Bedenkt man, daß sich seine Abenteuer in den letzten zehn Jahren darauf beschränkt hatten, kleine Kinder in einem immer enger werdenden Kreis durch den Hof der Wasserburg zu tragen, und daß die einzige Gefahr der letzten zwanzig Jahre eine fünfzig Meter entfernte Beißerei von Hunden gewesen war, die ein flinker Stallbursche sofort unterbunden hatte, kann man verstehen, warum die Situation dem armen Pferd etwas bedrohlich vorgekommen sein mag.

Vielleicht kann man verstehen, warum er tot umfiel.

Es war einfach das Gesetz des Zufalls, das sich Geltung verschaffte. Allerdings genau zur rechten Zeit. Der schwere Aufschlag, als das arme Tier zusammenbrach, erschreckte die Männer, die sich rechts von Goad dem Packpferd, das links neben Bayard stand, näherten. Die Burschen fuhren herum und erhoben die Waffen, weil sie erwarteten, daß Bayard Verstärkung zur Hilfe eilte, die vielleicht vom Baum sprang und hinter ihnen landete.

Sie hatten keine Ahnung, wie schnell ihr Gegner war. Bayard schwang sich über das Packpferd, die Rüstung und alles und landete geräuschvoll zwischen unserem Gepäck und den Milizionären. Sie drehten sich schnell wieder um, jedoch zu spät. Mit der Breitseite seines Schwerts schlug er einem von ihnen heftig gegen die Rippen. Es klang wie das dumpfe Geräusch beim Teppichausklopfen, und die herausströmende Luft zischte. Noch während er sich umdrehte, lag der Mann auf den Knien und schnappte nach Luft.

Seine Kameraden blieben wie vom Donner gerührt stehen, als wäre etwas Großes, Übernatürliches – vielleicht ein Drache oder eine Flammensäule – in ihrer Mitte aufgetaucht. Bayard wirbelte herum und erwischte Karrock mit einem hohen Tritt gegen das Kinn. Der große Mann taumelte grunzend rückwärts, während Bayard ihm leicht geduckt folgte. Die übrigen Milizionäre standen immer noch reglos da. Ihre Hände schwebten über ihren Waffen.

Bis auf Goad. Leise und geschmeidig glitt er nach rechts und schlich sich langsam direkt hinter Bayard, bis er über dem vom Schwert getroffenen Mann stand. Bayard, der Karrock aus der örtlichen Miliz entlassen wollte, hatte ihn nicht bemerkt.

Das war jetzt bestimmt der Augenblick, wo ich etwas hätte tun sollen – wenigstens meinem edlen Herrn eine Warnung zurufen, am besten aber mit einem heldenhaften Satz vom Vallenholzbaum auf den Feind herunterspringen.

In diesem Moment fand ich beides zu auffällig. Statt dessen saß ich da und verfolgte den Lauf der Dinge.

Dann geschah etwas Merkwürdiges, als ob irgendwie plötzlich in diesem Gerangel und den Drohgebärden Waffenstillstand herrschte. Goad bückte sich und lud sich seinen atemlosen Kameraden auf die Schultern. Inzwischen hatte Bayard Karrock mit einem festen Kinnhaken umgeworfen und drehte sich um, um seinen Rücken zu decken. Seine Augen begegneten denen von Goad, und es war schwer zu sagen, was zwischen ihnen vorging. Man sah jedoch ein Nicken, das alles zu beenden schien, als Goad rückwärts in die Tannengruppe zurückwich und Karrock sich aufrappelte und seinem Anführer nachrannte. Bis auf einen Bluterguß unter dem dunklen Bart wies sein fettes Gesicht keine Spuren vom Kampf auf.

Jetzt sprang ich vom Vallenholzbaum, rollte mich kurz im Dreck, damit ich etwas mitgenommener aussah, biß mir auf die Lippe – nicht schlimm, aber fest genug, um etwas Blut hervortreten zu lassen – und kam dann auf die Beine.

»Laßt euch das eine Lehre sein, daß ihr nicht wieder einen tapferen Ritter von Solamnia angreift!« rief ich.

Bayard wandte sich zu mir um – dieses Mal langsam – und betrachtete mich mit prüfendem Blick. »Kümmer dich um dein Pferd«, befahl er kalt.

Wie zu erwarten, war da nicht mehr viel zu kümmern. Wir sagten Molasses Ade und luden dann meine Sachen auf das Packpferd, das ob dieser zusätzlichen Last nicht sehr dankbar wirkte. Ich wollte noch nicht hören, wie wir den Rest des Weges nach Kastell di Caela zurücklegen würden, und beschloß, diese Frage zu verschieben, damit sich Sir Bayards Zorn in der Zwischenzeit abkühlen konnte.

Die Stimmung war niedergeschlagen, und unsere Kleider waren beträchtlich feuchter geworden. Bayard kehrte zum Feuer zurück, wobei er leise darauf beharrte, daß wir genau hier essen würden, wenn wir überhaupt aßen.

Wir aßen sehr schnell. Bayard zog Trockenfleisch und Trokkenfrüchte aus einer der unzähligen Taschen und Pakete der Stute. Das Feuer war leider zum Wärmen gedacht, nicht zum Kochen. Es war ein trockenes, armseliges Mahl, das wir da an der Straße unter den Vallenholzbäumen verzehrten, während neben uns Pferd und Stute zitterten und der Regen stetig strömte.

Ich warf zum Trost die Calantina und erhielt Zwei zu Acht, das Zeichen des Pferdes. Als ich über die Bedeutung nachsann und mich an die Verse zu erinnern versuchte, die zu dem Zeichen gehörten, sah mir Bayard über die Schulter und fragte: »Und was ist das?«

»Zeichen des Pferdes«, erwiderte ich kurz. Ich hatte keine Lust, mit meinem Richter, Geschworenen und Henker Nettigkeiten auszutauschen.

»Ich meine…«

»Die Calantina. Weissagewürfel aus Estwilde.« Vielleicht

würde er das als Antwort schlucken, zum Feuer zurückkehren und etwas durchaus Eßbares in dünnen Streifen trocknen, bis es nicht mehr von den Satteltaschen zu unterscheiden war, in denen man es mitnahm. Schließlich konnte es sein, daß wir bis zum Schloß noch einmal unseren Appetit abtöten mußten.

»Müll ist es«, sagte Bayard leise, zog sein Messer und ging zu Valorus.

»Wahrscheinlich«, stimmte ich gedankenverloren zu.

»Warum machst du es dann?« fuhr er mich an, während er unter Valorus kroch und das Vorderbein des Hengstes anhob.

»Was mache ich?«

»Die Calantina natürlich. Salonspiel in Estwilde. Das heißt, wo sie Salons haben. Sie haben es erfunden und nehmen es nicht ernst. Warum solltest du das tun?« schnaubte er.

»Die Calantina verhilft mir in verschiedenen Situationen zur Einsicht, Sir Bayard. Was meine Zukunft angeht, meine Position im ständigen Zusammenspiel der Dinge. Wie ich mich verhalten sollte.«

»Müll«, spuckte er wieder, während er dem Hengst die Hufe auskratzte.

»Müll?«

»Müll, Galen.« Er lächelte. »Du weißt schon. Abfall. Mist. Unrat.«

Dann drehte er sich zu mir, ohne weiter zu lächeln.

»Es gibt viele Sorten Magie auf der Welt, Junge. Das hier ist keine davon.«

»Wie könnt Ihr da so sicher sein?« fragte ich, während ich mich wieder an den Vallenholzbaum anlehnte. Meine Hand steckte immer noch in der Tasche und umklammerte fest die Würfel.

»Na schön«, sagte Bayard gelassen, während er unter Valorus nach dem anderen Vorderhuf des Pferdes griff. »Na schön. Was für ein Zeichen hattest du noch geworfen?«

»Zeichen des Pferdes«, murmelte ich und schaute von Bayard zu dem Tannenwäldchen, weil ich mir immer noch vorstellte, daß die Miliz jeden Moment zurückkehren und angreifen könnte.

»Und was bedeutet das?« fragte mein Herr, der jetzt den Huf säuberte.

»Könnte unsere Reise sein. Könnte das bedeuten, was mit dem armen Molasses geschehen ist.«

»Nicht besonders eindeutig, was?« fragte Bayard siegessicher und ging grinsend zu Valorus' Hinterbeinen.

»Könnte vieles heißen, wenn man es auf eine Weise auslegt, die wir noch nicht durchschaut haben.« Ich wußte, daß das schwach war, aber ich dachte, dagegen könnte er nichts sagen. Ich täuschte mich.

»Nachträgliche Einsicht, Galen. Ich könnte dir im nachhinein die ganze Straße mit Omen spicken. Zauberei ist auf dieser Straße so selten wie ein Kampf zwischen ehrlichen Männern.«

»Aber ich habe Zauberei gesehen, Sir Bayard«, platzte ich heraus, weil ich an Brithelm dachte.

»Und ich habe ehrliche Männer auf dieser Straße kämpfen sehen«, räumte Sir Bayard ruhig ein und konzentrierte sich wieder auf seine Arbeit. »Goad und Karrock und der Rest der Miliz halten uns wirklich für Verbrecher, und der Kerl da im Gefängnis deines Vaters hat nicht wenig dazu beigetragen.«

Er machte eine Pause, sah mir direkt in die Augen und drehte sich dann zu Valorus zurück. Er kratzte den vierten Huf aus, warf den Dolch auf den Boden, wo er stecken blieb, und stand dann auf.

»Alles, was Goad getan hat«, stellte er schlicht fest, »war, sein Dorf vor einem augenscheinlichen Raubritter zu beschützen. Er haßt den Orden, denn er glaubt wahrscheinlich, daß wir alle Schurken und Verräter sind. Er hat noch viel zu lernen. Du hast auch noch viel zu lernen, Galen«, schloß er, während er zum Packpferd ging. »Falls ich lange genug lebe, um es dir beizubringen.«

Ich wollte widersprechen und Bayard mitteilen, daß er mir meiner Ansicht nach nicht allzuviel beibringen konnte, und daß ich mehr als gewillt war, meine Lektionen anderswo zu lernen, wenn er mich wenigstens an einen Ort brachte, wo es weder Regen noch lästige Miliz gab. Das wollte ich ihm sagen, doch er blieb genau zwischen den Pferden wie angewurzelt stehen und starrte wieder zu dem Tannenwäldchen hinüber, das jetzt fast hinter einer Regenwand verschwunden war.

»Da drüben bewegt sich wieder etwas«, flüsterte er und wich zu Valorus zurück, dem er sein Schwert an den Sattel gebunden hatte.

Ich folgte seinem Blick zu der Linie der Nadelbäume, die durch das graue Strömen des Wassers verzerrt wurde. Etwas ging da drüben vor, doch auf diese Entfernung und in dem vom Regen getrübten Licht konnte ich nichts erkennen.

»Was ist das, Sir?«

Bayard blieb ruhig und starrte nach drüben.

»Goad hat etwas über die ›Philosophie der Zahlen‹ erzählt. Meint Ihr, daß es die Miliz ist, die mit mehr Philosophie zurück ist?«

»Wenn ja, Galen, dann kletterst du lieber wieder auf den Vallenholzbaum. Ich nehme an, ich werde einen Ausguck genauso dringend brauchen wie letztes Mal.« Bayard streckte die Hand aus, um sein Pferd durch die Berührung zu beruhigen.

Die Beruhigung half bei Knappen nichts.

»Dieses Mal könntet Ihr doch ein paar von ihnen töten, Sir«, schlug ich vor. »Nur ein paar, damit wir einen philosophischen Vorteil bekommen.«

Jetzt griff Bayard nach seinem Schwert. Ich beobachtete ihn und wartete darauf, daß er die Waffe ergreifen würde, damit ich meinerseits die Flucht auf den Baum ergreifen konnte.

Aber dazu kam es nicht mehr. Denn hinter Bayard und Valorus erblickte ich vier breitschultrige Männer, die bis zur Brust in einem kleinen Hartriegelhain standen. Durch den Regen konnte ich Hufe auf dem Waldboden scharren hören. Sie bemühten sich nicht länger, sich zu verstecken.

Sie waren beritten und wir nicht. Jedenfalls sah es so aus, bis sie durch die Hartriegelzweige auf uns zu stürmten und wir erkennen konnten, daß sie von der Taille abwärts Pferde waren.

Ich dachte an das Zeichen des Pferdes, als ich rückwärts gegen den Stamm des Vallenholzbaumes stolperte und dann nur noch seine Zweige sah. Dann sah ich nichts mehr außer Grau und schwachem Licht. Schließlich sah ich überhaupt nichts mehr.

Kapitel 5

So viel Durcheinander, und ich war noch keine zehn Meilen von zu Hause entfernt.

Kaum zehn Meilen östlich der Wasserburg meiner Familie lag ein Sumpf, der sich in Nord-Süd-Richtung über vierzig oder fünfzig Meilen erstreckte – wie weit, wußte ich nicht genau – und dann einen Bogen zurück bis zur Wasserburg schlug. Fast all unser Land grenzte an Sumpfgebiete. Der Wächtersumpf war ein glücklicher Zufall in der jüngeren Vergangenheit der

Pfadwächter. Vor ungefähr hundert Jahren war er plötzlich auf unerklärliche Weise entstanden und nach uns benannt worden, obwohl das Landvolk seinen Namen abkürzte, wie Landvolk eben ist. Wir betrachteten ihn zwar mit Angst und Mißtrauen, weil uns die Gerüchte beschäftigten, daß Dinge darin zu schnell wuchsen und daß in seiner Mitte merkwürdige, halbverfaulte Wesen hausten, doch eigentlich umgab der Sumpf sehr bequem das Land der Pfadwächter und schützte uns vor der Feindseligkeit gegenüber den Rittern von Solamnia, die nach der Umwälzung in Ansalon aufgekommen war.

Ihr kennt alle die Geschichte über den Fall von der Gnade. Die Menschen von Solamnia entschieden natürlich, daß die Ritter die Umwälzung schon jahrelang vorhergesehen hatten, ohne jedoch willens oder fähig zu sein, die anderen zu warnen. Diese Einstellung wurde zur Entschuldigung, um jedem Ritter aufzulauern, der durch ihren Teil des Landes zog.

Dennoch hätte es für unsere Familie während all des Lärms und der Verfolgungen schlimmer sein können. Zunächst einmal hatten wir nie direkt in Solamnia gelebt, wo es den meisten Ärger gab. Wir waren etwas westwärts in Küstenlund, wo wir durch unsere Abgeschiedenheit geschützt und, wie sich herausstellte, vom ›Wächtersumpf‹ umzingelt waren. Obwohl viele Männer darauf aus waren, sich mit Rittern zu schlagen, wollten nur wenige von ihrer Straße weg oder gefährliches Terrain durchqueren, um sich dort Beulen zu holen. So war der Sumpf unser Glück gewesen – das meiner Familie und meines.

Was nicht heißen soll, daß man mich je in der Nähe dieses gräßlichen Ortes hätte finden können, wo es Schlangen und Krokodile gab, und außerdem Banditen, die nur um weniges warmblütiger und menschlicher waren als die Reptilien. Bis jetzt hatte ich mich immer bemüht, diese Gegend zu meiden.

Ich erwachte auf dem Rücken eines Pferdes, jedenfalls kam es mir so vor. Denn ich war wie eine schmutzige Decke oder ein Sattel mit dem Gesicht nach unten über einen breiten, gefleckten Rücken gebunden, der nach Schweiß und Pferd roch. Der Boden raste unter mir vorbei, und der feuchte Nachmittagswind peitschte mir ins Gesicht.

Ich verlagerte mein Gewicht, um mich in den Sattel zu setzen. Aber da war kein Sattel zum Aufsetzen. Statt dessen ging ein Seil fest um meine Handgelenke, und eine starke Hand zog an meinen Haaren, um mich zurückzuhalten. Ich wand mich und trat nach dem, der mich festhielt – gegen die Hand zumindest –, aber da, wo ich ihn rechtmäßigerweise erwartet hatte, war kein Reiter.

Dann erinnerte ich mich an die Pferdemänner, die durch Busch und Unterholz auf uns zugeprescht waren. Ich hob den Kopf so hoch wie möglich und sah genau auf den breiten Rükken und die Schultern eines dieser Wesen.

Ich lag anscheinend auf einem Zentauren, der auf die Sümpfe zu und höchstwahrscheinlich zur Folterbank eilte.

Wo war Bayard?

Hatten sie ihn gefangen genommen? Oder war er womöglich einfach davongerannt und hatte mich ihnen überlassen, während ich ohnmächtig unter dem Vallenholzbaum lag? Quer über dem Rücken meines Fängers liegend, schmollte ich bitter vor mich hin und erwartete das Zertrampeln, das gewiß folgen würde. Ich stellte mir vor, wie die Pferdemenschen sich hoch aufbäumten, ihre Waffen schwangen und mich zu Futter verarbeiteten.

Der, der mich trug, hatte einen leichten Tritt. Für ein so großes Wesen bewegte er sich geschickt – sogar geschmeidiger als ein Pferd, vielleicht weil all diese Muskeln, die Geschwindigkeit und der Gleichgewichtsinn von einer Intelligenz gelenkt wurden, die der menschlichen ebenbürtig war. Es war eine Kombination von natürlicher Anmut und offensichtlicher Kenntnis des Geländes, denn wir kamen unserem Ziel mit beeindruckendem Tempo näher.

Was das auch für ein Ziel war. Es wurde langweilig, nie zu wissen, wo es hingeht.

Aber das Wo war möglicherweise meine geringste Sorge. Schon wenige Minuten nach meinem Erwachen blieb mein Fänger auf einer Erhebung im Sumpf mitten zwischen Zedern, Wacholder, Ewigkeitsbäumen und anderen immergrünen Gewächsen, die ich nicht benennen konnte, plötzlich stehen. Er verharrte, schnaufte leicht und wartete scheinbar auf jemanden, während ich versuchte, eine bequemere Position einzunehmen.

Ich erschauerte. Das Licht auf dieser Lichtung zeigte unendlich viele Grüntöne. Und es wirkte bedrohlich. Mit all den Zedern drumherum roch es wie ein guter Platz, um zu sterben. Der Gestank des Sumpfes, der schwache Schweißgeruch und der stärkere Pferdegeruch wichen dem sauberen Duft der Nadelbäume, wie wenn man gebrauchte Kleider in einer Zedernholztruhe zurücklegt, damit sie den Gestank verlieren und man sie nicht waschen muß. Alter Bubentrick, der einen gewöhnlich auch vor dem Baden bewahrt.

Nach einem kurzen Blick in die Lichtung setzte sich mein Fänger und ließ mich von seinem Rücken auf den bemoosten Boden gleiten. Das Moos war dick und weich, aber dennoch tat der Fall mir weh, und ich lag einen Moment mit dem Gesicht nach unten, bis ich meine Sinne so weit beisammen hatte, daß ich aufstehen konnte.

Der Zentaur stand in dem flimmernden grünen Licht über

mir und hielt eine Sense in der Hand, die mindestens sieben Fuß lang und so dick wie eins meiner Beine war. Flucht kam nicht in Frage.

»Wir warten, bis Sein Herr sich zu uns gesellt, Kleiner«, knurrte der Pferdemensch. Er bot keinen Angriffspunkt, nichts, wo man eine Diskussion ansetzen konnte.

»Seid Ihr ein Zentaur?« fragte ich schließlich, nachdem ich wieder normal atmen konnte und mir die Tannennadeln vom Gesicht gewischt hatte.

»Das ist der Name, den Sein Volk benutzt«, erwiderte der Zentaur abgelenkt, wobei er einen breiten Weg mit abgeknickten Ästen und zertrampeltem Unterholz entlang starrte, da er anscheinend noch jemand erwartete. Ich folgte kurz seinem Blick und sah, wie der Pfad sich selbst wieder schloß. Sah, wie das Gebüsch sich zurückbog, das Wasser wieder über den Pfad sickerte und wie –

Die Schlingpflanzen nachwuchsen? Schilf aus dem Wasser wuchs?

Ich schrieb es dem täuschenden Licht auf der Lichtung und dem Schlag zu, den ich beim Absteigen abbekommen hatte. Der Zentaur sah mich jetzt wieder direkt an. Flucht kam immer noch nicht in Frage.

Seine Augenbrauen, die wie sein Rücken braunweiß gesprenkelt waren, zogen sich zusammen. Er war jung – nur ein oder zwei Jahre älter als ich, falls Zentauren ähnlich alterten wie wir. »Ich dachte, ihr wärt Fabelwesen«, murmelte ich und sah mich auf dem Hügel um. Ich hielt Ausschau nach kleinen, engen Pfaden in den Sumpf und ... in die Sicherheit? Bei Krokodilen, Treibsand und Krankheiten?

Vielleicht sollte ich mein Glück bei dem großen getupften Kerl da vor mir versuchen. Schließlich klingt jemand, der so förmlich redet, für mich nicht wie ein typischer Mörder. Wenn er jung war, dann war er vielleicht dumm und leicht zu beeinflussen.

Das ist eine ziemlich sichere Regel, und Agion war da keine Ausnahme.

So hieß er nämlich, auch wenn mir das zu diesem Zeitpunkt herzlich egal war. Als er sicher war, daß wir eine Weile allein sein würden, wurde mein neuer Gefährte gesprächig, ja fast unbedarft. Rasch erfuhr ich seine Lebensgeschichte: Er war unter den Zentauren kein großes Tier, sondern war noch jung und galt bei seinem Volk als etwas langsam und tölpelhaft. »Dich zu bewachen, ist die erste richtige Aufgabe, die die Ältesten mir in diesem Krieg hier gegeben haben«, erklärte er stolz.

»Krieg? Warte mal, Agion. Was soll das heißen, Krieg?«

Der große Kerl hielt inne und wurde rot.

»Ich habe vielleicht schon zuviel gesagt. Meine Gefährten werden Ihm erzählen, was Er wissen muß, wenn es soweit ist.« Er trottete zu einer Ecke der Lichtung und spähte in die Blätter und den Matsch zurück. Hinter ihm wuchs das Moos und das Gras, das seine Hufe zertrampelten, sofort auf unnatürliche Weise nach. Ich konnte mich nicht daran gewöhnen.

»Agion, man läßt derartige Bemerkungen nicht einfach vor irgendwelchen Zuhörern los und läßt dann das ganze Thema fallen. So etwas tut man nirgendwo außerhalb eines Sumpfes. Zivilisierte Menschen verhehlen es nicht, wenn eine Katastrophe bevorsteht.«

Agion runzelte die Stirn. »Es tut mir leid, daß ich eine solche Nachricht fallen gelassen habe, junger Herr, doch ich fürchte, das ist so meine Art. Die anderen sagen, daß ich einfach zuviel rede.« Plötzlich hellte sich sein Gesicht auf. »Sie sagen aber auch, daß ich ein gutes Herz habe.«

Waren alle Zentauren solche Simpel? Wie sehr ich mir meine Karten und ein bißchen Startgeld wünschte! Das hier war ein zweiter Alfrik ohne dessen Bosheit und mit zwei zusätzlichen Beinen. Ich legte mich wieder ins Gras, das seit meiner Ankunft schon einen Fingerbreit gewachsen war.

Trotz allem, was Brithelm auf unseren scheinbar so weit zurückliegenden Spaziergängen im Hof erzählt hatte, entsprachen einige Gerüchte über diese Gegend anscheinend der Wahrheit. Etwas an dieser Vegetation, die sich änderte und ständig nachwuchs, war merkwürdig. Ich hoffte zutiefst, daß es harmlos war. Inzwischen verfolgte ich weiter meine einfache, direkte Strategie, aber wie sollte ich wissen, ob Zeit für lange Erklärungen bleiben würde?

»Wenn du ein gutes Herz hast, Agion, und so kommt es mir auch vor, dann solltest du vielleicht folgendes bedenken. Ich weiß von keinem Krieg – weder wo er stattfindet, noch wer die Gegner sind, noch wie man ihm aus dem Weg gehen kann –, und du hast jetzt sozusagen eine Fackel auf den Zunder geworfen. Ich wurde von meinem ehrenwerten Herrn getrennt – wo ist der überhaupt? –, und ist es nicht irgendwie deine Pflicht, meine Sorgen zu beschwichtigen und den Argwohn und das alles zu zerstreuen?«

Agion ging ein paar Schritte einen Pfad hinunter und duckte sich unter ein paar niedrigen Pinienzweigen durch. Er drehte sich wieder um, duckte sich wieder unter den Zweigen durch und kehrte zur Lichtung zurück, wobei er Matsch und Gras über den trockenen Boden mitzog. Obwohl das Gras ausgerissen war, wuchs es weiter.

»Und? Ich meine, du bist es, der das mit dem Krieg erwähnt hat, Agion.«

»Das hätte ich aber nicht tun sollen, kleiner Freund.« Er

sprang einen weiteren Pfad in den Sumpf hinunter, während ich mich wunderte, wie er mich nach so kurzer Bekanntschaft »kleiner Freund« nennen konnte. Besonders wo ich seine Organe ohne Zögern an die Goblins verkauft hätte, um die Information zu erhalten, die er mir partout nicht geben wollte. »Wo sind sie denn bloß?« fragte er ungeduldig und fuchtelte mit der riesigen, bösartig aussehenden Sense herum.

»Immer mit der Ruhe, Agion«, besänftigte ich. »Du siehst aus wie ein Gemälde vom berittenen Tod, wenn du das Ding da schwingst. Hast du ganz sicher die richtige Lichtung?«

»Völlig sicher«, erwiderte Agion. »Sie haben gesagt, wir würden uns am zweiten Vorposten treffen, wenn er nicht seit unserem Treffen heute morgen zugewachsen wäre, und... bei den Göttern, ich habe Ihm schon wieder ein Geheimnis verraten!« Er schlug sich so kräftig an die Stirn, daß ich davon den Verstand verloren hätte. Ich mußte schnell sein Vertrauen gewinnen, bevor die anderen kamen. Ich stand auf und ging langsam auf ihn zu, wobei ich unaufhörlich redete.

»Ich weiß nicht, wo wir sind, was der zweite Vorposten ist oder warum sie sich überhaupt hier treffen wollten. Dein Gefangener hat von nichts eine Ahnung: Ich weiß nichts von einem Krieg, was hier überhaupt los ist, oder auf welcher verdammten Seite die verdammten Zentauren stehen, wenn du meine einfache Sprache entschuldigen kannst, aber es ist absolut niederschlagend, dieses ganze Gerede über ein Ereignis größter Tragweite zu hören, ohne die leiseste Ahnung zu haben, was...«

»Er plappert, kleiner Freund«, warnte mich Agion und erhob seine Sense in einer Geste, die ich als Ärger mißverstand. »Ich denke, Er könnte etwas Ruhe gebrauchen, damit Er wieder zu Atem kommt. Ich kann Ihm nichts sagen, bis der Verdacht von

Seinem Verhalten genommen ist.« Beiläufig hackte er Äste von der Pinie neben sich, damit er darunter durchschlüpfen konnte. Die Äste wuchsen nach.

»Und wessen habe ich mich schuldig gemacht, Agion?«

»Spionage, kleiner Freund. Hätte Er die Rüstung von Solamnia getragen wie Sein Freund, so hätten wir Ihn einfach als Kriegsgefangenen genommen, weiter nichts. Aber seine Farben zu verstecken, ist in Kriegszeiten gleichbedeutend mit Spionage.«

Ich starrte kläglich zu Agion empor, der mit nicht wenig Mitleid auf mich herunterblickte. Eine Lerche zwitscherte kurz links in den Büschen, ob »links« nun Süden oder Norden oder sonst was war. Obwohl der Regen nachließ, sah die Lage trüb und schlüpfrig aus.

»Äh… Verzeihung, Agion, aber was ist denn in dieser Gegend die übliche Strafe für Spione?«

»Mein Volk hat wenig Sinn für Dramatik, kleiner Freund«, lächelte der Zentaur. Dann verdüsterte sich sein Gesicht, und die gepunkteten Augenbrauen schoben sich über seinem Nasenrücken zu einer dicken Haarlinie zusammen. »Meistens ertränken wir die armen Seelen. Nehmen sie an ihren armen, kleinen Knöcheln und hängen ihre armen, kleinen Gesichter in Teiche oder Bäche. Mit dem Gesicht gegen den Strom, natürlich. Da lassen wir sie, ›bis sie voll für ihre Tücke bezahlt haben‹, wie die Ältesten sagen.«

Ein ziemlich barbarischer Gebrauch der Wasserwege von Küstenlund, wenn man mich fragt.

»Gilt das auch für die Kleinen?«

Agion nickte. »Soweit ich weiß. Ich habe allerdings nie selbst gesehen, wie ein Spion hingerichtet wurde, ob alt oder jung.«

»Gilt das auch für solche, die gegen ihren Willen zur Spionage gezwungen wurden – also die, die wirklich nichts gegen Zentauren haben, sondern Spione werden, weil es eine Wahl zwischen Leben und Tod ist?«

»Wie ich schon sagte, kleiner Freund, ich habe die Vollstrekkung nie gesehen. Genausowenig wie einen Prozeß, wo solche Dinge verhandelt wurden. Ich kann Ihm wirklich nicht antworten.«

»Dann hast du vielleicht etwas gehört, Agion. Zum Beispiel, was man mit jemandem macht, der in solchen Sachen auspackt. Angenommen, jemand würde einen Spionagering aufdecken – von Spähern und Agenten unter den Pächtern ringsherum bis hin zu den Anführern des Rings, von denen ihr vielleicht schon einen gefangen habt? Und angenommen, diese sehr kooperative Person täte das gegen das Versprechen, daß ihr Kopf nicht rollt, wenn die Köpfe rollen, oder ertrinkt, wenn andere ertrinken, wenn du verstehst, was ich meine?«

»Ich bin sicher, wenn Er ein solches Versprechen von den Ältesten bekäme, wäre Er in Sicherheit«, verkündete Agion ernsthaft. »Aber wenn Er einen Spionagering aufdecken würde, würde Er doch einige Seiner Freunde verraten, nicht wahr?«

Er hielt inne, legte den Kopf schief und sah mich neugierig an.

»Das heißt natürlich, wenn die anderen beiden Freunde von Ihm sind.«

Die anderen beiden? Freunde? Ich kniete mich hin und gab vor, etwas vom Boden aufzuheben, einen Grashalm oder einen Stein. Ich tat so, als wäre mir alles egal, obwohl meine Neugier groß war und ich blind meine Netze auswarf in der Hoffnung, Agion würde sich irgendwie darin verfangen.

»Ihr habt also uns alle gefangen? Ich meine, alle *drei*?«

Der Mund des Zentauren ging auf, bevor sich sein Hirn einschaltete.

»Bis jetzt nur zwei. Ihn und den Ritter, dem Er dient, auch wenn der viel schwieriger zu besiegen war, wie man aus der Tatsache schließen kann, daß meine Gefährten so spät kommen. Was den dritten angeht, der ist uns an der Straße entkommen. Den haben wir als ersten gesehen, aber auf freiem Feld. Zu nah an der solamnischen Wasserburg und so weit weg, daß keine Aussichten bestanden, ihn zu erwischen. Dann fanden wir euch beide und hatten gehofft, daß ihr vielleicht alle drei zusammen sein würdet, als wir den Ritter angriffen – daß der Späher, den ihr so schlau eine Meile hinter euch aufgestellt habt, bei einem eiligen Versuch, euch zu warnen, vielleicht euren Aufenthaltsort verraten würde.«

Agion sah mich fragend an. Ich nickte ihm aufmunternd zu. Die Nachricht von einem dritten Spion hatte mich umgehauen, aber ich war fest entschlossen, das nicht zu zeigen.

»Sonst wäre die Rüstung vielleicht gut versteckt geblieben«, sagte er, »denn wir hatten vor, euch nur zu beobachten, bis wir den Solamnier mit der Miliz reden hörten. Dann mußten wir näher kommen, um euch nach dem zu durchsuchen, was wir bei euch vermuteten – und fanden.«

Jetzt war ich sicher, daß uns jemand folgte.

Ich erinnerte mich an die dunklen Ecken in der Bücherei und die Bewegung schwarzer Flügel.

Wer sonst sollte der dritte Mann aus Agions Geschichte sein?

Wenn ich also diesen vierbeinigen Kidnappern entkam, was dann? Wer weiß, was für anderes Unheil mich erwartete?

Wäre in diesem Moment nicht Bayard mit einer Eskorte von einem halben Dutzend Zentauren auf die Lichtung getreten, hätte ich bestimmt versucht, mit Agion zu handeln, hätte ihm

Geld, Land und die halbe Wasserburg angeboten, wenn er mich nur sicher zurück zu Vaters Ungnade und einem Ehrenplatz in seinem Kerker brachte – feucht und dunkel und voller mieser Kerle, aber wenigstens sicher vor Skorpionen.

Bayard war anscheinend nicht freiwillig mitgekommen. Einer der Zentauren trug einen Arm in einer Schlinge, ein anderer hatte eine blutige Nase. Bayard selbst sah nicht viel besser aus. Die rechte Seite seines Gesichts war geschwollen und verfärbt, seine linke Hand blutete und umklammerte seine rechte, die auch nichts anderes machen konnte, weil die Zentauren seine Hände gefesselt hatten. Von den straff gezogenen Seilen waren seine Handgelenke aufgescheuert.

Wenig zeremoniell warfen ihn die Zentauren auf der Lichtung auf den Boden und bildeten dann einen Kreis um uns. Bayard lag als geschlagenes Häufchen auf dem Boden, lächelte mich reumütig an und stand taumelnd auf.

»Hier und jetzt wird Er sich für Sein Verhalten verantworten, Solamnier«, verkündete einer der Zentauren, eine vierschrötige Gestalt, deren Haut dunkel und verwittert wie eine Zypresse war. Sein Haar war ebenfalls weiß, aber im Unterschied zu Agions kam das von Alter und Weisheit oder zumindest einer gewissen Bauernschläue. Man könnte auch sagen, Sumpfschläue.

Der Alte war anscheinend der Anführer. Er sah aus, als wäre er es gewohnt, daß man ihm Rede und Antwort stand.

Nur Bayard war vielleicht ein bißchen zu viel herumgeschubst worden. Seine Höflichkeit war nicht mehr die alte, als er sich zu voller Größe aufbaute und den alten Zentauren anstarrte.

»Für mein Verhalten kann ich mich leicht verantworten, mein Herr. Es ist das eines Ritters von Solamnia, wenn er und sein Knappe ohne Vorwarnung – und ich möchte hinzufügen, auch ohne Grund – von sieben Mann angegriffen werden, die angeblich Vertreter des Guten und der Gerechtigkeit sind. Das ist meine Antwort, mein Herr – sehr einfach und direkt, das stimmt, aber als Eure Männer mich überfielen, nahm ich an, daß wir über höfliche Begrüßungen hinaus waren.«

Ich glaube, der alte Zentaur lächelte.

»Er gibt also zu«, sagte der Alte, »daß Er dem solamnischen Orden angehört?«

Trotz meiner warnenden Gesten und meines Räusperns und meines Ellbogens zwischen seinen Rippen antwortete Bayard wie zuvor – völlig aufrichtig.

»Zugeben? Nein, ich bin sogar stolz darauf, mein Herr! Denn trotz allem, was Ihr gehört habt, steht der Orden in solch prinzipienlosen Zeiten immer noch für edle und wahre Grundsätze. Hör auf, mich zu stoßen, Galen!«

»Und die Rüstung?« fragte der alte Zentaur, dessen wilde, grüne Augen mich niederrangen, wobei sie wie Smaragde auf Leder glitzerten.

»Die Rüstung gehört mir«, erklärte Bayard, »auch wenn sie mir vor einigen Tagen für kurze Zeit entwendet wurde und von jemandem getragen wurde, für dessen Verbrechen ich nicht verantwortlich gemacht werden kann.« Er kreuzte seine Arme über der Brust und erwartete die Antwort des Zentauren.

Die so ausfiel, wie ich befürchtet hatte.

»Herr Ritter, wenn Seine Aussage nur gegen das stünde, was ich gehört habe, so wäre ich wahrlich zu Milde geneigt. Aber da ist die Sache mit den Satyren, und in dieser Sache steht das Zeugnis meiner Augen gegen Seins, und auch die Augen meiner Brüder haben Seine Untaten gesehen.«

»Satyre?«

Bayard sah mich verwundert an. Ich zuckte mit den Achseln. Was wußte ich schon von Satyren?

»Die Satyre!« fuhr der alte Zentaur fort. »Die Ziegenmenschen!«

Mehrere seiner Kameraden nickten deutlich zustimmend und schüttelten höchst bedrohlich ihre Mähnen. Bayard wartete einen Augenblick, um dann offen zu reden.

»Ich schwöre Euch, mein Herr, daß ich das nicht kenne, was Ihr ›Satyre‹ nennt. Und ich schwöre, daß ich nie meine Hand gegen Euch oder Euer Volk erhoben habe, bis Ihr vor kurzer Zeit aus dem Hinterhalt auf die Straße gestürmt seid.«

Der alte Zentaur neigte seinen riesigen, zotteligen Kopf und flüsterte dem Hauptmann mit der blutigen Nase rechts von ihm etwas zu. Dann galoppierten die beiden ans andere Ende der Lichtung. Zwei andere schlossen sich ihnen kurz darauf an – zu meiner Erleichterung war der, dessen Arm Bayard gerade ausgekugelt hatte, nicht dabei. Ich war nämlich davon überzeugt, daß bald abgestimmt werden würde, was mit uns zu geschehen hatte. Es begann eine lebhafte Diskussion, doch von meinem Platz aus konnte ich nichts verstehen.

Ich konnte von dort aus auch nichts tun. Also griff ich in die Tasche, hockte mich hin und warf die Calantina. Das Gras war mittlerweile knöchelhoch, und ich mußte es beiseite fegen, um die Zahl erkennen zu können.

Sechs und zwölf: Zeichen der Ziege. Ich tröstete mich mit dem Gedanken, daß die Ziege das Talent hatte, praktisch überall und unter allen Umständen zu überleben. Ich hoffte, das galt auch für Sümpfe und Gefangenschaft, denn ich sah uns schon eine Weile hier festsitzen.

»Was sagt dein Kaffeesatz, Galen?« flüsterte Bayard, der sich schmerzverzerrt neben mich setzte.

»Er sagt, daß es manchmal dumm ist, die ganze Wahrheit zu sagen, Sir«, log ich. »Aber Ihr habt mir ja gesagt, daß Ihr sowieso nicht an die Calantina glaubt.«

Die Zentauren, die zu unserer Bewachung zurückgeblieben waren, schienen informierter zu sein als wir. Zwei von ihnen betrachteten uns aus der Entfernung, schwangen ihre Keulen und grinsten bösartig. Nur Agion blieb freundlich, doch es war recht deutlich, daß ihm keiner zuhörte.

»Keine Sorge«, ermutigte er mich, als er ein paar kleine, schimmernde Nüsse vom blaunadeligen Zweig eines überhängenden Ewigkeitsbaums pflückte und in den Mund warf. »Archala verhängt niemals ungerechte Strafen.«

Das konnte meine Bedenken natürlich nicht ausräumen. Es wäre viel besser, wenn dieser Archala überhaupt keine Strafe verhängen würde, denn mir war egal, ob diese gerecht oder ungerecht ausfiel. Hauptsache, ich kam heil davon.

Ich überlegte, ob ich Bayard von dem dritten Mann erzählen sollte, den die Zentauren eine Meile oder so hinter uns auf der Straße gesehen hatten. Aber was sollte ich Bayard sagen, wenn er fragte, wer das meiner Meinung nach war? Was sollte ich ihm über den Mann mit der honigsüßen Stimme sagen, der in die Wasserburg eingebrochen war?

Um ehrlich zu sein, hatte ich kein wirkliches Verlangen danach, mein Gewissen zu erleichtern, bevor die Zentauren mich an den Knöcheln packen und wegen Spionage ersäufen würden. Manchmal ist es wirklich dumm, die volle Wahrheit zu erzählen. Deshalb saßen wir schweigend da. Bayard rieb seine Blessuren, und ich dachte mir verzweifelt Möglichkeiten aus, dem Urteil zu entgehen. Jedem Urteil.

Aber da sich niemand bewegte oder scharrte oder Zweige abbrach, vernahm man wieder die Geräusche des Sumpfes – die komischen Lieder unbekannter Vögel, hin und wieder das laute Quaken eines Ochsenfroschs oder Insekten, denn die Tiere waren aus ihren Verstecken gekrochen, als der Regen aufgehört hatte und die Sonne hervorkam. Die Luft um uns herum war wärmer, aber noch immer schrecklich drückend und feucht. Man konnte die Pflanzen zwar nicht wachsen sehen – nicht wirklich –, aber man sah von einer weg, und wenn man ein paar Minuten später wieder hinsah, war sie größer – oder man hielt sie für größer.

Das machte mich schrecklich nervös.

Ich dachte daran, was Gileandos über den Wächtersumpf gesagt hatte: *Etwas, das so schnell wächst, wächst wie ein Junge*, und darum kann man ihm nicht trauen. Dabei hatte er auf die Karte gezeigt, wo sich der Sumpf im Süden der Wasserburg meilenweit erstreckte. Natürlich hatten wir von den Pächtern Geschichten gehört, von Tieren, die unnatürlich groß wurden oder sich ungewöhnlich veränderten und in den Ausläufern des Sumpfes herumstrichen. Es gab Gerede von Krokodilen ohne Beine und großen, fleischfressenden Vögeln ohne Augen, weil sie in der grünen Dunkelheit des Sumpfes keine Augen mehr brauchten. Angeblich bewegten sie sich linkisch, aber schnell mit Sprüngen zwischen den Zedern und Zypressen, da ihre Flügel in einem Gelände voller Äste und Blätter nutzlos waren.

Und dann gab es natürlich noch das Gerede von den menschenfressenden, fliegenden Fischen.

An den Geschichten war zwar vielleicht nicht viel Wahres dran, aber andere Dinge waren zweifelsohne richtig. Ich wußte sie aus erster Hand. Denn wir hatten in den dunklen Tiefen des Sumpfes Pächter, Diener und hin und wieder einen oder zwei Besucher verloren. Es hatte sogar mal eine Gruppe von Gästen

– fünf Zwerge aus Granat, die Vater in dem Sommer besuchen wollten, als ich sieben wurde – den Rand des Sumpfes erreicht, wo sie lagern und den Abend in Sicherheit verbringen wollten, weil sie die gefährliche Reise lieber nicht im Dunkeln fortsetzen wollten. Am nächsten Morgen sahen sie sich vom Sumpf umgeben, der sie in der Nacht überwuchert hatte.

Zwei aus der Gruppe fehlten, und obwohl Vater am gleichen Nachmittag und auch am nächsten Morgen noch die Ausläufer des Sumpfes durchsucht hatte, und zwar mit Dienern und Fakkeln und Hunden und lautem Rufen, haben wir nie erfahren, was aus diesen Zwergen geworden ist. Genau wie bei jedem anderen, der in den Sumpf geriet und sich verirrte.

Solche Ereignisse ließen einen gesunden Respekt aufkommen, verursachten sogar Angst vor dem grünen Fleck, den Gileandos auf die Karte in seiner Studierstube gemalt hatte. Jedes Frühjahr vergrößerte er den Fleck, wenn das Sumpfland mehr Land geschluckt hatte.

In dieser Nacht schliefen wir unruhig. Ich wachte mehrfach auf und sah immer Bayard am Rand der Lichtung und am Rand des Scheins von unserem kleinen Feuer auf und ab laufen. Die Hände hielt er auf dem Rücken, als wenn sie gefesselt wären. Durch diesen Baldachin aus Blättern und Schlingpflanzen waren keine Sterne zu sehen, so daß die Nacht hier unten – bis auf das Feuer – finster war.

Nachdem ich am frühen Morgen endlich fest eingeschlafen war, wachte ich plötzlich auf. Bayard hatte sich über mich gebeugt und sah mich nachdenklich an.

»Sir?«

»Galen, wenn morgen eine ... strenge Bestrafung ansteht ...«

Eine Sekunde lang jubelte ich innerlich. Ich hoffte inständig, daß der innere Anstand meines Gefährten ihn zwingen würde, das Gewicht dieser Strafe zu tragen, ganz gleich, wie schwer, und ein Schlupfloch für mich zu finden, durch das er mich unversehrt zu Vater zurückschicken konnte. Doch sein Anstand zwang ihn zu anderen Dingen.

»Wenn wir streng bestraft werden, wäre ich beruhigter, wenn ich wüßte, daß du etwas, das ich gesagt habe, nicht falsch verstehst.«

»Ja, Sir?«

»Wegen Lady Enid.« Er stand langsam wieder auf.

»Eure Zukünftige, Sir?«

»Ja. Genau das meine ich auch. Denn, weißt du, Lady Enid ist nicht wirklich meine Zukünftige.«

»Nicht?«

»Ich meine, ich bin nicht mit Lady Enid verlobt oder so.«

Dafür hatte er mich geweckt?

»Aber Ihr habt gesagt, Ihr sollt sie heiraten.«

»Aber wir sind nicht verlobt«, betonte Bayard, um sich dann zum anderen Ende der Lichtung hin umzudrehen, wo ein anderes kleines Feuer brannte und die Zentauren sich immer noch beratschlagten.

»Es ist mehr wie eine Bestimmung.«

Ich erwachte durch einen groben Schubs. Ich wollte den Diener oder Alfrik oder wen auch immer anschreien, zu verschwinden und mich bis zu einem anständigen Zeitpunkt in Ruhe zu lassen, sagen wir mal, so bis zum frühen Nachmittag. Aber ich blickte im verschwommenen grünen Licht in das strenge, bärtige Gesicht eines Zentauren und entsann mich meiner Manieren.

Bayard stand zwischen Agion und dem Zentauren, dessen Arm im gestrigen Kampf verletzt worden war. Mein bärtiger Begleiter ging hinter uns, als Agion mich an der Schulter faßte und der verletzte Zentaur Bayard hinten an der Tunika ergriff. So wurden wir zum anderen Ende der langen Lichtung halb geschleppt, halt geführt. Dort erwartete uns unser Urteil.

Die Eskorte lieferte uns vor Archala und den anderen Zentauren ab, mit denen er sich beraten hatte.

Der Mann, dem Bayard im Kampf die Nase blutig geschlagen hatte, war eine Art Herold. Er sah uns grimmig an, wischte sich das Blut von der Oberlippe und begann zu sprechen.

»Alles steht gegen Ihn«, verkündete er mit näselnder Stimme, was sicher auf den Zustand seiner Nase zurückzuführen war. Ich hätte das Näseln lustig gefunden und hätte bestimmt gelacht, wäre die Nachricht nicht so ausgefallen, daß *alles gegen mich stand.*

»Wir fürchten, daß die Rüstung ein außerordentlich starker Beweis ist«, erklärte er. Dann machte er eine Pause, und man konnte seinem Gesicht ablesen, daß er entzückt war, daß jemand, der seine Nase verändert hatte, Durchsuchung und Festnahme verdient hatte.

»Aber dennoch«, fuhr der Herold mit dem fort, was für ihn offenbar schlechte Nachrichten waren. »Archala hat auf den alten Gesetzen bestanden, wie es die Tradition und die Weisheit fordern. Denn er sagt, daß Seine Worte aus ehrlichem Herzen und untrügerischem Verhalten erwachsen.«

Das regte die anderen ungemein auf, außer Agion, der die Vorgänge aus etwas Entfernung voller Bewunderung verfolgte.

»Nichtsdestotrotz«, brüstete sich der Herold, der jetzt deutlich seine Nase zu schonen suchte, »nichtsdestotrotz macht die Sache mit den Satyren – mit Seinem Bündnis mit den Satyren – uns allen zu schaffen.«

»Nicht mehr als uns, Meister Archala«, unterbrach ihn Bayard, wobei er an dem Sprecher vorbeiblickte und den alten

Zentauren persönlich ansprach. »Besonders da wir, wie ich schon sagte, nichts von diesen Satyren oder Ziegenmenschen oder wie auch immer Ihr sie nennt, wissen. Und ebensowenig, warum Ihr uns eines Bündnisses mit jemandem verdächtigt, den wir nicht kennen.«

»Ich brauche nicht daran erinnert zu werden, daß Er sich zu diesem Punkt bereits geäußert hat, Sir Ritter«, entgegnete Archala mit geduldigem Lächeln. »Natürlich wird Er verstehen, warum wir... solche Erklärungen anzweifeln, wenn zwischen den Satyren ein Ritter in genau der Rüstung ritt, die Er auf Seinem Packpferd hatte, als wir Ihn auf der Straße aufgriffen – und es war ein Anführer, wie wir durch die erhobenen Waffen sehen konnten.«

Bayard wollte protestieren, aber Archala hob seine riesige Hand und gebot ihm Schweigen, bevor er weitersprach.

»Aber Seine Rüstung war gestohlen. Wie Er sagt. Sie war eine Zeitlang nicht bei Ihm. Wie Er sagt. In dieser Zeit konnte der Dieb natürlich mit unseren Feinden gemeinsame Sache gemacht haben. Wie Seine Geschichte uns glauben machen will. Gewiß begreift der Sir Ritter, warum ich ungern das Schicksal meines Volkes aufs Spiel setze. Doch unser Urteil über Seine Schuld oder Unschuld soll auf einer Prüfung von sieben Tagen und sieben Nächten basieren, in denen Er bei uns, unter unseren wachsamen Augen bleibt. Dann werden wir vielleicht sehen, welchen Einfluß Seine Anwesenheit auf die Satyre hat.«

Archalas Urteil gefiel niemandem wirklich.

Die Zentauren standen hinter Archala und waren offensichtlich bereit, uns an den Knöcheln zu schnappen und zum nächsten Wasserlauf zu tragen. Ich wäre jede Wette eingegangen, daß Agion unser Wächter sein würde, weil niemand sonst diese Aufgabe übernehmen wollte.

Bayard war sicher, daß wir für unschuldig befunden werden würden, einfach weil wir unschuldig waren. Natürlich war er wütend über die Verzögerung, denn bis zum Turnier im Kastell di Caela war nur noch zwei Wochen hin, und jeder Teilnehmer, der die Eröffnungszeremonien versäumte... nun, die Tochter eines reichen Mannes versetzt man nicht.

Trotzdem muß ich zugeben, daß ich überrascht war – im Gegensatz zu allen anderen –, als Bayard sich anbot, zwischen den Zentauren und den Satyren zu vermitteln.

»Vermitteln?«

Bei diesem Vorschlag plusterte Archala sich auf. Sein weises, tolerantes Lächeln wich augenblicklich einem, das ich erheblich weniger mochte. »Ich nehme an, Er will einen Friedensvertrag mit uns aushandeln?« fragte er ironisch.

»Nun, mein Herr«, antwortete Bayard, »ein Friedensvertrag wird ohne Euch wohl kaum möglich sein. Vielleicht könnte ich die Vorarbeit leisten – einen zeitweiligen Waffenstillstand zum Beispiel –, damit Ihr und Euer Rat und der Anführer der Satyre und sein Rat sich auf neutralem Boden treffen können...«

»Archala, wir haben die alten Bräuche wirklich lange und getreulich respektiert«, unterbrach der Herold, dessen nasale Stimme plötzlich kalt und frostig klang. »Wenn er vorhat...«

Aber Archala erhob seine knorrige Hand, und wieder war die Lichtung still.

»So dumm ist Er doch wohl nicht«, begann der alte Zentaur an Bayard gewandt. Dann aber schwieg er, drehte sich langsam von uns weg und sprach leise mit sich selbst.

Bayard und ich sahen uns verwirrt an. Bayard wollte etwas sagen, wahrscheinlich fragen, was Archala Kopfzerbrechen bereitete.

Doch in diesem Moment bot Agion an, uns »als Friedensboten« zum Lager der Satyre zu begleiten, und fügte noch hinzu, daß er Bayard seine Geschichte glaubte.

Archala hörte auf zu murmeln und starrte das Unschuldslamm an.

»Aber das ist doch genau das, was der Solamnier will, Archala«, platzte der Herold los. »Eine Eskorte zu seinen eigenen Reihen und in Sicherheit.«

»Und wenn ich nun die Wahrheit sage, Archala?« beharrte Bayard. Er wollte das Turnier um keinen Preis verpassen.

Archala dachte darüber nach.

»Laß Er uns den Jungen hier, Solamnier«, drängte der Herold, »als Zeichen für Seine guten Absichten.«

»Auf keinen Fall!« rief Bayard aus. »Das ist mein Knappe und darum gehört er zu mir und darf nicht als Eure Geisel Euren Ängsten und Eurem Mißtrauen ausgeliefert sein.«

Der Herold schnaubte finster, doch Bayard hielt sich wacker. Ein leises Lächeln zog sich über sein Gesicht, und er betrachtete den großen, einschüchternden Kerl mit einer Gleichgültigkeit, die an Verachtung grenzte.

Lange Zeit sagte niemand ein Wort. Weit hinten im Sumpf kreischte etwas – ein kleines Tier, vielleicht ein Vogel –, und das Wasser in den Lachen um die Lichtung kräuselte sich, als noch kleinere Tiere sich im Wasser und tief im Matsch in Sicherheit brachten.

Dann erhob Archala seinen rötlichen Arm und nickte Bayard zu. Der Herold kochte, doch ein eisiger Blick des alten Zentauren brachte ihn zum Schweigen.

Aber ich konnte mich partout nicht aus dieser Sache herauswinden, denn sie setzten mich auf Agions Rücken, und wir ritten neben Bayard und Valorus von der Lichtung, um die Satyre zu suchen. Das Licht um uns herum wurde immer grüner, bis selbst meine Hände wie Blätter aussahen.

Hinter uns eroberten sich die Schlingpflanzen den Pfad zurück.

Kapitel 6

Die Reise durch den Sumpf war wie eine Reise in einer Glasflasche: die Stille, die Enge, das durch die Blätter über uns grün gefilterte Licht. Und das seltsame Gefühl, daß die Blätter irgendwie durchsichtig waren, und wir von dahinter belauert wurden.

Denn ich war sicher, daß wir verfolgt wurden.

Dieses ungute Gefühl änderte sich kaum, als wir weiter in den Sumpf eindrangen. Irgendwann merkte ich, daß mir unterwegs keine plötzlich davonhuschenden Tiere mehr auffielen. Um uns herum war es jetzt auf Meilen still. Das war das erste von verschiedenen schlechten Zeichen. Wo wir auch hingingen, es war, als ob das Gebiet erst Minuten vorher erschreckt worden wäre.

Schon bald übernahm der Zentaur die Führung. Bayard folgte zu Fuß, um die verbliebenen zwei Pferde durch das unsichere Sumpfgebiet zu führen. Diese Marschordnung kam Bayard und Agion vernünftig vor, besonders da Agion als einziger eine Vorstellung davon hatte, wo unser Ziel lag. Leider befand ich mich auf Agions Rücken, als diese Entscheidung fiel.

Der Gedanke, die Vorhut zu spielen, sagte mir wenig zu. Aber da ich vor der Wahl stand, vorne zu reiten oder neben Bayard zu laufen, wählte ich widerstrebend das erstere. Schließlich konnte ein Hinterhalt jeden von uns erwischen, von vorn oder von hinten. Treibsand und Krokodile jedoch schlugen zuerst vorne zu, und sie würden mit dem ersten, was sie erwischten, ob Zentaur oder Pferd, so beschäftigt sein, daß der Reiter bestimmt Gelegenheit zur Flucht haben würde.

Während der Reise unterhielt uns Agion mit Geschichten.

»Manche von den Alten erinnern sich an Zeiten, bevor der Sumpf hier war«, fing er an, »aber ich habe von Kindheit an in diesen Löchern hier Kräuter und Wurzeln gesammelt. Viele Male habe ich mit meiner Tante Megära Braunwurz und Luzerne gesammelt, und immer hat sie zu mir gesagt: ›Agion, Luzerne folgt der Turteltaube, Braunwurz der Ringeltaube‹...«

»Das ist ja alles überaus faszinierend, Agion«, unterbrach ich ihn, während ich Bayard verzweifelte Blicke zuwarf. Dessen Aufmerksamkeit galt allein dem vor ihm liegenden Pfad.

»Ja, doch es geht noch weiter, Meister Galen«, sprach der Zentaur. »Einmal mußten Tante Megära und ich einen Bienenschwarm aus der Luzerne vertreiben, als wir Packungen und Kompressen für den Winter machten, die die alten Zentauren gegen Arthritis verwenden. Es waren Dutzende von Bienen, deren Stiche so weh taten wie bei Bremsen, nur daß die Schwellung bei Bienen hinterher schlimmer ist. Und Tante Megära sagt…«

Agion fing an zu lachen.

»Sie sagt… Ach! Sie war wirklich ein Original!«

Sein schallendes Lachen erschütterte die ganze Gegend. Ein paar kleine Beuteltiere sprangen quiekend von einem nahestehenden Baum und huschten ins tiefere, grüne Dunkel. Bayard sah mich besorgt an. Seine Hand lag an seinem Schwert.

»Agion«, unterbrach er leise und drängend, »denk dran, daß wir auf feindlichem Boden sind.«

»Recht hat Er, Sir Bayard«, sagte Agion nicht sehr viel leiser. »Aber hör Er nur, was Tante Megära sagte, als wir mit geschwollenen Flanken und voller Bienenstiche aus der Luzernewiese kamen.«

Bayard runzelte die Stirn. Seine Hand lag immer noch an seinem Schwert.

»Sie sagt… Ach! Sie war so ein komischer Vogel!« Und er fing wieder an zu lachen. »Sie sagt: ›Ein Segen, daß wir heute nacht im Stehen schlafen!‹«

In unausgesprochenem Einverständnis hielten Bayard und ich ihn von weiteren Geschichten aus seinem Leben vor unserer Ankunft ab, da wir bald heraus hatten, daß diese nicht nur langweilig, sondern auch laut waren. Statt dessen fragten wir immer wieder nach den Satyren und fanden zu unserer großen Enttäuschung heraus, daß die Zentauren – oder zumindest dieser spezielle Zentaur, der mir nicht besonders informiert vorkam – selbst kaum mehr wußten als wir.

»Ihr wißt nicht einmal, wo sie herkommen?« fragte Bayard und zeigte erstmals etwas Ungeduld. Es war ungefähr die fünfte Frage in Folge, auf die Agion keine Antwort wußte.

»Es ist einfach so, wie ich Ihm sagte, Sir Bayard«, beharrte der Zentaur und wischte etwas Kleines, Summendes und Nervendes von seinem Nasenrücken. »Die Satyre sind schon eine Weile hier, ungefähr einen oder zwei Monate, auch wenn man nicht einmal das mit Sicherheit sagen kann. Als sie ankamen, hielten wir sie erst für sagenhafte Geschöpfe. Erinnert Er sich an die kleinen ziegenfüßigen Flötenspieler aus der Geschichte von Paquille?«

Bayard und ich sahen uns an. Wir hatten beide keine Ahnung, was er meinte.

»Natürlich haben wir versucht, uns mit ihnen anzufreunden«, erzählte Agion weiter. »Wir dachten, sie wären etwas aus der alten Zeit, von der es heißt, daß die Rassen auf Krynn mehr mit dem Land und den Tieren, die darauf lebten, verbunden waren. Darum sehnten wir uns nach allem aus der Vergangenheit.«

Bayard und Agion liefen eine Weile schweigend weiter, bis ich von der Pause genug hatte.

»Weiter Agion. Was geschah, als ihr versucht habt, euch mit diesen Wesen anzufreunden?«

»Wie Er sieht, kleiner Freund, stand das unter einem schlechten Stern«, fuhr Agion traurig fort. »Zuerst blieben die Satyre auf Distanz. Sie knurrten. Sie schwangen ihre Waffen.«

»Das hätte ich nicht als sehr günstige Voraussetzungen empfunden, Agion«, unterbrach ich ihn trocken. Bayard zischte meinen Namen und warf mir einen bösen Blick zu. Ich grinste ihn frech an und drängte dann den Zentauren leise, fast ernsthaft, weiter zu erzählen.

Was er nach kurzem Schmollen tat.

»Aber wir dachten, sie wären nur vorsichtig, weil sie auf fremdem Boden waren«, sagte er entschuldigend. Sein langer Schwanz klatschte an seinen Rumpf und erschlug irgendein Insekt. Etwas weiter rechts schrie etwas auf, und ich wäre fast von Agions Rücken gesprungen, doch weder der Zentaur noch Bayard wirkten alarmiert. Statt dessen schienen sie beinahe erleichtert, daß etwas die zunehmend lastende Stille des Sumpflands durchbrochen hatte.

Denn auch ihnen war die Stille aufgefallen.

»Wie ich schon sagte, wir dachten, sie wären nur vorsichtig«, wiederholte Agion. »Jedenfalls bis sie zwei aus unserem Volk umbrachten.«

»Das ist der Teil der Geschichte, auf den ich sehnlichst gewartet hatte«, meinte ich. »Denn ich liebe Mordgeschichten, die genau da stattfinden, wo ich bin, wenn diese Geschichten erzählt werden.«

»Möchte Er, daß ich nicht weiter erzähle? Es wird traurig, das ist richtig, aber es wird auch merkwürdig und für den, der zuhören will, eine lohnende Geschichte.«

»Dann erzählt Eure Geschichte, Agion«, drängte Bayard, als wir eine tückische Pfütze mit trübem Wasser erreichten, die mitten im Weg war. Das Wasser blubberte, als Agion und ich darüber stiegen, beruhigte sich dann bis auf ein paar kleine Wellen, um wieder zu blubbern und zu brodeln, als Bayard Valorus herumführte. Dann beruhigte sich das Wasser erneut, als das Packpferd als Schlußlicht unserer kleinen Gruppe es sicher umging.

»Ich war nicht dabei, als das Töten geschah«, sagte der Zentaur, während er mit dem Ende seiner Sichel vorsichtig eine Schlingpflanze berührte, die mitten in den Pfad hing. Nachdem er sich davon überzeugt hatte, daß es wirklich eine Pflanze war, schnitt er sie säuberlich von dem Ast ab, von dem sie herunterbaumelte. Dann duckte er sich unter dem Ast hindurch. »Aber ich habe die Geschichte von Archala selbst, der immer richtig sieht und richtig berichtet. So hat er es mir erzählt:

Es waren sechs von uns: Archala und Brachis und Elemon und Stagro der Jüngere und Pendraidos und Kallites. Sechs Offiziere, die im Hochsommer ins Zentrum des Sumpfes aufbrachen, um mit den Neuankömmlingen, den Ziegenmenschen, Frieden und Freundschaft auszuhandeln.«

Auch wenn ich eine gelegentliche Erzählung von Mord oder Krieg oder sonstigem willkürlichen Blutvergießen hinnehmen kann, hasse ich Geschichten über unheimliche Todesfälle, besonders wenn sie mir an einem unheimlichen, einsamen Ort erzählt werden. Agion hingegen erzählte das grausige Ereignis begeistert und genußvoll. Es ist so, daß eine ganze Reihe von Geschichten, die sich die Zentauren merken und weitererzählen, mit dem geheimnisvollen Tod der meisten, wenn nicht aller Beteiligten enden. Damals wußte ich das noch nicht, doch in dieser waren die Verluste auch nicht hoch.

»Es waren sechs von uns«, sang Agion, »doch nur vier Geschichten kehrten auf das Festland zurück.

Die erste war die von Archala, dem Anführer der Soldaten und Ältesten, der sie fallen sah, Kallites und Elemon, der nichts als ihr Fallen sah, nichts als ihre Schreie hörte. Dann sah er den Ritter von Solamnia fortreiten.

Die zweite war die von Pendraidos dem Chirurgen, der sie fallen sah, Kallites und Elemon, der keine Wunde an ihren Körpern fand, bis wir glauben mußten, daß es keine Wunde gegeben hatte, daß nur ihre großen Herzen aufgehört hatten zu schlagen. Auch er sah den Ritter von Solamnia fortreiten.

Die dritte war die von Stagro dem Jüngeren, dem Bogenschützen, der sie fallen sah, Kallites und Elemon, und der doch keinen Feind sah, der seine Freunde schreien hörte, der die spöttischen Rufe der Satyre hörte, der einen Schrei über allen vernahm. Und dieser eine Schrei schwoll an zu einem lauten und perlenden und honigsüßen Lachen, als Kallites und Elemon sich im Schilf des Sumpfes vor Schmerzen wanden. Dann hörte er, Stagro der Bogenschütze, seine Freunde ein letztes Mal in Schmerz und Todesqual aufschreien. Und sah den Ritter von Solamnia davonreiten.

Bayard runzelte die Stirn. Er senkte den Kopf, um jede Einzelheit mitzubekommen. Das mit dem *honigsüßen Lachen* ließ mir den Atem stocken. Ich dachte an den Skorpion.

»Die vierte war die von Brachis dem Jäger, der die Hunde von Archala hielt, der keinen fallen sah, jedoch…«

Es geschah alles sehr schnell. Und zwar so schnell, daß ich kaum Zeit hatte, voller Panik die Flucht zu ergreifen.

Valorus schnaubte und scheute vor ein paar Binsen links von uns, die sich plötzlich wie die Wasserlachen, an denen wir am Rand der Lichtung vorbeigekommen waren, wild bewegten. Es sah aus, als würden die Binsen zerkaut und von etwas Enormem, Unsichtbarem zerkleinert.

Agion erhob seine Sense und drehte sich abrupt um. Viel zu abrupt allerdings, denn die schnelle Bewegung warf mich von seinem Rücken ins Gras und in ein Fuß tiefes Wasser.

Bayard war fast über seine eigenen Füße gestolpert, als Valorus' kräftiger Ruck an den Zügeln ihn fortriß. Fluchend ließ er den Hengst los, der an die Seite sprang und stehenblieb, weil er die Bewegung im Unterholz sah. Dann riß der Zügel, an dem Bayard das Packpferd geführt hatte, mitten entzwei, als die

Stute voller Panik daran zerrte. Sie wieherte laut, keilte wild nach etwas aus, das ich nicht sehen konnte, und stürzte sich dann Hals über Kopf in den Sumpf – wahrscheinlich auf und davon.

Nicht daß ich Zeit gehabt hätte, mir über den Verbleib der Stute Gedanken zu machen. Denn ein Kampf begann, jedenfalls sah es so aus. Bayard und Agion schlugen mit ihren Waffen durch die Luft, die um ihre Klingen herum schimmerte und tanzte, als wenn sie durch Wasser schnitten. Aber das war auch alles, was ich vom Feind sah, dieses ungewöhnliche Schimmern in der Luft. Das heißt, bis ich mich aufgerappelt hatte und wieder auf dem Weg stand.

Vier Satyre waren auf dem Weg in einen tödlichen Nahkampf mit meinen beiden Begleitern verstrickt. Ich zwinkerte rasch und wich zurück, weil ich immer noch nicht begriff, wie diese Wesen aus den Luftwirbeln gekommen waren.

Es waren kräftige Kerle, diese Satyre, und noch häßlicher, als man sich aufgrund der Beschreibung »Ziegenmenschen« hatte vorstellen können. Ja, sie waren gehörnt, und ihr Unterkörper war mit schmutziger, fleckiger Haut bedeckt. Ja, sie hatten kurze, strähnige Schwänze und Hufe an den Füßen. Ja, ich konnte sie schon von weitem riechen. Aber darüber hinaus waren ihre Gesichter nur Haut und Knochen, und ihre Züge waren nicht sehr ziegenartig – Ziegen können sehr edel aussehen, auch wenn sie nicht besonders schön sind –, sondern ähnelten denen von Riesen oder grauenhaft verzerrten Menschen. Und zudem trugen alle vier Messer und kurze Speere, mit denen sie unsere Gruppe angriffen.

Mir kam es so vor, als wären wir zahlenmäßig unterlegen.

Wenn ein strammer, junger Bursche wie Agion und ein erfahrener, geübter Kämpfer wie Bayard schon kaum Chancen hatten, das zu besiegen, was sie angriff, dann wußte ich nicht, was passieren würde, wenn sich ihnen ein magerer Junge mit spitzem Gesicht anschloß, der ein ruhmreiches, langes Messer trug.

Also kauerte ich mich an den Wegrand, während meine Kameraden sich auf den Feind stürzten. Bayard wich dem Speerstoß des vordersten Satyrs aus und versetzte dem Kerl einen kräftigen Tritt ins Hinterteil. Der Satyr kullerte in das hohe Gras am Wegrand, aber zuvor war Bayards Fuß – anscheinend – bis zum Knöchel in seinen Rücken gedrungen.

Bayard schrie auf, nicht vor Schmerz und bestimmt nicht vor Schreck, sondern vor Überraschung. Als er das tat, sprang ihm ein weiterer Satyr auf den Rücken und stach mit blankem Messer nach seiner Kehle.

Als Agion diesen Kampf auf Leben und Tod bemerkte, warf er die beiden Satyre von sich, die er jeweils in einer Hand kopfüber gehalten hatte. Die Ziegenmenschen kamen irgendwo in den Binsen auf, wo sie meckerten, um sich schlugen und dann still liegen blieben. Der Zentaur sprang vor und pflückte den Angreifer von Bayards Rücken.

Der Satyr zappelte und kreischte, als Agion ihn hoch in die Luft hob und schüttelte wie ein Terrier, der eine Ratte schüttelt, und ihn dann gut fünf Meter durch die Luft zu seinen Kameraden schleuderte. Es gab einen dumpfen Aufprall, und dann war Stille. Dann hörte man, wie das Schilf von etwas – oder mehreren etwas – zertrampelt wurde, das sich entfernte.

Der Sumpf war wieder ruhig, bis auf den gelegentlichen Ruf eines Vogels und das Zirpen der Grillen.

So viel zu unserer Friedensmission.

Meine Begleiter entspannten sich und sondierten nach diesem ersten Angriff die Lage. Agion rieb sich zufrieden die Hände und nickte Bayard zu, der müde seufzte und das

Schwert einsteckte, das er nicht benutzt hatte. Er ging zu Valorus, streichelte dem Hengst die Mähne und flüsterte ihm etwas auf Altsolamnisch ins Ohr.

Erst da fiel es ihm wieder ein.

»Das Packpferd! Es ist weg, und es hat meine Rüstung!«

In diesem Moment begann der Sumpf, der bestimmt eine Stunde geschwiegen hatte, zu lärmen, und ich fragte mich, was mich an der Stille so aufgeregt hatte. Überall um mich herum herrschte ein schrecklicher Lärm – Vogelrufe aus dem Hals von Wesen, die bestimmt keine Vögel, aber auch keinesfalls Menschen waren. Etwas in diesen Rufen klang belustigt und spöttisch, und ich dachte, ich hätte meinen Namen gehört. Allerdings hatte ich solche Angst, daß ich ihn durchaus aus diesem sinnlosen Lärm hätte heraushören können.

Ich erinnerte mich an die dunkle Bücherei und fragte mich, ob wohl Raben in diesem Chor der Stimmen waren.

Bayard blickte sich rasch um und versuchte, die Ursache für diesen merkwürdigen Lärm herauszufinden. Leise und gezielt deutete er auf Agion und dann auf die Binsen links vom Pfad.

Der große Zentaur nickte wieder und machte sich in diese Richtung auf. Bald war er in dem dichten Grün verschwunden.

Jetzt war ich dran. Bayard zeigte auf mich und wies nach rechts.

»Wie bitte?« flüsterte ich.

»Oh, Galen, geh einfach drei Meter oder so vom Pfad ab und bezieh dort Stellung! Bewach da drüben unsere Flanke.«

»Bewachen? Ich weiß nicht, ob ich Euch richtig verstanden habe. Ihr habt doch ›bewachen‹ gesagt, oder?«

Bayard verdrehte die Augen, während er sein Schwert zog und seinen Schild vor sich hielt, um weiter dem Pfad zu folgen.

»Bei Humas Lanze! Schrei einfach, wenn du etwas siehst.«

Widerwillig verließ ich den Pfad nach rechts. Rohrkolben und tiefhängende Zweige streiften mein Gesicht, und ein paarmal stolperte ich, weil ich mich in dem grünen Königreich da unten verfangen hatte. Mein letzter Blick auf den Pfad zeigte mir Bayard, der tief geduckt und so schnell wie ein gewaltiger Panther auf die Quelle des Lärms zurannte.

Ich dagegen gab eine weniger raubtierhafte Figur ab. Höchstens drei Meter vom Pfad entfernt schob ich das Schilf auseinander, um auf eine kleine Lichtung zu stolpern, auf der sich ein verrotteter Baumstumpf und zwei stehende Wasserlachen befanden. Wieder wurde der Sumpf merkwürdig still, und die Rufe und Schreie verloren sich so plötzlich, wie sie begonnen hatten, in den natürlicheren Geräuschen des Sumpfes: Hin und wieder summten mir Mücken um die Ohren, und über meinem Kopf wurde das tiefe, geheimnisvolle Schweigen des Himmels nur vom Schrei eines Raben unterbrochen.

Ich zog mein kleines Schwert, weil ich fand, daß es – ob mit oder ohne Lärm – leicht zum Kampf kommen konnte, und daß ich dann vielleicht sogar daran teilnehmen mußte. Lieber Stahl und Kampf als Gefangenschaft.

Die Zeit verging – zuviel Zeit. Mitten in meine Ängste drang aus der Nähe ein Geräusch, ein lautes Rascheln von Blättern und Unterholz. Schnell begann ich, mich in den sumpfigen Boden einzugraben. Ich hoffte, mir würde die Zeit reichen, um mich zu vergraben und so der Entdeckung zu entgehen. Aber der Boden war zu naß; das Loch füllte sich genauso schnell mit Wasser, wie ich grub, und mir schoß durch den Kopf, daß die Zentauren mich ertränken würden, ob ich nun der Spionage schuldig war oder nicht.

Da drang Bayard aus dem Gehölz. In der rechten Hand hielt er sein Schwert, mit der linken gebot er mir dringlich, leise zu sein. Gebückt kam er auf mich zugehuscht und kniete sich neben mich.

»Wo seid Ihr gewesen!« platzte ich los, wobei mein Flüstern schnell zu voller Lautstärke und fast zu Schreien anstieg, bevor er mit der behandschuhten Hand meinen Mund bedeckte und mich zum Schweigen brachte.

»Es ist doch alles in Ordnung mit dir?«

»Ja. Na ja, eigentlich nicht. Es ist mein Bein, Sir. Ich fürchte, es ist gebrochen oder anderweitig verletzt. Wenn Ihr einen Fluchtweg habt, so könnte ich den Schmerz wahrscheinlich aushalten und es schaffen. Ansonsten ist das Bein zu nichts gut. Taugt überhaupt nicht dazu, eine Stellung zu stürmen, oder was Ihr sonst für Angriffe im Kopf habt.«

»Also bist du in Ordnung«, flüsterte Bayard. »Du mußt deine Vorliebe fürs Versteckspielen aufgeben, Galen.«

»Das werde ich, Sir, wenn unsere Feinde das auch tun.«

Ziemlich nah, aber immer noch auf der anderen Seite des Pfads hörten wir einen Pfiff.

»Agion«, erläuterte Bayard mit einem Nicken in die Richtung des Pfiffs. »Galen, sie sind überall um uns herum. Sie kennen das Gelände, wissen, wie man im Sumpf kämpft. Bei meinem Leben, ich habe kaum gesehen, was mich getroffen hat, als sie uns aufgelauert haben. Und dazu sind wir auf jeden Fall zahlenmäßig unterlegen, und zwar um einiges, wenn man nach dem Lärm da draußen geht.«

»Das hebt meine Stimmung deutlich, Sir. Vielleicht sollten wir uns neu formieren? Ich könnte auf Agion zu den Zentaurenlinien zurückreiten. Mein Bein würde mir beim Reiten weniger zu schaffen machen. Es wird sich nichts zu unseren Gunsten ändern, wenn wir hier bleiben.«

»Rückzug kommt gar nicht in Frage«, sagte Bayard verbissen, während er seine Stirn an eine Eiche lehnte und die Augen schloß.

»Was sollen wir dann machen?«

Bayard machte die Augen auf, sah mich stirnrunzelnd an und stand dann in gebückter Haltung auf.

Wieder pfiff etwas auf der anderen Seite des Pfades, dieses Mal lauter und drängender.

»Da drüben braut sich etwas zusammen«, folgerte Bayard. »Bestimmt hat Agion sie gesichtet.«

Er stand auf und ich ebenfalls, doch er drehte sich um und schickte mich zu dem Platz zurück, wo er mich gefunden hatte.

»Das wird eine üble Sache.«

Er warf einen kurzen, ironischen Blick auf mein Schwert.

»Ich nehme an, du bist nicht… sehr geübt mit Waffen. Aber du kannst uns eine Warnung zurufen, wenn nötig. Also bewach diesen Platz hier, falls sie von hinten kommen.«

Mit diesen ermutigenden Worten war er auf und davon. Leise schlüpfte er in das grüne Gewirr hinter mir, während ich mich darauf einrichtete, genau hier zu bleiben.

Was gar nicht so einfach ist, wenn man am liebsten alles andere tun möchte als warten. Es wurde später Nachmittag, und eine Zeitlang schienen die Geräusche ganz nah zu sein. In den hin und her gehenden Rufen, dem Prahlen, dem Meckern, den gelegentlichen Pfiffen und Schreien konnte ich Wortsilben erkennen, aber nie genug, um auch nur einen Satz, eine Aussage herauszufiltern. Es war, als wäre alles, was die Satyre sagten, wie Irrlichter – immer einen oder zwei Schritte außer Hörweite.

Ich saß bestimmt eine Stunde so da, schlug Insekten tot und fürchtete mich vor allem Erdenklichen und einigen unvorstellbaren Dingen. Der Lärm wurde laut und wieder leise, laut und leise, bis der Sumpf irgendwann schwieg. Allmählich wunderte ich mich, wo Bayard eigentlich steckte – warum ich nichts von ihm gehört hatte. Ich wäre gern aufgestanden und aus meinem Versteck gekrochen, doch dann überlegte ich es mir noch einmal. Ich wußte, wie sich eine Schildkröte in ihrem Panzer fühlen mußte, wenn sie das komplizierte Ratespiel spielte, wann es sicher genug war, den Kopf herauszustrecken.

Dann kam ein rauhes, scheußliches Kreischen von irgendwo weit rechts. Mir war, als wäre ein Rabenflügel über mein Gesicht gestrichen und hätte den kalten Hauch von Nacht und Tod gebracht.

Das war kein Ort, um den Einbruch der Dunkelheit abzuwarten. Ich stand auf und lief los, wanderte in einem alptraumhaften Bogen durch die bestimmt längsten Minuten meines Lebens. Dann brach ich aus dem Unterholz auf den Pfad, wo ich hinkniete und im Überschwang den Boden küßte.

Ich ging in die Richtung los, die Bayard eingeschlagen hatte – oder zumindest meiner Meinung nach eingeschlagen hatte. Langsam kamen wieder bekanntere Geräusche auf, als das Grün der Blätter mit einbrechender Dämmerung dunkler wurde. Irgendwo hinter mir quakte eine Horde Frösche. Eine Eule erwachte. Es wurde laut im Sumpf, fast lebhaft. Ich hätte gern den Pfad verlassen und mir ein Versteck gesucht, solange noch genug Licht da war.

Aber während ich darüber nachdachte und so weit wie möglich nach rechts in den Sumpf blickte, hörten links von mir alle Geräusche auf. Ich nahm mein Schwert zur Hand und sah zu, wie Schilf und Efeu sich an einer Stelle teilten. Ich wartete darauf, daß wieder alles raschelte, blubberte und brodelte wie direkt vor dem Hinterhalt, und war erleichtert, als das nicht geschah.

Agion glaubte, daß wir – Bayard und ich – zu dritt gewesen waren. Es war noch jemand in dieses Schlammloch eingedrungen.

Ich dachte an den Skorpion, und wie still und abgelegen der Ort hier war.

Oder vielleicht hatte Archala seine Meinung geändert. Vielleicht waren wir jetzt doch als Spione überführt. Vielleicht waren wir schon verurteilt.

Von allen, die ich möglicherweise erwartet hatte, war Brithelm der letzte.

Doch es war tatsächlich mein älterer Bruder Bayard, der auf einer Matratze in der Luft saß. Seine Augen waren geschlossen, und in der Hand hielt er eine Hundepfeife. Sein Gesicht leuchtete auf, als er mich sah. »Galen!« rief er, so daß man ihn durch den ganzen Sumpf und womöglich bis hin zur Wasserburg hören konnte. Gewiß erreichte sein Ruf die Ohren der Satyre, die nicht weit weg waren und zweifellos nach mir suchten.

Brithelm kam auf mich zu, ohne auf Satyre und Hinterhalte zu achten. Er wußte auch nichts von schlimmeren Gefahren und von dem traurigen Schicksal, das Kallites und Elemon widerfahren war. Von jenseits des Pfades hörte ich Bayard aus der sicheren Deckung schreien: »Runter!« Es war peinlich nah. Und bei diesem Ruf strahlte Brithelm noch mehr.

»Mein kleiner Bruder. Glücklich im Dienst von Sir Bayard von Vingaard. Erlaube mir, erst den Ritter zu begrüßen, wie es Brauch und Sitte ist.« Ich wollte ihm nachrennen und ihn runter reißen, doch als ich rechts im Unterholz eine Bewegung hörte, überlegte ich es mir anders und sprang schnell beiseite.

Das rettete mir wahrscheinlich das Leben.

Zwei Satyre mit kleinen, aber gemeinen Tomahawks brachen aus dem Unterholz und schlugen auf Brithelm ein.

Der sie nicht gesehen hatte. Der immer noch ungerührt über den Pfad lief.

Ich war wie gelähmt, als ob ich eine dieser großen, hypnotisierenden, giftstrotzenden Schlangen beobachtete, die die Männer aus Neraka einander bei politischen Unruhen in Körben zuschicken. Ich sah eine Bewegung vor mir, sah eine Sekunde lang Bayard, der aufspringen wollte, um meinen Bruder zu retten, sah einen starken Arm – wahrscheinlich Agions –, der ihn zurückzog.

Sah Brithelm mitten durch die Satyre gehen, ohne verletzt zu werden. Sah, wie die Waffen nutzlos durch die Luft sausten. Sah, wie die Satyre so schnell wieder in ihren Verstecken verschwanden, als ob sie sich in Luft aufgelöst hätten.

Brithelm hatte nichts bemerkt.

Er ging weiter den Pfad entlang, bis er sich zur Seite drehte, mit seinen Armen das Schilf zerteilte und dem wie vom Donner gerührten Bayard die Hand schüttelte. Dann dem wie vom Donner gerührten Agion. Dann trat Bayard, gefolgt von dem Zentauren, ins Freie, wobei keiner von beiden die Blicke von meinem Bruder losbekam.

Da die Satyre vorläufig verschwunden waren, trat auch ich heraus.

Wir standen sprachlos um Brithelm herum. Der sah lächelnd und nickend von einem zum anderen – ich haßte es richtig, ihm mitteilen zu müssen, daß er angegriffen worden war.

Schließlich brach ich das Schweigen, indem ich meinen Herrn ansprach, der bei dieser völlig aus der Hand gelaufenen Unternehmung ja wohl der Schlauste war.

»Macht Ihr das, Sir.«

»Als erstes sollten wir mal vom Pfad runter«, drängte Bayard. »Die Satyre könnten jeden Augenblick zurückkommen.«

»Wenn sie das tun, könnten wir uns doch hinter Brithelm verstecken«, schlug ich vor.

Bayard warf mir einen wütenden Blick zu, als er uns zu der Stelle führte, wo er und Agion sich versteckt hatten – eine kleine Lichtung, die größer geworden war, weil sich das hohe Gras und Schilf dem Gewicht eines Zentauren nur schwer widersetzen konnte. Dennoch richtete sich das Blattwerk bereits wieder auf, so daß wir brusthoch in den Binsen standen. Nun ja, Agion bis zur Flanke und die beiden anderen bis zum Bauch. Agion befreite die Stelle von Schilf und Schlingpflanzen, indem er seine Sense schwang, die er von der Straße zurückgeholt hatte, wo die Satyre sie nicht angerührt hatten.

Es gab mir eine gewisse Sicherheit, daß Brithelms Bericht, wie und warum er hergekommen war, bekannt und sogar beruhigend war.

Mein Bruder war genauso hirnverbrannt wie eh und je.

Am Morgen meiner Abreise war Brithelm anscheinend aus einer Trance erwacht und hatte entdeckt, daß ich fort war. Er gab zu, daß er das erwartet hatte – daß sein jüngerer Bruder seiner »Berufung zum Ritter« folgen würde, wie Brithelm es so großzügig ausdrückte. Bayard war so großzügig, nicht zu lachen.

»Aber beim Erwachen gab es auch etwas Unerwartetes, kleiner Bruder, unerwarteter, als du dir je hättest träumen lassen. Denn ich bin es zwar gewohnt, Zeichen und Visionen zu empfangen, aber noch nie habe ich etwas so… Wirkliches, so Faßbares wie das hier erhalten.«

Brithelm suchte in den Taschen seiner Robe herum und zog die Hundepfeife heraus.

»Das ist eine Hundepfeife, Galen«, erklärte er ernsthaft, »man benutzt sie, um –«

»Um Hunde zu rufen. Doch, Brithelm, ich weiß, was das für ein Ding ist und wie es da hin kam.«

»So wie ich, mein Bruder, so wie ich«, rief Brithelm glückselig aus. »Es ist ein Zeichen von Huma. Ein Zeichen von Huma, das mich drängt, Einsiedler zu werden.«

Bayard lächelte breit und nickte meinem armen, verwirrten Bruder ermutigend zu.

»Denn siehst du«, fuhr Brithelm ernsthaft fort, »ich hatte darüber meditiert, ob ich mich wieder in die Einsiedelei zurückziehen sollte, nachdem die Bienen mich von dort vertrieben hatten.«

Ich erinnerte mich daran. Mein Bruder hatte wochenlang ausgesehen, als hätte man ihn verprügelt. Agion nickte mitleidig.

»Kann Er im Stehen schlafen?« fragte er meinen Bruder, der lächelnd nickte, obwohl mir nicht klar war, wie er verstanden haben sollte, was Agion zu ihm gesagt hatte.

»Diese Pfeife ist das Zeichen«, fuhr Brithelm fort, »ich werde die Tiere rufen und alles aus der Natur, und sie werden antworten und zu mir kommen. Werden sich versammeln.«

Es gab ein Geräusch auf dem Pfad, das aus der Mitte des Sumpfes kam und sich langsam näherte. Schilfgeraschel und Platschen. Ich konnte mir vorstellen, daß Brithelm schon stundenlang fröhlich in unsere Richtung unterwegs gewesen war, diese Pfeife geblasen hatte und den ganzen Sumpf auf sich aufmerksam gemacht hatte. Es bestand die Chance, daß die lastende Stille um uns herum auf die Pfeife zurückging. Es bestand die noch größere Chance, daß wir jetzt, mit Bayard in unserer Mitte, noch viel wahrscheinlicher auf die Satyre treffen würden.

Bayard gab uns ein Zeichen, daß wir still sein sollten, darum hatte ich keine Zeit mehr, Brithelm zu sagen, daß die Pfeife nicht von Humas Brust irgendwo jenseits der Sterne, sondern aus meiner Tasche stammte.

Es hätte auch keinen Unterschied gemacht.

Aber wir waren ja bei den Satyren. Es waren vier Stück, die auf den Pfad schlichen. Alle hatten Krummsäbel mit gezähnten Klingen. Ich konnte mir keine scheußlichere Waffe vorstellen.

Agion hatte sich für seine Größe schmerzhaft tief geduckt und spähte durch das Gebüsch auf die Ziegenmenschen. Dann drehte er sich zu Bayard um und flüsterte (viel zu laut, fand ich): »Ich glaube, wir können mit den vieren fertig werden, Sir Bayard, selbst wenn der Heilige keine Waffe trägt und nicht kämpft.«

»Es geht nicht um Kämpfen, Agion«, zischte Bayard. »Zumindest nicht, bis wir versucht haben, Frieden zu schließen, wie ich es Archala versprochen habe. Es geht darum, wie wir es schaffen, daß die Satyre nicht auf der Stelle angreifen, wenn sie uns zu Gesicht bekommen. Wir dürfen nicht kämpfen, wenn wir die Lage so ruhig halten wollen, daß wir reden können.«

»Warum zeigt Ihr ihnen nicht Eure Rüstung, Sir?« flüsterte ich und zupfte Bayard am Ärmel. »Ihr könnt ihnen sagen, daß Ihr ein einfacher Ritter seid und das mit Solamnia weglassen, dann führen sie uns vielleicht weiter.«

»Das wäre eine prima Idee, Galen, mit zwei kleinen Problemen. Zum einen galoppiert die Rüstung wahrscheinlich immer noch auf dem Rücken unseres Packpferds durch den Sumpf.«

Das hatte ich vergessen.

»Zum anderen könnte ich unabhängig von der Rüstung sowieso keine Lüge vorbringen, und genau das schlägst du vor. Es ist eine solamnische Rüstung, die in Humas Namen geschmiedet wurde. Ich würde sie entehren, wenn ich zu Falschheit griffe, denn jede Falschheit befleckt den Orden.«

»Aber Sir Bayard…«, setzte ich an.

»Es geht überhaupt nicht ums Kämpfen«, unterbrach Brithelm. »Auch nicht um Betrug«, verkündete er mit lauter, fröhlicher Stimme. »Denn ihr täuscht euch. Das hier sind unschuldige, völlig harmlose und zutrauliche Tiere.« Er stand auf und marschierte mit ausgestreckten Armen auf die Satyre zu.

Wir anderen sprangen auf. Agion und Bayard folgten meinem großmütigen Bruder, Sichel und Schwert erhoben. Ich wollte ihnen folgen und zog widerstrebend mein eigenes, kleines Schwert.

Da spürte ich es, den eisigen Griff in meinem Blut, der meine Füße festhielt und mich hinunterzog wie Treibsand, der den unvorsichtigen Reisenden packt, der in ihn hineintritt.

Auf meiner Schulter fühlte ich stechende Krallen. Ich fühlte die leise Berührung von Federn, roch einen undeutlichen Verwesungsgeruch und hörte wieder die Stimme, die sich seit der Nacht in der Bibliothek nicht verändert hatte.

»Folge mir, Kleiner«, flüsterte sie. »Die erste Rate deiner Schuld wird fällig.« Die Flügel flatterten an meinem Ohr, und das Gewicht verschwand von meiner Schulter.

Ganz plötzlich schien es keine Wahl zu geben. Wie befohlen, drehte ich mich um und ging direkt ins knietiefe Wasser, das meinen Rückzug von den Verhandlungen hinter mir verlangsamte. Ich folgte dem unsteten Flug des Raben durch die Äste über mir.

Jetzt gab es nur noch falsche Wege und Verstecke zwischen den Blättern. Das und den Schlamm und die hereinbrechende Nacht. Und natürlich die Krokodile.

Der Vogel war verschwunden. Nachdem er in ein Gewirr großblättriger Pflanzen getaucht war, kreuzte er anscheinend nicht wieder auf, und ich war allein. Licht gab es auch praktisch keins mehr im Sumpf.

Ich setzte mich auf eine Zypresse auf einer weiteren großen Lichtung, von der ein Dutzend Pfade wie Speichen von einer Radnabe abgingen. Ich hatte keine Ahnung, wie weit ich gelaufen war, aber ich war ganz sicher außer Hörweite von meinen Gefährten.

Und in Hörweite von anderen Dingen.

Vielleicht sollte ich versuchen umzukehren. Vielleicht würden meine Gefährten glauben, daß ich sie vor möglichen Hinterhalten bewahrt hatte, indem ich die Gegend nach hinten ausgekundschaftet hatte. Unter großem, persönlichen Risiko, könnte ich hinzufügen.

Brithelm würde mir das abkaufen. Schließlich glaubte er auch, daß Huma Hundepfeifen verteilte.

Was meine anderen beiden Gefährten anging, war ich mir nicht so sicher, bis darauf, daß Agion leichter zu überzeugen sein würde als Bayard, weil der Zentaur schon von vorneherein nicht der Hellste war.

Mit Bayard war das schon etwas schwieriger.

Vielleicht konnte ich mich selbst verletzen. Nur ein bißchen natürlich, aber genug, um es vorzuzeigen. Dann konnte ich vielleicht einen schrecklichen Kampf bis aufs Messer mit einem, nein, zwei Satyren erfinden, die uns umgehen und einen weiteren Hinterhalt legen wollten. Zwei kleine Satyre, weil Bayard zuhören würde. Ja, das mochte gehen.

Wenn die Satyre sie nicht besiegt hatten. Sonst würde ich dem Feind in die Hände laufen. Das würde ein völlig neues Lügengebäude erforderlich machen.

Dann war da natürlich noch der Rabe, der so praktisch verschwunden war. Durfte ich mich wirklich davonmachen, falls ich mich entscheiden konnte? Konnte ich dem Skorpion entgehen?

Die Schreie der Vögel und Reptilien um mich herum wirkten jetzt feindseliger, und die Zweige und Äste ragten noch weiter über die unzähligen Pfade, die ins Nichts führten oder – noch schlimmer – in die Gefahr. Und darüber hinaus war ich jetzt im Mondschein unterwegs und konnte kaum drei Meter weit sehen.

Ich probierte einen Pfad, der nicht weit von der Lichtung einfach aufhörte. Der nächste, den ich ausprobierte, endete vor einem großen Teich, in dem der Schlamm blubberte und brodelte wie in dem, den wir erst vor wenigen Stunden gesehen hatten, als wir zum Lager der Satyre aufgebrochen waren.

Also kehrte ich zu der Lichtung zurück, setzte mich wieder auf die Zypresse, versuchte, mich zu beruhigen und meine wachsende Panik zu besänftigen.

Verloren. Verloren. Vom Treibsand verschlungen. Von den Krokodilen gefressen. Auf einem Pfad ins Nichts von einer giftigen Schlange gebissen.

Ganz plötzlich wurde es ganz still auf der Lichtung. Links von mir brach ein Schwarm Wachteln los. Sie stoben zu einem jener kurzen ungelenken Flüge auf, die sie angesichts von Gefahr unternehmen. Ich folgte ihnen mit den Augen und sah zu, wie sie sich auf der anderen Seite der Lichtung wieder niederließen.

Als sie nicht mehr zu sehen waren und ich meine Augen und Gedanken wieder auf die Stelle gerichtet hatte, wo ich saß, war er nur noch wenige Sätze entfernt.

Ich brauchte noch eine Sekunde, um ihn in der Dunkelheit

auszumachen. Ich war sowieso baff. Mit offenem Mund kippte ich rückwärts von der Zypresse, bevor ich hilflos wie eine gekenterte Schildkröte auf dem Rücken landete. Bevor die bekannten, starken Hände mich zu würgen begannen.

»Alfrik!« schrie ich, als er zudrückte.

Kapitel 7

Alfriks Griff um meinen Hals wurde fester. Er versuchte strampelnd, auf dem nassen Boden festen Halt zu finden, dann kniete er plötzlich auf mir und nagelte mit den Knien meine Arme am Boden fest, so daß sie sich schmerzhaft in den Schlamm bohrten. Für einen Mann, dessen höchstes Ziel die Ritterschaft von Solamnia war, war er verdammt geschickt im unfairen Kampf.

So sehr ich mich auch gegen die Stärke und das Gewicht meines Bruders wehrte, alles, was ich bewegen konnte, war Dreck. Meine Arme taten weh, weil etwas Kantiges, Metallenes darauf lag: Alfrik trug allen Ernstes Vaters Rüstung. Da fühlt man sich, als wenn der gesamte Familienstammbaum einen attackiert.

»Diesmal machen wir's richtig, Wiesel«, flüsterte mein Bruder haßerfüllt. In der Dunkelheit konnte ich nicht erkennen, was er vorhatte, aber ich war mir sicher, daß es *mir* überhaupt nicht »richtig« vorkommen würde.

»Kein Geschwafel. Kein Sichherauswinden oder Feilschen oder Bestechen. Diesmal nicht. Du hast mich in der Wasserburg zurückgelassen. Hast mich dagelassen, damit du ruhmreich als Knappe durch die Gegend marschieren kannst, der Knappe, der ich hätte sein sollen, wenn Politik und Brüder mich nicht davon abgehalten hätten.«

Ich hörte, wie er ein Messer aus der Scheide zog. Alfrik wollte mich anscheinend abstechen.

»Ich bitte dich, großer Bruder, überleg dir noch mal, was du da machst.«

»Ich höre dir nicht zu. Denk dran, ich habe gesagt, kein Geschwätz.«

Ich fühlte die Messerkante an meiner Kehle.

»Guck mal, während wir hier im Sumpf kämpfen...«

»Oh, ich sehe nicht viel von einem Kampf, Galen. Soweit ich das sehe, bist du hier festgenagelt und wartest auf etwas, dem du nicht entkommen kannst.«

Ich sah ihn in der Dunkelheit grinsen.

»Weißt du, kleiner Bruder, ich habe diesen Sumpf die ganze Zeit beobachtet, seit ich hier bin. Wächst schnell, nicht wahr? Tja, es kann leicht Jahre dauern, bis irgend jemand deine Knochen findet, und bis dahin weiß niemand mehr, wer du warst. Und selbst wenn, wer würde mich verdächtigen? Ich bin wahrscheinlich längst Oberhaupt der Pfadwächter, wenn deine Überreste auftauchen. Dann gehört mir die Wasserburg und alles Land drumherum. Reiche morden nie. Ich werde einfach so traurig wie möglich sein angesichts der Überreste meines lange vermißten Bruders, der vor vielen Jahren verschwand, als er Sir Bayard Blitzklinge von Vingaard folgte und versuchte, der Knappe zu werden, zu dem er nicht geboren war. Gefällt dir die Geschichte soweit, Wiesel?«

Kaum. Bestenfalls würde er sich damit amüsieren.

Dennoch wollte ich ihn nicht schneller als nötig zu der Schlußfolgerung bringen, zu der ich gekommen war. Also hielt ich still, gab nach und lauschte. Viel mehr als für die Dummheiten, die mein Bruder zu sagen hatte, interessierte ich mich für Geräusche von jemandem – egal wem –, der sich uns näherte.

Inzwischen hatte ich erraten, daß der Mann, der uns nach Angaben der Zentauren gefolgt war, nicht Brithelm, sondern Alfrik war. Aber das war jetzt auch egal.

Nach all den Jahren, wo er mich gewürgt und erdrosselt hatte, bis ich fast ohnmächtig war und ihm einfiel, daß Vater etwas gegen Brudermord hatte, war Alfrik jetzt der Wasserburg entkommen und weit außer Reichweite des langen, strafenden Arms des alten Mannes. Er wollte es wohl zu Ende bringen.

Ich sah sein Messer im Mondlicht blitzen.

»Alfrik.«

»Klappe, Wiesel. Von jetzt an mache ich, was mir gefällt. Und was mir gefällt ist... Knappe von Sir Bayard Blitzklinge von Vingaard, Ritter von Solamnia, zu werden.«

»Oh, das kannst du haben, Bruder«, rief ich im verzweifelten Versuch, alles zu versprechen, das diese Klinge von meinem Hals fortbringen würde. Verzweifelt lauschte ich auf sich nähernde Schritte, Huftritte oder irgendeinen Anlaß aufzuschreien. »Du kannst gerne statt meiner seine Rüstung für das Turnier polieren.«

»Turnier?« Der Druck des Messers ließ nach. »Was für ein Turnier?«

»Wirklich. In Kastell di Caela, drüben in Südsolamnia. Alles, was draufhauen kann, kommt dahin, um die Hand von Enid di Caela und ihre Mitgift, den gesamten Besitz ihres Vaters, zu kämpfen. Da kann man Bekanntschaften knüpfen, sag ich dir. Ehrlich, ich helfe dir gerne, Knappe zu werden. Ich wäre entzückt darüber...«

»Du wirst gar nichts machen, Galen. Weißt du, Sir Bayard wird einen Knappen brauchen, wenn sein kleines Wiesel im Sumpf verschwindet. Damit bin ich der einzige Kandidat für diesen Posten. Ich brauche kein Empfehlungsschreiben von dir. Von da an nur noch ein paar Tricks und ein bißchen Firlefanz beim Turnier, und wer weiß, am Ende komme ich vielleicht selbst für diese Lady Enid di Caela in Frage. Ich kann genauso gut reiten wie jeder andere. Ich kann mit einer Lanze umgehen.«

»Aber, Bruder«, fing ich an, da die Klinge wieder fest auf meine Gurgel drückte, während mein Bruder seinen Ruhmesplänen nachhing. »Laß uns doch mit dem ersten Hindernis anfangen, bevor wir dich zum Oberhaupt des Hauses di Caela und allem machen. Dir ist doch bestimmt klar, daß du einen gewissen Verdacht erregst, wenn du in dem Moment aus dem Sumpf kriechst, wo Bayard einen Knappenposten zu vergeben hat.«

»Darum machen wir es auf meine Weise. Und die geht so«, verkündete er und hob das Messer. Ich atmete tief durch und tat so, als würde ich ehrfürchtig zuhören, während Alfrik schadenfroh, ja fast begeistert, seinen blöden Plan erklärte.

Er machte eine lange Pause. Ich konnte beinahe hören, wie er sich alles ausmalte, wie diese rostigen Rädchen sich in der großen Leere in seinem Kopf drehten.

»Nämlich so«, setzte er zögernd an. »Ich sage Bayard, daß... Vater... einen Beweis gefunden hat, daß du, und nicht ich, der Schuldige warst.«

»Und dieser Beweis wäre?« Es war unbequem, über dem dikken Arm meines Bruders zu liegen.

Wieder eine lange Pause.

»Na?«

»Klappe, Wiesel. Ich muß mir was ausdenken. – Zum Beispiel...«, meinte er gedehnt und schüttelte mich plötzlich vor Aufregung, bis mir der Kopf weh tat. »Zum Beispiel mit deinem Namensring! Das hat dich nämlich überhaupt nur herausgerissen, daß Bayard ihn bei deinem ganzen dummen Wieselglück auf seinem Kaminsims gefunden hat!«

»Was soll mit dem Ring sein?«

Eine weitere lange Pause, während der er das Messer zurückzog. Dann hob mein Bruder mich auf, setzte mich grob auf die Zypresse und drehte mein Gesicht zu sich.

»Äh... was kannst *du* dir vorstellen, Galen?«

Ich konnte mir vorstellen, daß er jetzt mir gehörte.

»Oh, ganz einfach«, legte ich los und dachte mir eine glaubhafte Geschichte aus. »Wie wär's denn damit... Vater hat sich die Ringe genauer angesehen... und er hat entdeckt, daß der Mann in Schwarz den echten Namensring hatte, und daß der, den Bayard gefunden hatte, eine Fälschung war. Er war extra dahingelegt worden, damit er genauso handeln würde, wie er es dann auch tat, nämlich dich übergehen und den ›zu Unrecht bestraften‹ jüngeren Bruder als Knappen annehmen. Dann hat Vater dich mit dieser Nachricht zu Sir Bayard geschickt, damit der die ganze Geschichte mit dem Knappen neu regeln kann.«

Alfrik nickte freudestrahlend. Er war der einzige, der dumm genug war, eine Geschichte zu glauben, die so nah bei der tatsächlichen Wahrheit lag.

»Weißt du, ich glaube wirklich, daß Sir Bayard das glauben wird«, sagte er, während er auf und ab sprang, bis er in der schweren Rüstung taumelte.

Ich nickte unschuldig meine Zustimmung.

»Ach, übrigens, Galen. Der Mann in Schwarz? Also, der ist tot.«

»Tot?« Bei dieser Nachricht lief mir ein Schauer über den Rücken.

»Das war eine ganz komische Sache, meinte Vater. Eine Stunde nach eurer Abreise schickt er die Wachen mit Essen runter, und der Schurke ist tot. Die Tür ist verschlossen, die Gitterstäbe am Fenster sind heil – also ist keiner reingekommen, um ihn zu erledigen. Er war in seinen schwarzen Mantel gewickelt, und der Gestank muß nach Angaben der Wachen einfach gräßlich gewesen sein. Und was noch merkwürdiger daran war, Galen: Vater sagt, der Körper war ganz verwest gewesen, als ob der Gefangene schon mindestens ein Jahr tot wäre.«

»Aber…« Wieder lief es mir kalt den Rücken herunter.

Alfrik nickte.

Auf einmal wollte ich überhaupt nirgends mehr bleiben, am wenigsten in diesem rabenverseuchten Sumpf. Ich ging auf einen der Pfade zu, die von der Lichtung wegführten – irgendeinen Pfad. Ich war nicht mehr wählerisch. Aber Alfrik versperrte mir den Weg.

»Wo willst du hin?« wollte er wissen und zückte drohend sein Messer.

»Na, Sir Bayard finden, natürlich«, sagte ich so überzeugend wie möglich, »und alles beichten.«

»Wie sollen wir Sir Bayard finden?« fragte er argwöhnisch.

»Folg mir. Ich weiß, wo er ist«, log ich.

Ich hatte noch keine zwei Schritte getan, als Alfriks Hand auf meine Schulter knallte und mich festhielt.

»Versuch nicht, irgendwo ohne mich hinzugehen, Wiesel«, murmelte er drohend. Jetzt war zwischen uns wieder alles beim alten.

Wir begannen also, irgendwohin zu laufen, wobei Alfriks linke Hand schwer auf meiner Schulter lastete, während die rechte an seinem Gürtel auf dem Griff seines Messers lag. Zumindest nahm ich das an. Inzwischen war es wirklich zu dunkel, um das mit Bestimmtheit zu sagen.

Wir gingen langsam und zunächst schweigend von Bayard *fort*, wie ich wenigstens hoffte. Weit vor uns war der Sumpf von Insekten, von quakenden Ochsenfröschen und erwachenden Eulen belebt. Um uns herum war es völlig still bis auf gelegentliches Platschen, Warnrufe oder Flügelschlagen – Geräusche, die sich immer von uns entfernten. Aber wenn wir genug Lärm machten, um die kleinen Tiere zum Verstummen zu bringen oder in die Flucht zu schlagen, dann reichte das auch, um die größeren anzulocken.

Wenn sich ein größeres Tier näherte, konnte es nichts schaden, wenn ich leiser war – und Alfrik lauter. Um so besser, wenn sich dieses größere Tier nur auf einen konzentrierte.

»Wie hast du das geschafft?« fing ich an, nicht flüsternd, aber mit gedämpfter Stimme.

»Was geschafft?« fragte mein Bruder, dessen Stimme wie ein Nebelhorn durch den dunklen Sumpf schallte. Irgendwo direkt vor mir stob etwas erschreckt davon und entfernte sich mit schrillen Rufen.

Gut. Mein Bruder war laut.

Lock doch die Raubtiere an.

»Nun, wie bist du entkommen, Alfrik? Es ist gar nicht so einfach, unter Vaters Augen aus der Wasserburg zu schleichen. Ich wüßte gern, wie dir das gelungen ist.«

»Schon eine Stunde oder so nach eurer Abreise«, fing Alfrik gelassen an, wobei seine große Hand sich unangenehm in meine Schulter grub, »dachte ich gründlich über die ganze Sache nach und merkte, daß es Zeit wurde, ein paar alte Schulden einzutreiben. Denn, weißt du, kleiner Bruder, du bist nicht der einzige, der Schulden eintreibt.«

Er lachte dieses komische Lachen, das in alten Geschichten als *anschwellendes, hysterisches Gelächter* beschrieben wird. Glaubt mir, das ist genauso erschütternd, wie es sich anhört, besonders wenn man mit demjenigen, der es von sich gibt, allein im Sumpf ist. Wieder war ich sicher, daß ich gleich dran war. Ich ging weiter und beobachtete dabei sorgfältig den Boden vor mir.

Dann verstummte Alfriks Lachen so plötzlich und erschrekkend, wie es begonnen hatte. Eine Zeitlang sagte er nichts mehr. Wir gingen weiter, und die einzigen Geräusche um uns herum waren das schrille Zirpen der Grillen, das immer langsamer wurde, je kälter die feuchte Nachtluft wurde.

»Kaum eine Stunde nach eurer Abreise bin ich einfach über die Zugbrücke nach draußen spaziert. Vater tat es nämlich furchtbar leid für mich, daß ich meinen Knappenposten und das alles verloren hatte, darum war er nicht so wachsam wie sonst. Also bin ich euch nach, als ihr erst gerade außer Sicht wart. Ich bin den Hufspuren gefolgt, bis ich merkte, daß sie von anderen Hufspuren gekreuzt wurden.«

»Zentauren«, unterbrach ich und bekam für diese Information einen Schlag auf die Ohren.

»Weiß ich, Wiesel! Glaubst du etwa, ich war so weit weg, als der alte Molasses umgekippt ist? Da hätte ich euch einholen können, aber ich wollte dich allein erwischen, und ich war mir nicht sicher, was passieren würde.

Als sie euch dann zu der Lichtung gebracht und verurteilt haben, da war ich gar nicht weit hinten dran, und bei dem Hinterhalt, wo mein heiliger, mittlerer Bruder vorbeikam und den Tag gerettet und die Sache durcheinandergebracht hat, da war ich auch in Sichtweite. Oh, ja, ich habe immer zugeguckt«, sagte er geheimnisvoll und stieß mich von hinten vorwärts.

Aber jetzt bewegte ich mich nicht.

»Alfrik, vor uns ist etwas, das gefährlich sein könnte.«

Ich blieb, wo ich war. Alfrik nicht. Der schwere Brustpanzer knallte gegen meinen Hinterkopf. Das Metall schepperte direkt in meine Ohren.

»Was ist es?«

»Ich höre da drüben eine Bewegung. Da blubbert etwas, die Götter mögen uns helfen!«

»Weiter, Galen.«

»Nein, es stimmt.«

»Ich habe *weiter* gesagt!« Und er stieß mich auf das Geräusch zu. Ich zögerte, setzte den Fuß zögernd vor, zog ihn zurück.

Mein liebender Bruder stieß mich wieder. In Treibsand, Lava, eine Schlangengrube – ihm war es egal.

»Du hast mich gehört. Weiter. Keine Sorge, ich beschütze dich. Jedenfalls bis wir Bayard finden.«

Das war wenig beruhigend. Als wenn ich einer dieser berühmten Spatzen wäre, die die Zwerge mit in die Minen nehmen. Wenn die Vögel tot im Käfig umfallen, wissen die Zwerge, daß die Luft im Tunnel zu dünn und zu ungesund ist und machen schnell kehrt.

Ich stand wie angewurzelt da und widerstand dem Druck der Rüstung hinter mir, bis der Druck des Brustharnisches durch den Druck der Messerklinge verstärkt wurde.

»Also schön, Alfrik. Ich gehe. Ich gehe ins Ungewisse und wahrscheinlich in den Tod. Dafür bist jedenfalls du verantwortlich. Für alles, was mir zustößt.«

Mein Bruder lachte hinter mir im Dunkeln.

»Nun, Galen«, meinte er gedehnt, »ich glaube, damit kann ich leben.«

Ich glaube, es war Treibsand – ein Loch wie die, die wir bei Tageslicht umgangen hatten, nur war es bei Dunkelheit gefährlicher, einfach weil man nicht sehen konnte, wo es anfing und wo es aufhörte. Der erste Schritt hinein reichte aus, um meine Ängste zu bestätigen: Das Blubbern, das Gefühl, daß jemand an den Sohlen meiner Stiefel zog. So etwas war gefährlich – konnte einen bis zu den Knöcheln, bis zum Bauch oder vollständig hinunterziehen, je nachdem, wie tief es war.

Schnell duckte ich mich mit der Schulter unter Alfriks Hand weg und sprang durch das Sumpfloch, weil ich darauf vertraute, daß es keine allzu große Version war.

Das war es auch. Nur etwas größer, als ich mir vorgestellt hatte. Nachdem ich ein paar Schritte gelaufen war, bemerkte ich, wie ich sank. Verzweifelt rief ich mir ins Gedächtnis, was ich über Treibsand wußte.

Nicht bewegen. Bewegung macht alles nur noch schlimmer.

Stillhalten, ganz still, und auf Hilfe warten.

Hilfe von einem hohlköpfigen Mistkerl mit einer hundert Pfund schweren Rüstung? Meine Beine strampelten nur noch schneller. Ich ruderte wild mit den Armen und hoffte inständig, daß ich hier lebend wieder herauskam.

Zweimal sank ich bis zu den Knien ein, einmal bis zur Hüfte, aber jedesmal gelang es mir, dem Sog wieder zu entkommen. Die ganze Zeit rief Alfrik hinter mir – seine Stimme war bei dem Geblubber im Teich nicht richtig zu verstehen. Er schrie Namen, Befehle, Drohungen.

Es würde eine gute Geschichte ergeben, wenn ich behauptete, daß meine Füße auf festen, trockenen Boden trafen, als ich gerade aufgeben wollte. Aber erst lange nach meinem Aufgeben bemerkte ich wohl, daß ich nicht mehr sank – daß ich knietief im Boden den Grund des Treibsands gefunden hatte. Mein Körper hatte sich automatisch und aus reiner Panik bewegt, nachdem sich mein Verstand schon völlig abgemeldet hatte.

Er hatte sich sehr peinlich abgemeldet. Zuletzt hatte ich nach allen um Hilfe geschrien – Bayard, Agion, Brithelm, den Satyren, dem Skorpion, Alfrik, und wer noch so in Hörweite sein mochte. Ich betete zu den Göttern. Dann feilschte ich und versprach, den Rest meines Lebens als irgendein Priester zu verbringen und vorher all mein Hab und Gut einem Paladintempel in Solamnia zu übereignen. Meine nächsten Gedanken waren weniger fromm gewesen, als ich von den nahen Zedern die Rinde abkratzte und dabei fluchte, daß noch die Stallburschen errötet wären. Ich hattc cs mit Weinen, Plappern und sogar mit einem *anschwellenden, hysterischen Lachen* probiert.

Ich bin für alle Gebete oder Versprechungen oder Schreie oder Flüche dankbar, die mich auf die andere Seite des Treibsands gebracht haben. Denn ich weiß nicht, wie ich die letzten paar Meter in die Sicherheit geschafft hätte, wenn ich mich nicht an einer langen, dünnen Liane hätte entlanghangeln können, die auf dem Treibsand lag. Ich schlang sie mir um Bauch, Schultern und Hals, bis die Chancen gut standen, daß ich von meiner eigenen Rettungsleine erdrosselt werden würde.

Wie auch immer, schließlich lag ich auf festem Grund. Ich war so dick in Blätter eingepackt, als wäre ich eine Elfenspeise. Während sich meine Sinne von der Anstrengung und dem Schock erholten, schnappte ich nach Luft und lauschte auf den Lärm von etwas hinter mir im Dunkeln – ein Lärm, der sich über die schmatzenden Laute des Lochs erhob, durch das ich gerade hindurch gekommen war.

Es waren Hilferufe. Die inzwischen recht vertraut klangen. Aber dieses Mal waren es nicht meine. Alfriks Schreie – mitleiderregend, ja, aber Musik in meinen Ohren.

»Galen, bist du da draußen? Galen? Hilf mir!«

Ich saß auf der herrlich trockenen Erde und entfernte die herrlich starke Liane von meinem Ellbogen.

»Hilf mir! Ich weiß, daß du da bist! Vaters Rüstung ist schwer, ich gehe unter!«

Rasch knotete ich ein Lasso aus der Liane.

»Galen, bei Paladin und Majere und Mishakal und Branchala...«

Seine Stimme verlor sich. Alfrik war immer schlecht in Religion gewesen; offenbar waren ihm die Götter ausgegangen.

»Was soll ich denn machen?« rief ich über den Treibsand.

»Wirf etwas in diesen Schlamm oder Treibsand oder was auch immer es ist. Etwas, woran ich mich festhalten und rausziehen kann.«

»Alfrik?«

»Was ist, Galen? Beeil dich! Im Augenblick sinke ich nicht weiter, aber ich stecke bis zum Bauch drin!«

»Was springt für mich dabei raus, großer Bruder?«

Stille über dem Sumpf.

»Aber«, fuhr ich fort, »da wäre natürlich die brüderliche Liebe, die ich so hoch halte...«

»Hör auf, mit mir zu spielen, du verdammtes Wiesel, und wirf die Rettungsleine her!«

»Etwas mehr... Respekt da draußen, Alfrik! Na gut. Hier ist eine Liane, ich werfe sie dir zu. Ich weiß natürlich nicht, ob ich damit so weit komme, ob sie überhaupt bis zu dir hin reicht, oder ob du sie in der Dunkelheit sehen kannst, aber deine Chancen steigen von Null auf Winzig.«

Ich warf die Liane in seine Richtung.

»Hab Vertrauen, Bruder. Wie du selber sagtest, hier im Sumpf wächst alles schnell. Wenn die Liane nicht bis zu dir reicht, dann wächst sie dir vielleicht entgegen. Und wenn nicht, dann hast du ja sicher den Boden des Treibsands erreicht. Bleib einfach da stehen, bis jemand vorbeikommt.«

Ich drehte mich um und lief in die Finsternis. Ich wußte zwar nicht wohin, doch ich spürte ein tiefes, befriedigendes Gefühl von Gerechtigkeit in mir.

Was Alfrik mir nachrief, sollte ich hier nicht wiederholen. Ich nehme an, ich verdiente all die neuen Namen, die er erfand. Schließlich verließ ich mich auf die Annahme – und nur darauf –, daß er vielleicht aus dem Sumpf herauswaten konnte, in dem ich ihn steckengelassen hatte. Wenn er ein bißchen schlimmer dran war, als ich dachte, wenn Vaters Rüstung etwas schwerer war, als ich glaubte..., nun, es beruhigte mich, mir vorzustellen, daß meine Strafe wohl nicht so bald eintreten würde. Zumindest nicht durch seine Hände. Nur für den Fall, daß die Liane und die Dunkelheit Alfrik im Stich ließen und ich dann Schlimmeres verdient hätte als bloße Beschimpfungen. Ich lief zuversichtlich in die Dunkelheit, weg von dem Fluchen und Schreien und schließlich Kreischen meines Bruders.

Finsternis stellt jedoch alle möglichen schrecklichen Dinge

mit Zuversicht an. Es war so eine Nacht, die dem Reisenden nichts zu bieten hatte, die man am besten verschlief oder abwartete. Um mich herum verebbten allmählich Alfriks Rufe und Flüche, um von anderen, unklareren Geräuschen ersetzt zu werden, die bedrohlicher waren: schnelles Rascheln und noch schnellere Bewegungen; Wesen, die ich nicht sehen konnte, platschten und schwammen im Wasser, das ich nicht sehen konnte; das Murmeln von fließendem Wasser; dazu das gelegentliche, unheimliche Keckern irgendwelcher Sumpfvögel. Ich war praktisch verloren.

Nach etwa einer Stunde verlief sich der Weg, dem ich gefolgt war, einfach im Nichts. Nur noch ein gewundener Wildpfad zog sich durch das Schilf. Ich blieb an dem rasch enger werdenden Pfad stehen und fragte mich, was für ein Tier diesen Weg wohl getrampelt hatte. Da ich keine andere Wahl hatte, ging ich in dieselbe Richtung weiter. Beziehungsweise bald ganz ohne Richtung und ohne das Gefühl, daß schon einmal jemand oder etwas vor mir hier gewesen war.

Mir fiel einer von den Ratschlägen ein, mit denen mich Vater beim Abschied von der Wasserburg bombardiert hatte. Also bückte ich mich und prüfte den Stamm einer Zypresse. Moos auf allen Seiten. Norden war anscheinend überall.

Ein Schnauben schreckte mich auf und ließ mich nach meinem Schwert greifen. Mir schwante Übles. Ich ergriff den Stamm der Zypresse, um schnell dahinter zu verschwinden, sobald mir klar wurde, wo hinten war – wo das Geräusch eigentlich hergekommen war.

Ein lauteres Schnauben und ein merkwürdiges Rascheln folgte. Es schien von irgendwo links unten zu kommen. Vorsichtig schlich ich nach links, obwohl ich auf Zentauren oder Satyre oder die berüchtigten fleischfressenden Vögel gefaßt war, die diesen Sumpf angeblich bevölkerten. Auf Händen und Knien kroch ich auf die Geräuschquelle zu.

Aber offenbar nicht langsam genug. Ich war erst drei Meter gekrochen, als unter meinen Händen der Boden vor mir nachgab. Einen Augenblick hockte ich über einem gähnenden Schlund aus Schlamm und plattgedrücktem Schilf und blickte auf eine noch dunklere Lichtung, wo etwas Großes, Undefinierbares sich glitzernd bewegte.

Als mir dämmerte, daß ich da unten nicht hin wollte, hatte ich keine Wahl mehr, denn ich rutschte schon Hals über Kopf die matschige, von Laub bedeckte Oberfläche hinunter, um in einer nassen Senke zu landen.

Wo etwas Riesiges herumplantschte und schnaubte.

Einen Moment lang verhielt ich mich still, denn ich kannte die alte Geschichte, daß Raubtiere einem nichts tun, wenn sie einen für tot halten. Ich hoffte inständig, daß das Raubtier glauben würde, ich wäre bei dem Sturz umgekommen.

Ich lag also reglos da und vernahm nur das Atmen und die langsamen Bewegungen eines großen Tieres. Dann spürte ich einen warmen Atem an meinem Hals. Etwas nicht sehr Raubtierhaftes beschnüffelte mich. Es war wie ein Hund oder ein Kalb...

Oder ein Pferd.

Ich drehte mich schnell auf den Rücken und starrte in die aufgerissenen Augen des Packpferds.

Wir waren schon eine Weile unterwegs, zerrten an uns herum und traten nacheinander. Ich versuchte, die störrische Stute durch das dichte Unterholz zu lenken, und sie, die mein Gewicht und das der Rüstung zu tragen hatte, bemühte sich, eins davon auf dem schlammigen Sumpfboden zurückzulassen. Als die Dunkelheit endlich über uns aufriß, klammerte ich mich nur noch an ihr fest. Doch das war noch nicht die Dämmerung, bis dahin war es noch Stunden hin. Das grüne Licht in den Bäumen sah auch nicht aus wie Sonnenlicht, das durch Blätter und Nadelbäume gefiltert wurde – an diese frische Farbe würde ich mich in finstereren Zeiten auf der Straße noch sehnsüchtig erinnern. Statt dessen war es ein zaghaftes, ungesundes Grün, das zu einem Gelb bis Schmutzigweiß verblaßte, das ich in der Natur noch nie gesehen hatte, wenn es nicht gerade die Farbe eines Schlangenleibs war.

Es war die Farbe von Phosphorwasserstoff. Heute weiß ich das, doch damals hatte ich solche Lichter in der Wildnis noch nie gesehen.

Die Elfen nennen dieses Phänomen »Mitternachtsfeuer«, und es sind die selbstentzündeten Gase, die aus den Überresten toter Dinge entstehen, die ein Sumpf verschlingt. Phosphorwasserstoff gibt erst dann Hitze ab, wenn er kondensiert, wenn er aus dem Röhrchen der Destille tropft (wie der in Gileandos' Bibliothek, die er natürlich selten benutzte, um Phosphor zu destillieren. Ein experimentierfreudiger Schüler jedoch konnte sie auf eigene Weise verwenden, wie sein leuchtender Abschiedsgruß auf den Zinnen bewiesen hatte).

In flüssigem Zustand ist Phosphorwasserstoff hoch brennbar und entzündet sich bei Luftkontakt innerhalb von Minuten. Als Gas ist er nur eine harmlose Lichtquelle ähnlich dem fluoreszierenden Pulver, das im Bauch eines Glühwürmchens zu finden ist. Allerdings wird er dichter und sieht heller und lebhafter aus, je weiter man ins Zentrum eines Sumpfes und das Zentrum all der Toten, die er über die Jahre verschlungen hat, vordringt.

Zu jenem Zeitpunkt gab das Licht mir und der Stute neuen Mut, und wir folgten ihm begierig. Ich trieb mein Pferd an, denn ich war mir sicher, daß das Licht irgendwo auf festerem Boden seinen Ursprung hatte – ein Haus vielleicht oder das Lagerfeuer von Bayard, Brithelm und Agion, die überlebt hatten.

Natürlich merkte ich nicht (oder wollte nicht merken), daß das grüne Licht keine Wärme ausstrahlte, nervös vor mir her tanzte und nur sich selbst erleuchtete. Erst als das Irrlicht Feuerschein wich, als das Grün mit freundlicherem Rot und Gelb verschmolz, als der Geruch nach rauchendem Holz und irgendwann die Wärme echter Lagerfeuer mich grüßte, fiel mir auf, daß es ein unheilvolles, lebloses Licht gewesen war, das mich immer tiefer in den Sumpf geführt hatte.

Ich stieg ab und führte die Stute in ein Versteck hinter ein paar kleinen Lärchen. Dann sah ich mich um.

Unter mir, am wahrscheinlich tiefsten Punkt des Sumpfes, lag eine kleine Lichtung, als ob der Sumpf sich hier entschlossen hatte, zur Höhe des Meeresspiegels zurückzukehren. Es war wirklich Tiefland, aber dem Anschein nach überraschend trokken. Trocken genug für einen Ring aus kleinen, rauchenden Lagerfeuern, die Licht und Wärme spendeten und daneben die letzten Insekten des Jahres abhielten. Zwischen den Feuern warteten Brennholzhaufen und vervollständigten so den Eindruck, daß das, was innerhalb der Flammen lag, beschützt und umringt war.

Doch in diesem Feuerkreis stand nur eine baufällige Hütte auf Pfählen, deren Vorderwand an der Ecke ein großes Loch hatte und deren Dach so kaputt war, daß durch die vielen Löcher Rauch drang. Erst dachte ich sogar, daß die Hütte in Flammen stand. Das war jedoch nicht der Fall; vielleicht war der Abzug des Schornsteins defekt. Wer dort auch lebte, er mußte sehr unglücklich sein in diesem Elend und zwischen ständigen Rauchschwaden.

Um das Haus herum nahm ich eine Herde Ziegen wahr, höchstens ein Dutzend einschließlich der Zicklein. Sie trotteten in diesem Ring aus Feuer und Holz herum, als würde das Feuer sie irgendwie davon abhalten davonzulaufen.

Es sah so aus, als wenn die Ziegen in dieser miserablen Umgebung zu Hause wären. Es war eine langhaarige Rasse, wie man sie in den Bergen erwarten würde. Hier im Sumpf war ihr langes Haar schlammverkrustet, und Schlingpflanzen und Flechten hingen ihnen vom Kopf. Sie waren nicht besonders schön anzusehen.

Da unten gab es Feuer und Wärme. Das Packpferd schnaubte sehnsüchtig. Meine Stiefel waren völlig durchnäßt, meine Hosen verdreckt und naß bis über die Knie, und mir war kalt und elend zumute.

Ich trat aus dem Unterholz, in dem ich mich versteckt hatte, und lief in die kleine Senke zu der Hütte, dem Feuer, den Ziegen und dem ganzen Lichtermeer hin, wobei ich die Stute hinter mir her zog.

Während ich näherkam, sahen die Ziegen so aus, wie erwartet. Sie beobachteten mich aus ihren dummen, verhangenen Augen und kauten langsam auf dem herum, was auch immer sie auf der Lichtung an Grünzeug gefunden hatten. Auch der Geruch entsprach weitgehend dem, was ich erwartet hatte, darum ging ich schneller. Die Stute schnaubte einmal und zerrte heftig rückwärts, doch ich schnalzte beruhigend mit der Zunge und führte sie weiter.

Erst als wir in den Feuerkreis traten, erkannte ich meinen Fehler.

Auf einmal begannen die Flammen wie Irrlichter zu zucken. Ich drehte mich um, um schnell wieder zu verschwinden, doch es war zu spät.

Denn jetzt stellte sich das Brennholz auf und begann so schnell zu wachsen, daß es selbst für diesen Sumpf grotesk wirkte. Innerhalb von Sekunden war ich von einem hohen Palisadenzaun umgeben, der keine sichtbare Öffnung, keinen Ausgang hatte.

Jetzt veränderten sich auch die Ziegen. Ihr langes Haar zog sich so schnell in ihre Körper zurück, wie die Palisaden aus dem Boden geschossen waren. Sie stellten sich auf die Hinterbeine und nahmen menschliche Gestalt an – oder zumindest annähernd menschlich. Die verwandelten Tiere – keine Ziegen mehr, sondern Satyre – betrachteten mich schläfrig und dumm, als würden sie gerade aufwachen. Sie gingen zum Feuer, zogen brennende Zweige heraus und hielten sie wie Fackeln empor. Langsam und bedrohlich kreisten sie mich ein.

Meine erste Eingebung war, die Zügel fallen zu lassen, die Stute sich selbst zu überlassen und in die kleine, verrauchte Hütte in der Mitte der Lichtung zu klettern. Dort, über dem Haufen Satyre und dem Durcheinander, würde ich Zeit zum Denken, zum Planen und zur Suche nach einem Fluchtweg haben.

Doch meine Chance war sofort dahin. Denn während sich der Zaun und die Ziegen erhoben hatten, hatte sich auch die Hütte verändert. Sie war gewachsen und hatte sich in dem ungesunden, grünen Licht neu zusammengesetzt, bis es keine Hütte mehr war, sondern ein gewaltiger, abstoßender Thron, der auf Stelzen in der Mitte einer Befestigungsanlage stand.

Auf dem Thron saß der Skorpion.

Ich muß gestehen, daß die ganze Sache recht eindrucksvoll war. Der Thron war wie ein Skelett: dünn und verästelt und von oben bis unten von einer häßlichen, weißlichen Farbe. Auf seiner Oberfläche tanzten auf dem Untergrund aus Knochen und Gebein Hunderte von schwarzen Skorpionen herum, die ihre giftigen Schwänze erhoben.

Hager und einschüchternd saß er auf dem Thron. Unter dieser schweren, schwarzen Kapuze hätte sich jeder verbergen können.

Aber ich war sicher, daß es nur einen mit dieser Stimme gab.

Dieselbe Stimme wie in der Wasserburg – melodiös, honigsüß und mit einem Beiklang von Eis und Metall und Gift. Die Stimme des Raben.

Denn sobald ich mein Gleichgewicht wiedergefunden und mein Pferd unter Kontrolle gebracht hatte, das sich verängstigt aufbäumte, sobald ich die ganze Szene begriffen hatte – der Thron, die Skorpione, der Mann im schwarzen Mantel und Kapuze –, da kam auch schon die Stimme des Mannes, um meine Ängste zu bestätigen.

»Kleiner Galen, dein schlimmster Alptraum ist über dich hereingebrochen. O ja, du hast davon geträumt und bist erschreckt oder schweißgebadet mit klopfendem Herzen aufgewacht, denn im Schlaf fürchtest du mich, und das jenseits aller Versicherungen und allen Trostes.«

In Wirklichkeit war er nie in meinen schlimmsten Alpträumen aufgetaucht, in denen nämlich ein riesiger, gesichtsloser Oger mit einer gewaltigen und unglaublich scharfen Axt herumfuhrwerkte. Aber er war durchaus alptraumhaft genug, und ich hatte bestimmt nicht vor, mich mit ihm anzulegen. Mit offenem Mund nickte ich. Meine Knie gaben langsam nach.

»Ich meine, kleiner Freund, daß ein Teil deiner Schuld fällig geworden ist?«

»Ganz gewiß, Hoheit, und ich hatte auch wirklich vor, sie Euch zu bezahlen. Und das mit Zinsen, denn Ihr wart so überaus freundlich, mich nach einer so kurzen Bekanntschaft und unter so höchst ungewöhnlichen Umständen aus meinem Gefängnis in der Bibliothek zu befreien...«

Er lehnte sich aus seinem Thron und starrte mich an, wie ein Raubvogel auf das Nagetier hinunterstarrt, das fällig ist.

»Aber es ist etwas kompliziert. Wie Eure Hoheit wahrscheinlich sehr wohl wissen, hatte ich in den letzten zwei Wochen keine Gelegenheit, meine Gedanken zu ordnen oder gar irgendwelche Informationen über Bayard zu sammeln, da ich im Gefängnis war und dann zum Knappendienst gezwungen wurde.«

Der Skorpion lehnte sich zurück und verschränkte seine langen Finger. Der Kreis der Satyre um mich herum wurde enger und mit ihm meine Chance zu entkommen. Ich begann zu feilschen.

»Ich habe natürlich Zugang zu dem Ding, das Ihr ganz am Anfang haben wolltet«, fing ich an und zeigte auf den Rücken des Packpferds, wo das Bündel mit Bayards Rüstung ruhte. »Eine prima Rüstung aus Solamnia, in letzter Zeit kaum gebraucht. Wenn Eure Gefolgsleute also nichts dagegen haben, sie ein bißchen aufzupolieren, den Dreck abkratzen und so...«

»Schluß.« Mein Gastgeber legte seine Hände rasch und leicht auf den Thron, wodurch er die Skorpione durcheinander würfelte.

»Und was glaubst du, was ich mit der Rüstung soll, Junge? Sehe ich so aus, als wäre ich ein Altwarenhändler?«

»Nein, Sir. Euer Hoheit sehen aus wie mein schlimmster Alptraum.«

»Damit bin ich schon mal zufrieden. Und ich gehe davon aus, daß Bayard Blitzklinge noch irgendwo in diesem Sumpf steckt?«

»Ja, Sir.« Das Verhör ordnete meine Gedanken. »Das heißt,

soweit ich weiß. Ich bin mir eigentlich sicher, daß er irgendwo in diesem Sumpf ist, aber ich habe mich dermaßen verlaufen, weil die Umstände mich so herumgetrieben haben, daß ich Euch bis zum Morgen nicht einmal sagen kann, wo Osten ist, geschweige denn zeigen, in welchem Loch der fragliche Ritter steckt.«

Es machte mir nicht viel aus, Bayard zu verraten. Schließlich war ich nicht freiwillig hier. Ich konnte Bayard kaum als Freund bezeichnen – und war ich tatsächlich sein Knappe, wo er mich doch in seinen Dienst gepreßt hatte? Eher sein Gefangener, und ein Gefangener hat schließlich die Pflicht zu fliehen.

Ich hörte auf, mir logische Streicheleinheiten zu verpassen, als der Mann auf dem Thron weitere Fragen auf mich abschoß.

»Weißt du, was ein Irrlicht ist, Junge?« fragte er.

»Nein, Sir, aber ich denke, ich werde es bald wissen.«

»Das tanzende Licht im Sumpf – Sumpfgas, Fuchsfeuer, nenn es, wie du willst –, das dem Reisenden, der ihm folgt, immer ein, zwei Schritte voraus ist. Wie das Feuer, das dich hergeführt hat.«

Ich nickte benommen und tat mein Bestes, die wild zitternde Stute in meinem Schlepptau festzuhalten.

»Es ist ein Licht, das den Reisenden ins Verderben führt, denn es ruft ihn immer tiefer in den Sumpf hinein – wo sein Verhängnis wartet.«

Er lachte, und die Skorpione unter seinen Händen regten sich.

»Du, kleines Wiesel, bist mein Irrlicht. Denn jetzt ist es deine Aufgabe, deine Gefährten hierher zu führen, hier ins Zentrum dieses Sumpfes, und sie so lange wie möglich hier zurückzuhalten. Eine einfache Aufgabe, für die ich mich jedoch sehr dankbar erweisen werde.«

»Ich würde Euch gerne helfen, Sir«, begann ich zaghaft, »aber bei meinem Leben, ich habe keine Ahnung, wo Sir Bayard ist.«

»Spiel mir nicht den Unschuldsengel, Junge!« fauchte er, so daß die Skorpione von ihm weghuschten, weil der Lärm und der Zorn, der in der Luft lag, sie erschreckt hatte. Alles war angespannt wie bei einem Gewitter vor dem ersten Blitz. Ich trat zurück und sah, wie sich einer der Satyre – ein kleiner, praktisch bartloser – umdrehte und in die Palisaden sprang. Er verschwand im Holz. Ein größerer folgte ihm, dann noch einer.

»Nun, ich weiß, daß Bayard irgendwo hier im Sumpf ist...«

»Viel besser«, unterbrach er mich. Seine Stimme war wieder ein ruhiges, honigsüßes Instrument. Langsam versammelten sich die Skorpione wieder auf dem Thron.

»Du hast so wenig Vertrauen zu mir, Galen. Dachtest du, ich würde dich so schlecht ausrüsten? Hast du schon vergessen, wie geschickt ich dich aus der Bibliothek der Wasserburg gerettet habe? Nein, Galen. Was ich brauche, ist jemand, der Sir Bayard genau hierher führt.«

Einer der Satyre kam durch die Palisade zurück, als käme er aus dem Nebel. Ohne ihn zu beachten, fuhr der Skorpion fort.

»Denn ich weiß natürlich, wo Bayard ist.« Eine grüne Lichtkugel begann auf seiner Hand zu glühen. »Und das Licht, das dich zu mir geführt hat, wird dich zu ihm führen und dann euch beide zu dieser Hütte, in dieses Lager, zurück.«

»Und Bayard wird nichts geschehen?« fragte ich verwirrt.

»Meine Hand soll in dieser Sache kein Blut vergießen. Ich halte immer Wort, über Jahrhunderte von Feuer und Flut und Scheitern. Im Gegensatz zu anderen.«

»Das hört sich recht bindend an, Sir. Mit dieser Zusage werde ich Sir Bayard von Vingaard gern gewaltsam oder freiwillig in

Eure erlauchte Gegenwart führen, damit Ihr ihm selber die Informationen entlocken könnt, die Ihr braucht, wie auch immer Ihr das tun wollt. Für mich sollte bei dieser Abmachung jedoch meine Freiheit und sicheres Geleit nach Hause zu meinem Vater herausspringen. Schließlich wird Sir Bayard sich vielleicht nicht länger mit mir herumplagen wollen, wenn er mich des Verrats verdächtigt.«

Es entstand eine lange Pause. Der Skorpion dachte nach, ich erwartete seine Entscheidung, das Packpferd zog weniger heftig an den Zügeln, und die Satyre machten überhaupt nichts, außer durch die Palisaden hin und her zu spazieren.

»Diese Chance gebe ich dir«, sagte der Skorpion schließlich. »Ich führe dich zu deinen Gefährten zurück, und du führst sie dafür zu mir. Diese Chance gebe ich dir, aber ich werde äußerst wachsam sein. Ich werde dich wie ein Habicht oder ein Nest voller Eulen beobachten, kleines Wiesel, denn ich bin mir nicht sicher, ob dein Eifer, deine Kameraden zu verraten, vorgetäuscht ist oder nicht.«

Zu diesem Zeitpunkt wußte ich das selber nicht.

Kapitel 8

Und so ritt ich auf dem Packpferd hinter dem tödlichen Glanz des Irrlichts her, zurück zum Lager von Bayard, wo mein Herr, mein Bruder und mein Transportmittel um ein Lagerfeuer herumsaßen (oder standen, was Agion angeht) und Roka tranken.

Nun, sie hießen mich richtig freudig willkommen, was mehr war, als ich erwartet oder verdient hatte. Bayard und Brithelm sprangen augenblicklich auf, wobei Brithelm die Arme zu einer brüderlichen Umarmung ausbreitete. Bayard war reservierter, wie es seiner Position entsprach, doch er verbarg kaum seine Freude und Erleichterung. Agion tänzelte buchstäblich wie ein Hengstfüllen zwischen Valorus und der Stute hin und her.

Und ich würde diese Unschuldigen dorthin führen, wohin der Skorpion es befohlen hatte.

Ich hatte solche heimlichen Abmachungen mit dem heimlichen Feind nie gemocht. Es regte mich allmählich auf, daß meine Überwachung Teil eines geheimnisvollen Plans war, der für manche, die das nicht verdient hatten, leicht ein böses Ende nehmen konnte. Aber wie es auch sei, es ging um ihre Haut oder meine. Wenn man es so klar formulierte, war es leicht, edleren Anwandlungen zu widerstehen.

Brithelm umarmte mich und stellte tausend Fragen, als er mich zum Feuer führte und mir einen dampfenden Becher Roka in die Hand drückte. Ich roch widerwillig daran, denn ich roch die Rokanüsse und den Zimt. Dann probierte ich. Zu meiner Erleichterung hatte nicht mein spiritueller Bruder den Roka gebraut.

Ich setzte mich hin, merkte, wie das beruhigende, warme Getränk mich durchströmte, und dachte an das Ende einer alten Fabel: *Und so nahmen sie die Schlange in ihre Mitte auf und fütterten und beschützten sie und pflegten sie gesund.*

Und gaben ihr zweifellos Roka zu trinken. Die Welt ist kein freundlicher Ort.

Beim Trinken beantwortete ich die Fragen, mit denen mein ritterlicher Beschützer mich bombardierte.

»Aber ich *weiß* nicht, wo ich gewesen bin, außer in diesem Sumpf und in ein oder zwei Treibsandlöchern.«

»Und ich weiß nicht genau, was ich gesehen habe, außer daß es ganz schön verwirrend war.«

»Ich bin hier vorbei gekommen und habe das Licht gesehen. Ohne das Licht hätte ich euch wahrscheinlich nie gefunden.«

Keine der Antworten war eine Lüge. Zumindest nicht direkt.

»Egal, wie du zu uns zurückgekehrt bist, Galen, ich danke den Göttern für diese Rückkehr!« rief Brithelm aus und umarmte mich erneut. Agion sprang herum und nickte heftig zum Zeichen seiner Zustimmung.

Nur Bayard hielt sich von diesem Trubel und dem brüderlichen Geschwätz fern und beobachtete mich forschend – vielleicht sogar ein bißchen mißtrauisch. Aber vielleicht entstammte das Mißtrauen, das ich auf seinem Gesicht lesen konnte, dem Wissen um meine eigenen Verfehlungen und meiner Angst vor Entdeckung. Schließlich war ich als Agent des Skorpions hier und damit irgendwie ein Stinktier, wenn man es genau besah.

Bayard äußerte sich schroff.

»Ich kann mir nicht vorstellen, Galen, daß du verlorengehst und dir nicht einmal im Vorbeigehen einen Teil der Umgebung einprägst. Falls du es noch nicht bemerkt hast, ich bin es ziemlich leid, daß du in ruhigen Zeiten auftauchst und in Zeiten der Not verschwindest. Ich nehme an, du warst mal wieder irgendwo im sicheren Sumpfgebiet ›auf Kundschaft‹.«

Bayard hockte sich ans Feuer und wärmte sich die Hände, denn es war wieder ungewöhnlich kalt für die Jahreszeit.

»Ich weiß ja, Sir, daß ich gewisse gemeine Verdächtigungen von Euch verdient habe, auch wenn so etwas für einen Ritter von Solamnia untypisch ist. Ich weiß, daß ich mich versteckt habe, wo ich vielleicht... mehr Einsatz hätte zeigen sollen. Aber immerhin habe ich Eure Rüstung wiedergefunden, wofür ich doch eine kleine Anerkennung verdient habe.«

Bayard blickte ins Feuer und nickte widerwillig.

»Und darüber hinaus, Sir Bayard, habe ich bei all diesem Kundschaften und Wiederfinden noch etwas wirklich Wichtiges herausbekommen, das Ihr unbedingt hören müßt.«

Ich erzählte ihm von dem Lager mitten im Sumpf – dem Kreis aus Lagerfeuern, dem Haus auf Stelzen und den paar Ziegen auf dem Platz. Natürlich ließ ich den Skorpion aus – und Alfrik sowieso – und berichtete meine Geschichte schnell und natürlich mit all dem Instinkt, den ich in der Wasserburg entwickelt hatte.

Falls Bayard einen Verdacht hegte, so wurde dieser jedenfalls nicht von den anderen der Gruppe geteilt. Agion machte weiter Freudensprünge, und Brithelm redete fröhlich weiter.

»Ziegen und Häuser und Feuer – was soll's, kleiner Bruder. Ich bin so erleichtert, dich in Sicherheit zu wissen, bevor ich mich zum Meditieren in meine Einsiedelei zurückziehe. Ich fürchte, ich wäre nie leichten Herzens dorthin zurückgegangen, ohne dein Schicksal zu kennen.«

»Brithelm?«

»Ja, kleiner Bruder?«

Aber was sollte ich sagen?

»Paß auf dich auf, wenn du Einsiedler wirst. Der Sumpf hat sich verändert, seit du damals mit den wilden Tieren Kontakt aufgenommen hast.«

»Auf mich aufpassen? Aber, Galen, nichts in diesem Sumpf ist wirklich gefährlich. Nicht einmal die Satyre sind Satyre.«

Ich warf einen schnellen Blick auf Bayard, der mit den Achseln zuckte.

»Nun«, antwortete ich, »meiner Erfahrung nach können Treibsand und Krokodile, ganz zu schweigen von Satyren, dem Gläubigen und den Edlen genauso schaden wie jedem anderen.«

»Genau das ist es, Galen«, mischte sich Bayard von seinem Platz am Feuer ein, ohne mich beim Sprechen aus den Augen zu lassen. »Brithelm glaubt nicht an die Satyre. Er sagt, es gibt sie nicht.«

»Moment mal. Es gibt sie nicht?« Ich wollte nicht preisgeben, was ich wußte. »Nun, Ihr habt sie doch gesehen, oder?«

Bayard nickte.

»Und du, Agion?«

Der Zentaur trat zurück in den Feuerschein und sagte: »Ja, Galen. Das habe ich tatsächlich. Aber darum geht es nicht.«

»Nicht?«

Der große Zentaur lehnte sich nach vorne, um sich am Feuer die Hände zu wärmen. Über sein offenes Gesicht legte sich ein verwirrter Ausdruck. »Nein«, erklärte er, »denn Brithelm hat uns erklärt, daß es die Satyre nicht gibt, ob wir sie sehen oder nicht. Er ist ein Heiliger, der mit dem Unsichtbaren vertraut ist.«

»Ich verstehe. Vielleicht kann mir mal einer von euch erklären, was hier passiert ist, während ich fort war. Wenn etwas, das Bayard mit dem Messer anspringt, das zwei von Agions Freunden umgebracht hat, das ich mit meinen eigenen Augen gesehen habe, nicht existiert, dann wüßte ich gerne…«

Ihre Geschichte war kurz und bitter und merkwürdig. Als ich sie erfuhr, ähnelte sie mehr und mehr einem der legendären Edelsteine aus dem fernen Kharlis, die verschiedene Farben haben, je nachdem, wie man sie hält. Oder noch eher einem dieser alten, prophetischen Gedichte aus dem Zeitalter der Träume, in denen jeder Leser die Vorhersage seiner eigenen Katastrophen wiederfindet.

Bayard begann zu erzählen.

»Ich habe dich gesucht, Galen«, sagte er ruhig, »dich aber nirgends gefunden.«

»Und als wir Ihn nicht finden konnten«, nahm Agion sofort den Faden auf, »brachen wir aus dem Gebüsch und stürmten auf den Weg, wo wir es mit einem halben Dutzend Satyre zu tun bekamen.«

»Vier«, berichtigte Bayard.

»Keine«, berichtigte Brithelm.

»Keine?« fragte ich, während ich näher ans Feuer trat.

»Unsere Geschichten weichen fast von Anfang an voneinander ab«, erklärte Bayard, der vom Feuer zurückwich. »Ich habe vier gesehen, Agion sechs, und Brithelm sah vier Ziegen. Die Ziegen kommen in meiner Geschichte später.«

Bayard brach einen Zweig von einem Ewigkeitsbaum ab und fachte mit dem blauen, duftenden Holz das Feuer an. Dann setzte er wieder an.

»Jedenfalls war der Kampf schnell vorbei. Welcher Kampf auch immer. Agion behauptet, daß zwei Satyre unverletzt entkamen und zur Mitte des Sumpfes gelaufen sind.«

Zur Palisade, natürlich. Das klang glaubhaft.

»Ich hingegen habe wie gesagt nur vier gesehen«, sagte Bayard. »Und alle haben tapfer gekämpft. Sie schwangen Keulen, Kurzspeere, diese Schwerter mit den gebogenen Klingen...«

»Skimitare?« warf ich ein.

»Ich nehme an, das ist ein Name dafür, Galen. Du solltest das wissen; du hast mehr von den alten Geschichten gelesen als ich. Wie sie auch heißen, die Ziegenmenschen wußten mit ihnen umzugehen, und Agion und ich hatten einen kurzen, aber gefährlichen Kampf zu bestehen, um sie zu erledigen. Wobei dein Bruder sich heraushielt. Aber den Hang zum Kämpfer scheint ja von euch keiner von eurem tapferen Vater geerbt zu haben.«

Er sah Brithelm niedergeschlagen an. Brithelm lächelte fröhlich zurück und nickte ihm aufmunternd zu. Bayard lächelte unwillkürlich zurück.

»Bis hierhin konnte ich die Unterschiede zwischen unseren Geschichten noch auf die Verwirrung durch den Kampf zurückführen«, erläuterte Bayard. Mit schiefem Lächeln hockte er sich auf die Fersen. »Ich erinnere mich an meine erste Mission, ein kurzes, häßliches Scharmützel mit den Männern aus Neraka auf der Trotylhalde vor zwölf Jahren. Wir waren zu siebt, alle zwischen siebzehn und zwanzig.«

Lachend schüttelte er den Kopf.

»Es gab sieben Versionen von diesem Gefecht, in denen die Zahl der Gegner zwischen zehn und zweihundert schwankte. Erst eine Woche später erkannten wir, daß wir in der Überzahl gewesen waren.«

Immer noch lächelnd machte er eine Pause, um uns dann reihum anzustarren. Seine grauen Augen wurden ernst.

»Aber das hier war nicht mein erster Kampf«, erklärte er ruhig und starrte in das flackernde Licht des Feuers. »Ich bin dreißig Jahre alt und habe von hier bis Kargod Reibereien, Gefechte und Schlachten erlebt. Doch es verwirrt mich, was nach dem Kampf mit den Satyren geschah, als die Lage sich beruhigt hatte und ich als alter Kämpfer für Illusionen nicht empfänglich war. Denn weder Agion noch dein Bruder haben gesehen, was als nächstes geschah, als ich mich über einen der toten Satyre beugte, um den Feind genauer zu untersuchen. Agion behauptet, daß nichts passiert ist.«

»Daß sich nichts geändert hat, Sir Bayard«, unterbrach der Zentaur und kreuzte die Arme vor der Brust. »Nichts außer Seinem Gesichtsausdruck, der mich doch erschreckte, denn er war so voller Unglaube und Entsetzen.«

»Agion«, erklärte Bayard, »hat nicht gesehen, wie der Satyr sich in eine Ziege verwandelte.« Der Ritter setzte sich hin, zog sein Messer und fuhr mit dem Finger leicht über die Klinge.

»Es war, als hätte der Tod ihm das Menschliche geraubt«, sagte er schließlich, während er wieder ins Feuer starrte. »Als ob das Sterben alles Menschenähnliche von seinem Körper genommen hätte, so daß nur noch das Unmenschliche, Ziegenhafte übrig war.«

»Denn mehr war von Anfang an nicht da, Sir Bayard«, sagte Brithelm geduldig, aber viel zu laut für diese gefährliche Gegend. »Es klingt nach einem Sprichwort«, fügte er mit einem Lächeln hinzu. »Wer gegen Ziegen kämpft, wird Ziegen töten.«

»Wie auch immer«, sagte Bayard mit leiser und merkwürdig verunsicherter Stimme. »Aber an einem besteht kein Zweifel: In diesem vermaledeiten Sumpfgebiet gehen merkwürdige Dinge vor sich. Ich möchte unbedingt weiter, aber erst muß ich mein Versprechen erfüllen und mit den Satyren reden, seien sie nun echt oder nur eine Illusion.«

Bayard starrte lange ins Feuer, bevor er aufstand. Er stapfte zu Valorus und dem Packpferd hinüber, um sich um sie zu kümmern. Links in den Büschen flatterte etwas. Ich erschrak, weil ich einen Hinterhalt befürchtete.

Inzwischen hatte Agion Schilf und Blätter zu Bündeln aufgeschichtet, die er auf dem Boden der Lichtung zu einer provisorischen Matratze ausbreitete. Während die anderen ihren eigenen Angelegenheiten nachgingen, traf sein Blick den meinen und zeigte mit seiner großen, plumpen Hand auf sein Werk.

»Mein Herr Archala sagte, sieben Tage und Nächte bei uns würden Ihn entlarven«, stellte er fest, wobei sein Gesicht sich zu einem ebenso freundlichen wie häßlichen Lächeln verzog. »Aber er hat keinem befohlen, die ganze Zeit wachzubleiben.«

Ich kroch dankbar auf das Lager und schlief den Morgen und den Nachmittag über wie ein Stein, während mein gewaltiger Gefährte und Aufpasser Wache stand.

Ich begriff, daß Bayard vorläufig jegliche Geduld mit den Pfadwächtern verloren hatte. Selbst die Zeit, die ich verschlief, war Zeit, die er auf dem Weg nach Kastell di Caela aufholen mußte.

Doch diese Ungeduld hatte auch ihr Gutes, denn während ich schlief, schien Sir Bayard vergessen zu haben, weitere Details über meine nächtlichen Abenteuer aus mir herauszulocken. Oder er überging dies absichtlich.

Während er die Pferde versorgte und Brithelm vom Feuer zum Rand des Lichtscheins ging und sich anscheinend zum Meditieren hinsetzte, regte ich mich schläfrig auf meinem Schilfbett, griff in die Tasche und zog die Calantina hervor.

Eins zu Zehn. Zeichen der Viper.

Na schön. Also tat ich, was Schlangen tun.

Ich erhob mich und ging zu Bayard rüber, der sich an das Packpferd lehnte und mit seinen großen Händen alles festzurrte, was der Sumpf am Sattel gelockert hatte. Als ich kam, schaute er kurz über die Schulter und widmete sich dann wieder seiner Arbeit.

»Bayard?«

Ich rief noch einmal leise: »Bayard?«

Er zerrte seine Rüstung vom Pferd und begann, sie anzulegen. Dann sah er mich an, lächelte und winkte mich zu sich. Ich kam mir immer gemeiner vor.

»Ich hoffe, du hast gut geschlafen, Galen, aber jetzt müssen wir los. Ich bin sicher, daß wir die Satyre dort finden, wo du gesagt hast. Was meinst du, wie weit wir von dem Lager entfernt sind? Hilf mir mal.«

Ich bückte mich, zog eine Beinschiene fest und antwortete: »Nicht weit, glaube ich, Sir. Es dürfte leicht zu finden sein.«

»Denk nach, Junge«, drängte er. »Du hast keine Ahnung, was diese Verzögerung für mich bedeutet.«

Als ich Bayard auf die Beine half, begann über unseren Köpfen ein Irrlicht zu glühen. Zuerst schillerte es in der Luft des frühen Abends, als hätte es sich wie ein Haufen Glühwürmchen in den Zweigen einer riesigen, moosbewachsenen Eiche niedergelassen, die die Lichtung überschatteten, wo wir gelagert hatten. Kurz darauf hob sich das Licht aus den Zweigen und begann, sich in die Richtung zurückzubewegen, aus der ich gekommen war.

Am Anfang tat ich so, als würde ich das Irrlicht nicht bemerken, aber bald wurde mir klar, daß keiner meiner Gefährten es gesehen hatte. Also konnte ich dem wabernden Licht leicht folgen und hielt nur hin und wieder an, um angeblich die Position zu bestimmen und dann einen Baum, einen Teich oder eine Wegbiegung wiederzuerkennen. Bald mußte ich nichts mehr vorspielen, denn meine Gefährten folgten mir ohne Fragen. Sie waren viel zu sehr damit beschäftigt, Stechmücken totzuschlagen, sich durch das Unterholz zu arbeiten und das Gelände und sich gegenseitig zu beschimpfen.

Die ganze Zeit hing das Licht etwas vor und über uns, mein Leuchtfeuer in diesem verräterischen Sumpf. Und die Nacht brach mit der entsetzlichen Geschwindigkeit über uns herein, die sie nur in dichtem Urwald haben kann.

Auf Bayards Befehl ritt ich als Führer voran. Brithelm ging neben mir mit der einen Fackel, Agion lief hinten mit der anderen. Bayard führte Valorus und lief zwischen ihnen. Er trug jetzt die volle Rüstung, die laut klirrte und ihn tief in den weichen Untergrund einsinken ließ. Er mußte die Möglichkeit eines Endkampfes an dem Ort, wohin ich sie führte, vorhergesehen haben und wollte auf diesen Fall vorbereitet sein.

Was mich am meisten belastete war, daß Brithelm mit uns kam. Was der Skorpion mit unserer kleinen Gruppe vorhatte, konnte ich nicht erraten, aber mein unschuldiger Bruder hatte meinen Verrat nicht verdient. Doch er wollte uns unbedingt begleiten. Mein Bruder würde vorläufig bei uns bleiben.

Die ganze Zeit tanzte ein paar Meter vor mir das ungesund grüne Irrlicht, das uns alle zum Lager und in ein ungewisses Schicksal führte.

Als ich vor uns den Rauch von Holz wahrnahm und eine Ziege blöken hörte, hielt ich an und sah mich um.

Dort am Rande des Lagers, knöcheltief im Schlamm, befragte ich mein Schicksal.

Schnell und heimlich zog ich die Calantina aus der Tasche und warf in der Hand die roten Würfel. Wieder das Zeichen der Viper. Die Dinger wollten mir etwas sagen, aber ich wußte nicht, was.

Brithelm legte mir die Hand auf die Schulter. Ich zuckte zusammen und fuhr herum. Mit besorgtem Gesicht musterte er mich.

»Was quält dich, kleiner Bruder?«

»Mich? Ach, nichts, Brithelm.« Ich sah mich vorsichtig um: Bayard beruhigte den zunehmend nervösen Valorus.

Auf einmal drangen Schreie und schrille Rufe von der Lichtung vor uns heran.

Bayard zog sein Schwert und packte mich, als ich den Pfad zurückrennen wollte. Er warf mich zu Boden.

»Zieh dein Schwert, Galen!« befahl er leise und drängend mit zusammengebissenen Zähnen. »Bei den Göttern, diesmal bist du dabei.«

Er riß mich auf die Füße und schleppte mich unter dem linken Arm auf die Lichtung. Sein Schwert hielt er in der Rechten. Ich hörte Agion hinter uns schnauben, hörte Brithelm etwas sagen und Bayard antworten: »Bleib einfach in Deckung und halte die Pferde, Brithelm.« Dann wurde ich von der merkwürdigen, künstlichen Helligkeit der Flammen und des Irrlichts geblendet.

Ich zählte zwölf von ihnen, und ich zählte schnell. Nach dem ersten Ausfall sammelten sich die Satyre unter der umwölkten Plattform – ob es nun das Haus oder der Thron des Skorpions hinter dem Haus war, konnte ich nicht sagen. Die Ziegenmenschen brachen aus den Schatten und wieder zurück, und ihre Rufe vermengten sich zu einem leisen, aber bedrohlichen Gemurmel. Die meisten hatten Bögen, einige auch kurze, gefährliche Speere.

»Ich nehme die acht links, Sir Bayard«, schrie Agion. »Er und Sein Knappe können die vier rechts haben.« Und schon stürmte er los.

Das war Arbeitsteilung, wie sie mir gefiel. Jetzt konnte ich nur noch hoffen, daß Bayard vorhatte, die anderen vier allein zu erledigen.

Ich hoffte das um so inständiger, als die Wolken über den Satyren aufrissen.

Denn über ihnen saß der Skorpion auf seinem Thron. Als die Satyre die Bogen spannten und mit den Speeren zielten, griff ihr Anführer in die Falten seines schwarzen Umhangs und zog etwas Glänzendes, Blitzendes heraus. Es war eine Art Pendel, das auf die Entfernung so klar und glänzend wie ein Kristall erschien und das er beiläufig mit der linken Hand durch die Luft schwang.

Während seine Truppen sich zum Kampf rüsteten, galt seine

völlige Aufmerksamkeit nicht der sich zuspitzenden Auseinandersetzung, sondern dem Ding in seiner Hand. Warum auch sollte er nicht dasitzen und beiläufig mit glitzerndem Tand spielen? Seine Satyre waren uns drei zu eins überlegen – sechs zu eins, wenn man die Kampfkraft der Pfadwächter berücksichtigte –, und es war ganz klar, daß...

»Schaut nicht auf das Pendel«, drängte Brithelm neben mir. Er hatte Valorus und das Packpferd sich selbst überlassen und war zu uns auf die Lichtung gelaufen.

»Kümmer dich um die Pferde, verdammt!« schrie Bayard, und ich vergaß die Warnung, das Pendel und sogar den Skorpion, als Pfeile und Speere auf uns niederregneten.

Ich lag Bayard immer noch zu Füßen, als ein großer Satyr seinen Bogen spannte und einen Pfeil in meine Richtung abschoß.

Ich konnte das Gelb der Fiederung sehen, aber ich konnte nichts weiter tun, als einen Aufstehversuch zu unternehmen. Doch genau bevor der Pfeil traf, was er bestimmt getan hätte, weil ich immer fester daran glaubte, daß er treffen würde, streckte Bayard seinen großen, gutgepanzerten Schwertarm auf und fing ihn damit ab.

Neben mir hörte ich Agion grunzen, und ein rascher Blick verriet mir, daß ihm ein Satyrspeer im Arm steckte. Plötzlich fürchtete ich um ihn wegen seiner Größe, die bisher immer von Vorteil gewesen war. Jetzt, unter Feuer, war er nur eine große, dumme Zielscheibe.

Die größte, aber nicht die dümmste. So kam es uns jedenfalls vor, als Brithelm plötzlich an uns vorbeilief und auf den Thron und die Satyre zurannte. Um ihn herum regneten Pfeile nieder, von denen einer seinen Mantel zerriß. Die anderen fielen harmlos auf den Boden. Bayard ließ mich runter und wollte meinem Bruder nachlaufen, doch es war zu spät. Brithelm war längst an ihm vorbei, und an Verfolgung war nicht zu denken, da Bayard wegen dem ganzen Gewicht der Rüstung schon Schwierigkeiten hatte, sich auf den Beinen zu halten.

»Wenn nicht der eine Pfadwächter, dann der andere!« schimpfte er. Dann sank er auf die Knie und sah mit uns zu, wie mein Bruder freudestrahlend auf den Skorpion zulief.

Die Reihen der Satyre öffneten sich merkwürdigerweise für meinen Bruder, als ob die häßlichen, bewaffneten Wesen nur Schilf wären, das er auf der Suche nach einem Pfad beiseite schob. Manche wichen nicht nur zur Seite, sondern verschwanden bei Brithelms Kommen völlig. Wo vorher neben ihm Satyre drohend mit ihren Waffen gefuchtelt hatten, grasten jetzt friedliche Ziegen, die uns kaum beachteten.

Das reichte Bayard. Mit einem Mal bewegte er sich leichtfüßig. Er sah zu mir zurück. Ich lag auf dem feuchten Boden, wo ich wieder versucht hatte, mich zwecks Deckung einzugraben, und sprach ruhig, aber sicher.

»Steh sofort auf, Galen, und folge deinem Bruder. Die Armee, gegen die wir kämpfen, ist reine Illusion. Auf dieser Lichtung ist nichts Gefährliches. Verstehst du? Keine Gefahr auf dieser Lichtung.«

Ich fand, der Augenschein spräche gegen ihn. Aber er funkelte mich so unbeugsam und streng an, daß ich ihn mehr fürchtete als die Satyre.

Dazu kam, daß – ob Illusion oder nicht – die Satyre einen harten Stand gegen meinen Gefährten hatten. Agion griff sich zwei an ihren wolligen Nacken und schlug ihre Köpfe gegeneinander, als ob er haarige, gehörnte Becken spielte. Der Sumpf hallte von dem hohlen Krachen wider, und die Satyre fielen bewußtlos zu Boden. Lachend stürmte der Zentaur auf zwei weitere zu, die unter dem Thron des Skorpions kauerten.

Mit gezogenem Schwert schritt Bayard ganz ruhig mitten durch die Satyre zu der Plattform, auf der der Skorpion saß. Die Satyre umringten ihn, schrien und hopsten wie Aasgeier um einen Sterbenden, doch keiner kam ihm zu nahe. Einer sprang ihn mit einem gefährlichen, langen Messer an, doch Bayard wehrte die Waffe ab, so daß sie über den Boden der Lichtung schlidderte, trat den Satyr aus dem Weg und ging weiter.

Schon der Blick von Bayard schien die anderen vom Angriff abzuhalten. Die Satyre fauchten und fluchten und wichen vor ihm zurück.

Es war wie im Märchen.

Ich kam auf die Beine und rannte meinem Bruder nach, der unten an der Plattform stand. Die Satyre hatten angefangen, ihn zu umzingeln.

Ich sah mich nach Agion um, der damit beschäftigt war, mit zwei weiteren Satyren zu jonglieren, dann nach Bayard, der immer noch Meter von meinem Bruder entfernt war. Keiner von ihnen würde Brithelm rechtzeitig erreichen. Ich wollte rufen, ohne jede Vorstellung davon, was das helfen sollte, außer daß ich halt *etwas* tat. Dann ließ ich es sein, denn ich blieb wie angewurzelt stehen.

Brithelm nämlich hatte die Arme erhoben und stieg jetzt langsam in die Luft auf. Vielleicht auf dem Wind, doch es gab kein Blätterrascheln, kein Zweig bewegte sich. Er hob Kopf und Schultern, dann Bauch und Füße über die aufgeregten Satyre, deren Waffen harmlos nach ihm schlugen.

Seine Hände glänzten in einem silbernen Licht, das das grüne, matte Licht des Irrlichts zu überstrahlen schien, bis die Lichtung in einem frischen, weißen Schein leuchtete, der dem einer wunderbaren Kerze ähnelte.

Mein Mut und mein Vertrauen wuchsen, und so preschte ich

mitten durch den Feind und rief laut nach Brithelm, um das Kreischen zu übertönen, das sich langsam in Gemecker verwandelte. Die Satyre wandten sich mir zu, taten aber nichts, und ich passierte sie widerstandslos und ohne Verletzung.

Ich stürmte zu einem der Pfosten, die die Plattform trugen, und kletterte wie ein Eichhörnchen hinauf, bis ich keuchend und schwitzend auf der morschen Plattform stand und meinen Triumph herausschrie.

In diesem Moment erhob sich der Skorpion von seinem Thron.

Die dunkle Kapuze verhüllte immer noch sein Gesicht, aber etwas in seinen gebeugten Schultern und seinen Knien verriet seine Niederlage. Es war eine Haltung, wie sie jemand auf einem schlechten Gemälde annehmen würde.

Doch als Brithelm auf die Plattform zuschwebte, richtete sich der Skorpion zu voller Größe auf und starrte uns an.

Seine Augen wurden rot, dann gelb, dann weiß, dann blau wie tausend glühende Sonnen. Im unklaren Sumpflicht richtete er den schimmernden Kristall auf uns.

Er blitzte grün, gelb und grün auf. Einen Augenblick verlor Brithelm das Gleichgewicht und stürzte ab, doch dann fing er sich am Rand der Plattform. Ich taumelte zum Rand zurück und fiel lang auf den Boden. In diesem Moment hatte sich das Blatt gewendet. Wir beide waren geschlagen.

Aber nicht Bayard. Wie jeder an seinem Gang und an der geraden, makellosen Haltung seines Rückens sehen konnte, als er zur Plattform hochsprang, sich ohne Schwierigkeiten festhielt und sich mit einer einzigen, unglaublichen Bewegung nach oben zog. Der Skorpion drehte sich zu ihm um. Nur noch ein einziger Satyr, allerdings ein großer, war zwischen dem Ritter und der bösen, vermummten Gestalt.

Der Satyr sprang Bayard an, und sein Speer durchbohrte den Ritter, der weiterging, als wäre nichts geschehen. Er ging einfach durch den wabernden, durchscheinenden Körper seines Gegners hindurch, als wäre der Satyr aus Rauch oder Dampf. Der Unhold löste sich in Luft auf, und an seiner Stelle stand eine verwirrte, etwas beschämte Ziege, die in die rauchige Hütte hinter uns floh.

Jetzt stand Bayard neben dem geduckten Skorpion. Er erhob sein Schwert mit beiden Händen wie ein Henker oder ein Holzfäller und ließ es heruntersausen.

Durch Kapuze, Mantel, Tunika und in das verrottete Holz der Plattform. Und sonst nichts.

Denn auf der Plattform waren nur wir drei, wenn man die Ziege nicht zählte. Bayard und ich standen vor einer dunklen Robe, einer dunklen Tunika und einem Paar glänzend schwarzer Stiefel. Wir standen vor der baufälligen Hütte, die ich zuvor schon gesehen hatte, und hinter der Hütte rötete sich allmählich der Sumpf – nicht von den Feuern, die diesen Ort bis eben umgeben hatten, sondern von echtem, wahrhaft willkommenem Sonnenlicht.

Brithelm zog sich unter Schmerzen über den Rand der Plattform, wo er sich festgeklammert hatte.

Unter uns rieb sich Agion still die Schulter und bestaunte eine Herde Ziegen. Als das erste Sonnenlicht die Lichtung berührt hatte, hatte sich seine Wunde geschlossen. Als ich das sah, staunte ich auch.

»Das war's dann wohl?« rief der Zentaur zu uns hoch, während er sanft ein geflecktes Zicklein wegschob, das an seinem Bein nuckeln wollte.

Ich blickte zu Brithelm, der sich still den Kopf rieb und voller Verwunderung die Hütte angaffte.

Er schwieg, denn er war in der eigentümlichen Gedankenwelt der Gesegneten verloren.

Also sah ich wieder Bayard an, der über dem Haufen alter Kleider stand und sich zu mir umdrehte.

»Was meint Ihr, Sir? War's das?«

»Nein, Galen«, erwiderte Sir Bayard, während er sein Schwert einsteckte und einen verwirrten Blick auf den Sumpf warf. »Obwohl ich das kaum verstehe, was sich hier gerade zugetragen hat, soviel kann ich dir sagen: Das war ganz bestimmt noch nicht alles.«

Haus di Caela

Drei zu acht, Licht über Flut,
Zeichen des Zentauren in verlorener Zeit.
Generationen von Licht, die die Flut überspült,
Das alte Wasser singt vor Ehrfurcht.
Und hier an ewigen Flußufern
Bewegt sich das Licht, verliert sich, bewegt sich.

Die Calantina, III:VIII

Kapitel 9

Ganz gleich, was du sagst, Brüderchen – das ist der Ort, den ich gesucht und erwartet habe. Ein Ort, wie ich ihn mir beständig und hoffentlich demütig erträumt habe. Ich habe die Götter um solch einen Ort angefleht, an dem ich zum Einsiedler werden kann: allein mit Gedanken und Meditationen und mit den sanften Geschöpfen des Sumpfes.«

So hörte ich Brithelm unaufhörlich reden, der in dem Kampf im Sumpf Sinn und Zweck entdeckt hatte. Am späten Vormittag saßen wir immer noch auf dieser Lichtung und erwogen verschiedene von zahlreichen Unwägbarkeiten.

Auch Bayard war Brithelms Loblied auf die »sanften Geschöpfe des Sumpfes« leid, besonders nachdem einige dieser sanften Geschöpfe – genau gesagt, die Satyre – uns aufgelauert hatten.

»Meine Träume führen mich an andere Orte, Brithelm«, sagte er. »Und ich für meinen Teil würde aufstehen und zum Kastell di Caela reisen, damit ich um die Hand der Lady Enid anhalten kann, würde unser zentaurischer Aufpasser hier nicht etwas anderes verlangen.« Bayard deutete mit dem Kopf auf Agion.

So ging das nun schon stundenlang, ein schwelender Streit zwischen Sir Bayard und Agion, ob die Forderungen nun erfüllt waren oder nicht. Bayard fand, daß der Sumpf jetzt von den Satyren und dem Bösen, das sie zunächst auf die Zentauren gehetzt hatten, befreit war. Er fand, daß wir hier nichts mehr verloren hatten, da es keinen Feind mehr gab. Und da wir unsere Namen in dieser Angelegenheit zweifellos reingewaschen hatten, sollten uns die Zentauren doch erlauben, unserer Wege zu ziehen.

Agion hingegen hätte sich erheblich besser gefühlt, wenn er seinen Zentaurenfreunden die aufgespießten Köpfe einiger Satyre hätte bringen können. Ihm zufolge war eine grausige Trophäe besser als Frieden oder als jede beliebige Anzahl glaubhafter Versprechen. Und von auf geheimnisvolle Weise verschwundenen Satyren würde es weder Trophäen noch Friedensangebote geben.

Ich konnte Agions Standpunkt nachvollziehen und hatte den großen, dummen Kerl inzwischen ziemlich gern. Aber solange er auf einem Beweis bestand, saßen wir im Sumpf fest – er konnte keine Satyrköpfe bekommen, weil es schlicht und einfach keine Satyre mehr gab (falls es je welche gegeben hatte).

Bayard wiederum dachte nur noch an das Turnier in Kastell di Caela. Er konnte sich immer noch vorstellen, rechtzeitig für die Teilnahme am Kampf um Enid di Caelas Hand einzutreffen, für deren verstohlenes Lächeln oder heimlich anerkennenden Blick unser Held freudig alle Junggesellen von Ansalon erledigen würde. Bis dahin waren es seiner Aussage nach immer noch zehn Tage, und wenn wir sofort aufbrechen würden, konnten wir rechtzeitig in Kastell di Caela sein, ohne dabei Valorus oder uns allzusehr zu überanstrengen. Aus diesem Grunde mußten wir sofort los.

Der unverzügliche Aufbruch war auch ganz in meinem Sinne. Die Gegend gefiel mir überhaupt nicht, und ich hatte keineswegs meinen anderen, älteren Bruder vergessen, der zweifellos irgendwo hier in der Rüstung meines Vaters herumlag, und der mich – tot oder lebendig – in eine peinliche Lage bringen konnte, wenn er auftauchen würde.

»Agion«, argumentierte Bayard, »wir haben einander beigestanden, haben Seite an Seite gekämpft. Wenn wir die Ereignisse von gestern abend noch einmal durchgehen, finden wir bestimmt jeder eine Situation, wo einer von uns sagen kann, daß er dem anderen das Leben gerettet hat. Bei einer solchen Nähe, so viel Vertrauen, das zwischen uns gewachsen ist, kannst du mich da noch von der Weiterreise abhalten?«

»Ja.«

Ich mußte eingreifen. So kamen wir einfach nicht weiter.

»Schau mal, Agion«, fing ich an, wobei ich mich an die Wand der Hütte anlehnte, dann merkte, was ich tat, und erschreckt einen Schritt machte, weil ich dem verrotteten Holz und der Statik mißtraute. »Schau mal, Agion, was hält dich denn davon ab, uns einfach gehen zu lassen, nachdem wir doch durch unsere Handlungsweise unsere Unschuld bewiesen haben? Oder glaubst du immer noch, daß wir es waren, die die Satyre aufgehetzt haben?«

»Oh, Ihr seid wirklich die edelsten aller Seelen, Meister Bayard und Meister Galen!« rief Agion aus. »Das kann ich nicht bestreiten und würde das auch nie tun. Aber gleichzeitig sind auch Archala und die Ältesten – nun, es sind Archala und die Ältesten. Und ihnen bin ich Treue schuldig. Ich muß mein Versprechen halten.«

»Was hast du denn genau versprochen, Agion?«

Bei meiner Frage runzelte der große Zentaur die Stirn und kratzte sich mit einer Geste den Kopf, die mich unangenehm an Alfrik erinnerte.

»Wenn ich mich recht entsinne, Meister Galen, waren es genau diese Worte: Ich sollte keinen – weder den Ritter noch den Knappen – aus den Augen lassen, bis ich sie wieder in die Obhut der Ältesten zurückbringe.«

Perfekt.

»Du hast also nur versprochen, uns nicht aus den Augen zu lassen, bis du uns zurückbringst?« rief ich dem Zentauren zu, der von der Plattform zu einem nahen Vallenholzbaum geschlendert war, von dem er Blätter abrupfte.

»Ja, Meister Galen«, rief er zurück, während er eine Handvoll Vallenholzblätter in den Mund stopfte.

»Dann komm doch mit.«

Agion schluckte. »Mitkommen?«

»Mitkommen?« Bayard blieb wie angewurzelt auf der Plattform stehen.

»Warum nicht? Du weißt doch, daß man wortwörtlich gehorchen kann, Agion, nicht wahr?«

»Ja«, sagte er zögernd.

»Na also«, fuhr ich fort. »Wenn du mitkommst, Agion, hast du dein Versprechen nicht gebrochen. Es kann eine Zeit kommen – nein, es wird auf jeden Fall eine Zeit kommen –, wo unsere Unschuld selbst dem mißtrauischsten Richter klar wird. Aber bis dahin haben wir zu tun. Wozu ein Turnier in elf Tagen gehört, bei dem«, ich nickte Bayard bedeutsam zu, »unsere Anwesenheit erwartet wird.«

Jetzt wußte Agion nicht mehr weiter. Er verschränkte die Arme und scharrte mit dem rechten Vorderhuf in dem nassen Boden. Er steckte in einem Dilemma, das ich mir bestens ausmalen konnte, und wegen seiner Blödheit und seiner guten Absichten flog ihm mein Herz zu.

Agion kaufte mir meine Argumentation ab. Er nickte heftig, und sein Gesicht brach in ein dummes Grinsen aus. Plötzlich keilte er aus und erschreckte damit diverse Ziegen.

»Verstanden, Meister Galen! Wenn ich nicht mit Ihm zu meinen Ältesten zurückkehre, habe ich mein Versprechen nicht gebrochen! Also ist die beste Entscheidung mitzukommen!«

Kastell di Caela war immer noch ziemlich weit entfernt. Wir mußten nach Südsüdosten und das Vingaard-Gebirge auf einem Pfad durchqueren, den Bayard kannte, dann über den Südwestausläufer der Solamnischen Ebene ziehen, den südlichsten Zufluß des Vingaard überqueren und auf halbem Wege zwischen der Furt und Solanthus anhalten. Per Luftlinie war es eine einwöchige Reise.

Leider waren wir keine Krähen, und wir würden uns sputen müssen, um die Zeit aufzuholen, die wir durch die Zentauren, Satyre und Skorpione verloren hatten. Zehn Tage, befand Bayard, und auch das nur bei gutem Wetter.

Nur mit einem Umhang und einer schmutzigen Reisetunika bekleidet, führte uns Bayard auf dem Rücken von Valorus aus dem Sumpf. Als wir schließlich offeneres, trockeneres Gelände erreichten, kamen wir zu etwas, was ich für einen kleinen Berg hielt, was sich aber als hügelige Hochebene erwies, die sich weit nach Osten erstreckte, und wo das einzig Herausstechende ein paar Wäldchen und unsere Straße waren. Auf dieser ritten wir in unseren vom gestrigen Regen verschlammten Kleidern dahin.

Es war eine hübsche, aber eintönige Landschaft.

Beim Rückblick auf das Sumpfland, das wir gerade verlassen hatten, zog ich sie doch dem verstrickten und verstrickenden Geheimnis hinter uns vor. Ich hatte noch nie so viel Land überblickt, denn ich war noch nie so weit von zu Hause fort gewesen. Beim Zurücksehen fiel mir auf, daß der Sumpf sich veränderte, jedoch nicht durch das rasche Wachstum, das uns bei unserem Aufenthalt darin eine Quelle der Verwunderung und des Ärgers gewesen war. Jetzt wurde der Sumpf von außen her braun und welk. Ich wußte, daß das etwas mit dem Verschwinden des Skorpions zu tun hatte, aber es kam mir auch so vor, als ob unser Abschied dem Land den Herbst gebracht hatte.

Auch war der Sumpf ja nicht alles, was wir zurückließen. Ich dachte an Brithelm, der uns zum Abschied von der Plattform aus zugewinkt hatte, als wir die kahle Lichtung in der Mitte des Sumpfes verlassen hatten. Er hatte bei den Ziegen und Moskitos in seiner Eremitage bleiben wollen, um zur Ruhe zu kommen und über die Erhabenheit der Götter nachzusinnen.

Ich wünschte Brithelm nichts Böses, obwohl ich mächtig froh war, ihn los zu sein. Er war einfältig und schwer zu ertragen, aber wahrscheinlich eindeutig der Beste aus dem armseligen Wurf der Pfadwächter, mich selbst eingeschlossen. Das Problem war, daß die Welt mit einem eindeutig Besten nichts anzufangen wußte. Dort im Sumpf, wohin das Schicksal sie verschlagen hatte, waren meine beiden Brüder am besten aufgehoben.

Dennoch erinnerte ich mich wehmütig an den Abschied, als mein seherischer, mittlerer Bruder von Ziegen umringt gefährlich nah am Rand der rutschigen Plattform stand und uns dreien hinterhersah.

»Sieh den Dingen nicht direkt ins Auge, Bruder, denn die Einsicht lebt im Augenwinkel«, schrie er uns einen letzten Rat für die Reise zu.

»Was soll das heißen, heiliger Mann?« rief Agion zurück, doch Brithelm hatte uns schon den Rücken zugekehrt und war in der baufälligen Hütte verschwunden.

Bei meinem letzten Blick auf Brithelm, bevor er durch die wacklige Tür verschwand, hatte er etwas Silbernes aus der Tasche gezogen und an die Lippen gesetzt.

Humas Hundepfeife.

Von überallher kamen Ziegen zur Hütte geströmt.

Ich saß auf Agions Rücken, und etwas bedrückt wandte ich mich nach vorn – nach Osten, zur Zukunft meiner Reise.

»So ist es besser, Galen«, sagte Bayard, und ich hatte keine Ahnung, was für ein Tadel mich jetzt erwartete. »Schau lieber nach vorn, als zurück, denn hinter dir liegen Treibsand und Morast, die leicht deine besten Absichten verschlingen können.«

Was war das denn? Wußte er über Alfrik Bescheid? Ich schwieg und betete heimlich, daß die Ehre, die er so schätzte, ihn davon abhalten würde, zu vermuten – oder gar zu glauben –, daß ich meinen Mistkerl von Bruder hatte ersaufen lassen.

Aber, nein, das war nur ein bißchen Philosophie zum Auftakt einer langen, verworrenen Geschichte mit Thronräubern und viel Gewalt, die mir zeigen sollte, wie unmenschlich Menschen sein können. Zeitweise würde sie sogar ein bißchen interessant werden, aber mitunter sollte ich mir wünschen, Agions Talent, völlig abzuschalten, zu besitzen.

Doch diese Geschichte muß erst noch erzählt werden.

»Das dritte Kapitel im *Buch von Vinas Solamnus*, dem langen Text, der nur in der Bibliothek von Palanthas vollständig erhalten ist, befaßt sich mit dem Schicksal der Familie di Caela – von dem Zeitpunkt ab, wo sie auf geheimnisvolle Weise durch Paladins Tore aus dem Norden kamen. Von dem Zeitpunkt ab, als der Begründer der Linie, der alte Gerald di Caela, sich Vinas Solamnus anschloß und sein Name in die älteste und ehrwürdigste Ritterschar aufgenommen wurde.«

Genau wie die Blitzklinges, die auch schon früh dazugehört hatten und stolz darauf waren.

Wohingegen die Pfadwächter, wie ich wußte, Nachzügler waren. Bayard war viel zu höflich, um das zu erwähnen, jedoch hatte man uns schon frühzeitig eingetrichtert, wie es unser Leben beeinflussen würde, daß wir nicht zu dem Dutzend oder so der ältesten Sippen gehörten.

»Und so gedieh die Familie geehrt und berühmt über tausend Jahre lang, bis vor ungefähr vierhundert Jahren der Titel – der Name di Caela, sozusagen der *Pater familias* – an einen Gabriel di Caela fiel. Der alte Gabriel hatte anscheinend drei Söhne. Der älteste hieß Dunkan, wenn mich mein Gedächtnis nicht trügt, und der jüngste war auch ein Gabriel. Aber es ist Benedikt di Caela, der mittlere Sohn, der im Zentrum dieser düsteren, bedrückenden Geschichte steht – von Geburt an durchs Schicksal enterbt.«

Agion beugte sich beim Gehen vor, rieb sich die knorrigen

Hände und lächelte. »In den alten Sagen«, erklärte er, »erhält der mittlere Sohn meist eine besondere Gabe. Am Anfang sieht es so aus, als ob er wenig bekommt, doch am Ende hat er das beste Erbe von allen.«

»Aber was wir jetzt hören, ist wahre Geschichte, Agion«, unterbrach ich ihn, »wo der mittlere Sohn wahrscheinlich der ist, der einfach übergangen und ausgelassen wird, wenn diesem Dunkan aus Sir Bayards Geschichte nicht ein vorzeitiges Unglück widerfährt. Außerdem ist es gewöhnlich der Jüngste, der im Märchen am meisten beschenkt wird, weil er im richtigen Leben am wenigsten bedacht wird.«

Bayard setzte sich im Sattel zurück und schlug gegen den kalten Nachmittagswind die Kapuze über. »Ihr liegt beide falsch«, stellte er kurz angebunden fest. »Vielleicht solltet ihr besser zuhören, anstatt eure haarsträubenden Theorien über Gerechtigkeit weiter auszuspinnen. Die Geschichte dieses Benedikt also«, nahm er den Faden wieder auf, wobei er die Zügel in die andere Hand nahm, »begann mit Neid, und soweit ich weiß, endet sie auch damit. Er wollte seine Brüder unbedingt aus dem Weg räumen, dort im Schloß des alten Gabriel – dem Kastell di Caela, wie es genannt wurde.

Dort schmiedete der junge Benedikt seine Pläne, ›die Gedanken giftdurchtränkt‹, wie das alte *Buch von Vinas Solamnus* sagt. Aber zur damaligen Zeit hatten die Kleriker von Mishakal Möglichkeiten, die Ausbreitung von Gift zu verhindern und seine Wirkung sogar umzukehren. Selbst wenn sie zu spät kamen und das Giftopfer tot vor ihnen lag, so daß sie es weder heilen noch wiederbeleben konnten, konnten sie immer noch das Gift aus dem Blut isolieren, seine Bestandteile bestimmen und feststellen, wann es verabreicht wurde, und wer es gemischt hatte.

Wenn das nichts half, konnten sie die Toten reden lassen und so den Mörder finden. Also wurde der junge Benedikt jahrelang nur im Traum zum Giftmischer, denn er war viel zu feige, um einen offenen Mord zu begehen. Statt dessen saß er abseits, brütete vor sich hin und wälzte Rachepläne. – Das größte Gift ist zweifellos der Neid«, verkündete Bayard, wobei er mich betont anstarrte und damit eine Antwort forderte.

»Nun, Sir, ich würde Schierling ein stärkeres Gift nennen, denn neidische Männer leben meines Wissens jahrelang. Aber ich bin kein Apotheker und für Chemie nicht begabt.«

»Und auch nicht für Metaphern«, gab Bayard zurück, um dann seine Geschichte wieder aufzunehmen.

»So hat sich Benedikt dort in diesem Schloß gewissermaßen – metaphorisch gesehen – selbst vergiftet, indem er seinen Gedanken freien Lauf ließ. Und wenn jemand so durch und durch in Wort und Tat vergiftet ist, kann er auch nur vergiftete Entdeckungen machen. Jede seiner Berührungen ist wie Gift.«

»Wie beim Skorpion?« fragte ich und wünschte mir augenblicklich, ich könnte diese Worte zurücknehmen. Denn ich hatte meinem Fluch in diesem Moment einen Namen gegeben und enthüllt, daß ich mehr über den Mann in Schwarz wußte, der die Wasserburg und den Sumpf heimgesucht hatte. Mehr als ein ehrlicher Junge wissen durfte. Ich senkte den Kopf und schloß die Augen.

Aber ich hörte Agion hinzufügen: »Oder wie bei der Viper.« Als ich aufblickte, sah ich Bayard zustimmend nicken.

»Oder wie bei den giftigen Wesen aus Legende und Geschichte, Agion. Ja, man könnte sagen, daß Benedikt gewissermaßen eines dieser Wesen war.

Denn das Gift hatte ihn vollkommen durchsetzt, bis selbst Gegenstände, die er zum Besten aller hätte verwenden können

– die ihm vielleicht wirklich ein Erbe hätten einbringen können, das weit über das seiner Brüder hinausging –, in seinen Händen statt dessen zu monströsen, verfluchten Dingen wurden. Wie bei dem Pendel.«

Pendel? Da war doch was...

»Gefunden hat er es«, erzählte Bayard, »im Keller von Kastell di Caela, das er so begehrte, während er in der Dunkelheit nach einem Ort suchte, wo er seine abstrusen und immer verrückteren Illusionen üben konnte. Er drückte das Pendel an sich und vergaß es für eine Zeitlang. Das heißt, bis er es ans Licht schaffte und in seine Räume oben im Schloß brachte. Dort zog er es aus den Falten seiner Robe und sah es zum erstenmal an. Die Kette war aus Gold, und der Anhänger der Kette war ein Kristall.«

Ein Kristall. Bayards Worte trafen mich wie das Licht von hundert Sternen in der Dunkelheit. Ich erinnerte mich an den Sumpf, die Lichtung, die Ziegen, die vielen Feuer...

»Und als das Pendel vor seinen Augen baumelte, dachte Benedikt seine giftigen Gedanken, träumte seine Träume von Unfällen. Als er durch den Kristall sah, wuchs eine Spinne in der Ecke des Zimmers zu unnatürlicher Größe und Gestalt heran...«

Wie die Ziegen, die sich plötzlich widernatürlich in Satyre verwandelt hatten.

»Und wäre gewiß aus ihrem Netz gekrabbelt und hätte ihn vergiftet, wenn er nicht noch einmal hingesehen und erkannt hätte, was das Tier wirklich war – die ganz normale Spinne, die er schon zwei Tage in der Ecke des Zimmers beobachtet hatte.«

Bayard legte eine Pause ein und sah Agion an.

»Diese Geschichte von der Spinne erklärt den Fluch der di Caelas – oder gibt zumindest den uns bekannten Ursprung an.«

Ich war baff.

Nein! Bestimmt hatte diese alte Kamelle aus dem *Buch von Vinas Solamnus* nichts mit dem zu tun, was ich vor zwei Nächten auf der Lichtung im Sumpf beobachtet hatte. Bestimmt hatten die Bücher nichts...

Bayard nahm seine Geschichte wieder auf.

»Durch diesen zufälligen Blick wußte Benedikt also, daß das Pendel ein Instrument der Macht war. Aber woher stammte es? Darüber sind sich die Historiker uneinig.

Manche sagen, ein Kender hätte es fallen lassen, der es Gott weiß wo gefunden hatte, denn Kender gab es damals wie heute. Manche meinen, das Pendel sei durch Zufall oder durch einen großen, bösen Plan aus dem Eckstein des Schlosses freigekommen, wo es Generationen hindurch verborgen lag, um auf jemanden zu warten, der so neidisch und so verschlagen war, daß er es seiner Bestimmung gemäß verwenden konnte. Aber natürlich gibt es viele derartige Legenden auf Krynn.

Spielt das wirklich eine Rolle? Denn am Ende war es dasselbe, ob Benedikt nun aus dem Bösen heraus handelte, das durch seine eigene Unzufriedenheit, seinen Neid und seine eigenen frühen, dunklen Studien in ihm gewachsen war, oder ob er als Instrument eines größeren Bösen handelte, das in die Geschicke der Welt eingriff.

Kleines oder großes Böses, auf jeden Fall nahmen die Ratten im Keller neue, monströse Formen an, als Benedikt das Pendel aus Gold und Kristall vor seinen Augen schwang. Der Legende nach suchten sie auf Benedikts Befehl hin Dunkans Zimmer auf, und als der alte Gabriel die Schreie seines Ältesten hörte und zu seiner Rettung stürmte, bot sich ihm eine so unaussprechlich grauenvolle Szene dar, daß die Geschichten vor dem genauen Bericht zurückscheuen.

Doch dieselben Historiker bestätigen, daß Dunkans Körper nicht eine Schramme aufwies, sondern daß er so unversehrt und schlicht dalag, daß die Einbalsamierer ihre groteske, unschöne Aufgabe nicht durchführen wollten, weil sie Koma, Lähmung oder Scheintod befürchteten. Aber er war wirklich tot, und die Kleriker von Mishakal konnten weder Wunde noch Gift entdecken.«

Wie bei den Zentauren aus Agions Erzählung.

»Gabriel der Jüngere jedoch witterte sozusagen eine Ratte«, lächelte Sir Bayard und hob die Hand. »Er war in der Nacht, wo Benedikt das Pendel entdeckt hatte, am Fuß der Granatberge auf der Jagd gewesen – in der Nacht, die seither in Solanthas und den umliegenden Teilen von Solamnia als ›Nacht der Ratten‹ bekannt ist.

Obwohl die Kleriker in Dunkans Zimmern nichts fanden, was auf Verrat hinwies, wußte Gabriel der Jüngere, daß es Verrat war, und benachrichtigte seinen Vater, daß die Kleriker von Mishakal Dunkan von jenseits der Finsternis sprechen lassen sollten.

Der alte Gabriel schreckte davor zunächst zurück, wie das wohl jedem Vater so geht. Denn in diesem Tun lag etwas Gewaltsames, es war ein störender, widernatürlicher Eingriff, selbst wenn er von Klerikern in weißen Roben und mit den allerbesten Absichten durchgeführt wurde. Aber sein jüngster Sohn drängte nur um so leidenschaftlicher und sagte: ›Viel widernatürlicher ist es, Vater, daß der Bruder aufsteht und um des Erbes willen den Bruder ermordet.‹ Der alte Gabriel ließ sich überreden und befahl den Klerikern, Dunkan in jener Nacht in der Gruft sprechen zu lassen.

Inzwischen versteckte sich Gabriel der Jüngere in den Bergen.

Sein einziger gebliebener Bruder blieb in Kastell di Caela und erwartete die Zeremonien zum Abend der Tag- und Nachtgleiche, wo sich die Priester versammelten. Ob er des Mordes schuldig war oder einer subtileren Untat, die niemand genau benennen konnte, konnte niemand herausfinden. Und wir werden es auch niemals mit Sicherheit wissen.

Auf jeden Fall brach in der Nacht vor der Beschwörung ein wütendes Feuer in der Gruft aus, das auf Brandstiftung zurückging. Die Roben, die man in Benedikts Zimmern fand, waren am Saum angesengt und rochen verdächtig nach Lampenöl, Phosphor und Asche.

Der Körper war natürlich auch zu Asche verbrannt und konnte nicht mehr zum Sprechen gebracht werden. Jetzt war der alte Gabriel außer sich, weil er ganz sicher war, daß sein mittlerer Sohn ein Verbrechen begangen hatte. Darum sang man in der Nacht der Tag- und Nachtgleiche in der Kapelle von Kastell di Caela vor sechzig Rittern von Solamnia und zwanzig Klerikern der Mishakal die Totenklage für Dunkan di Caela. Und auch die Totenklage für Benedikt di Caela.«

»Das verstehe ich nicht«, unterbrach Agion. »War Benedikt tot?« Der Zentaur kratzte sich verwirrt den Kopf.

»In jener Nacht erklärte Benedikts Vater ihn trotz eindringlicher Proteste seitens Ritterschaft und Klerus für tot und ernannte Gabriel den Jüngeren zum einzigen überlebenden Erben von Kastell di Caela. All das, ohne daß es jemals einen halbwegs stichhaltigen Beweis für die Schuld von Benedikt di Caela gegeben hat.

Der sich zugegebenerweise in den folgenden Tagen nicht gerade so verhielt, als wäre er unschuldig. Benedikt floh aus dem Schloß, um in den Ländereien nördlich von Solanthas eine Armee aufzustellen – eine Armee aus Dieben, Goblins und den

Kopfgeldjägern, die dem Königspriester von Istar Goblinköpfe bringen sollten. Es war jedenfalls eine unrühmliche Mannschaft, die sich aufmachte, um Steuern einzutreiben, zu erpressen und in den Südwestprovinzen von Solamnia Benedikts Befehle zu befolgen.«

»Hat jemand Benedikt unterstützt, als er diese Armee aufstellte?« fragte Agion, dessen Gesicht im schwindenden Licht des anbrechenden Abends nicht mehr ganz zu erkennen war. »Ich meine, welche von den Rittern und Priestern?«

»Die meisten Priester – gewiß nicht jeder Priester, aber auf jeden Fall die Mehrheit –, durchschauten Benedikts Illusionen und sahen die Ratten und Spinnen dahinter. Und zudem sahen sie, daß es Benedikt war, der diese Illusionen erschaffen hatte. Aber es gab viele Ritter, die angesichts der Legionen, die er sammeln konnte, auch Macht für sich selbst witterten oder – was noch schlimmer war – eine Gefahr sahen, der sie sich nicht auszusetzen wagten.

Ich schäme mich zuzugeben, daß seine Reihen nicht frei von meinen Mitbrüdern waren. Ritter von Solamnia standen an der Spitze seiner Scharen und widersetzten sich damit ihren heiligsten Eiden.«

Bayard machte eine Pause, stellte sich in den Steigbügeln auf und sah sich um. Dann klatschte er Valorus leicht die Zügel an den Hals, als wir in eine Region hochritten, wo das bisher saftige Gras nur noch spärlich wuchs.

»Also stammt die Familie, mit der Er Sich verbinden will…«, setzte Agion nach kurzem Schweigen an.

»Von Gabriel di Caela dem Jüngeren ab, ganz recht. Er entthronte den Bruder, der ihn entthronen wollte. Er vernichtete den Thronräuber, wenn auch nicht vollständig. Nach Norden und Westen floh Benedikt, zur Trotylhalde und weiter nach Estwilde – genau das Estwilde, aus dem dein lächerliches Würfelspiel stammt, Knappe.«

Ich nickte zustimmend und überging den alten Streit, um das Ende von Bayards Geschichte zu hören.

»Dort holten die beiden Gabriels ihn ein – Gabriel di Caela der Jüngere an der Spitze von dreißig Rittern und zweihundert Fußsoldaten und sein Vater an der Spitze einer fast doppelt so starken Streitmacht. Als sich die beiden vereinten, gab es keine Hoffnung mehr für Benedikt.

Unterlegen und schlecht geführt entwarf Benedikt eine Illusion nach der anderen, von denen einige große Verluste verursachten: dreißig Fußsoldaten starben bei der Überquerung der Trotylschlucht, als die Brücke unter ihnen plötzlich verschwand. Sie war nie dagewesen. Dreißig weitere wurden im Schlaf von Skorpionen erstochen.«

Ich setzte mich auf Agion zurück und atmete tief durch, bis der große Zentaur nach hinten langte und mich festhielt.

»Was ist mit Ihm, junger Meister?« fragte Agion, dessen großes, dummes Gesicht sich besorgt verzog.

»Die Höhe, Agion. Die Höhe bekommt mir nicht. Aber wir haben Bayard unterbrochen. Weiter, Sir.«

Bayard sah mich stirnrunzelnd an und fuhr fort.

»Aber alle diese Illusionen waren nutzlos, als es zum Kampf kam – als Gabriel di Caela der Jüngere durch ein Heer aus abtrünnigen Rittern, Goblins und Goblinjägern, Dieben und Söldnern watete, bis er seinem Bruder gegenüberstand. In diesem Moment wußten beide, daß Hunderte von Jahren zukünftiger Ereignisse davon abhängen würden, was jetzt geschah.

Doch es gab keine Wahl, wie es oft so ist in der Hitze der Schlacht. Gabriel der Jüngere erhob sein Schwert und traf seinen Bruder mit der Schnelligkeit und Zielsicherheit, die er beim

Orden gelernt hatte. Die Anwesenden sagten, daß die Welt den Atem anhielt, als Benedikt di Caelas Kopf, der über den Schultern abgetrennt war, einen Moment schwankte, sein Gesicht ganz bleich wurde und die Augenlider sich schlossen. Und wer weiß, was der Kopf dachte, als er von den Schultern auf den Boden fiel, wo er ins Vergessen eintauchte.«

»Aber ich fürchte, das war nicht das Ende von Benedikt di Caela«, sagte ich schließlich, als die Stille zwischen uns unbehaglich, beinahe bedrückend geworden war.

»Es lag irgendwie daran, daß man ihn für tot erklärt hatte«, überlegte Bayard, »darum ging die ganze Sache los. Als Gabriel der Jüngere Benedikt erschlug, sah es aus, als wäre das das Ende, als könnten die di Caelas von da an wieder für alle Zeiten auf ihrem Reichtum und ihrem Land sitzen. Aber als Gabriel der Jüngere alt wurde, ging es los – der Fluch auf die Familie di Caela und ihr Schloß begann zu wirken. Es gab eine Rattenplage mit all den Krankheiten, die Ratten mit sich bringen. Gabriel der Jüngere verlor zwei seiner Söhne, den Ältesten durch Krankheit, den Mittleren durch Wahnsinn.

Diesmal war es der Jüngste, der überlebte und zum Äußersten gezwungen war, um den Fluch aufzuheben. Geschwind ordnete der junge Roland die Evakuierung von Kastell di Caela an, wobei er den alten Gabriel den Jüngeren auf den eigenen Schultern durch die eisernen Tore trug, obwohl der alte Mann bei jedem Schritt schrie und wetterte. Und dann setzte er das Schloß in Brand, und als die Flammen durch die Steinbrüstungen, über die Zinnen und durch die obersten Turmzimmer schlugen, hieß es, daß man die Ratten quietschen hörte und über diesen dünnen, fieberhaften Schreien ein gequältes Stöhnen vernehmen konnte, das sich im Rauch und im Krach der zusammenbrechenden alten Balken verlor. Alles, was übrig blieb, war die steinerne Außenmauer, und Roland di Caela baute das Schloß von innen her wieder auf und regierte dreißig Jahre lang in Weisheit und Frieden, bis der Fluch wiederkehrte.

Hier wird die Geschichte unklar, denn Kastell di Caela wird inzwischen seit zwanzig Generationen von dem Fluch heimgesucht, und jedesmal nimmt er eine andere Form an. Die Flut schlug fehl, weil Simeon di Caela Schleusen in den Burggraben einbaute, und Antonio di Caela hielt das Buschfeuer auf, indem er zur rechten Zeit die rechten Schleusen öffnete, Cyprian di Caela schlug die Ogerinvasionen zurück, und Theodor di Caela jagte Räuberbanden davon, die von einem geheimnisvollen Hauptmann in schwarzer Robe angeführt wurden.

Selbst die Umwälzung trug dazu bei, Benedikts Pläne zu vereiteln, denn am Ende der vierten Generation seit Beginn des Fluches trieben Bergarbeiter und Pioniere der Goblins Tunnel bis hundert Meter vor Kastell di Caela, wodurch sie die Bewohner in Angst und Schrecken versetzten, denn sie sahen ihren Feind nicht, sondern wußten ihn nur irgendwo unter sich. Als dann die Umwälzung die Grundfesten von Krynn erschütterte, brachen die Tunnel über ihren Erbauern und über Benedikt zusammen.

So kehrte er in jeder Generation zurück, unermüdlich, unerbittlich. In jeder Generation wurde er geschlagen, manchmal vom ältesten Sohn der di Caela, manchmal vom jüngsten oder mittleren Sohn. Oft vom einzigen lebenden Erben, denn Benedikts Angriffe fordern immer wieder ihren Tribut, auch wenn sie scheitern.

In dieser Generation ist es still geworden, denn Robert di Caela wehrte den letzten Versuch vor etwa vierzig Jahren ab, als sechzehnjähriger Knabe. Seitdem lebt das Haus di Caela in Frieden, und da Lady Enid di Caela die einzige lebende Erbin

Geld, das ich aus meinem Zimmer in der Burg gerettet hatte, konnte ich nicht einmal etwas zu essen kaufen. Die Händler dort waren an so mickrigen Summen nicht interessiert.

Also ging ich in den Westen der Stadt. Unterwegs kam ich durch die Ruinen der alten Tempel, die für Götter gebaut waren, die diese Menschen nicht mehr verehrten, weil sie ›unpraktisch‹ waren. Dort sah ich aus einiger Entfernung ganz kurz den legendären Turm der Erzmagier. Allerdings hatte ich keine Muße, um die Architektur zu bestaunen…«

So, das reicht für den Anfang. Während Bayard seine Geschichte fortsetzte, begann sich ein Hauch von Bitterkeit über jedes Ereignis zu legen, von dem er berichtete. Und als ich hörte, wie er im Hafen geschlafen hatte und sich mit Ratten, Halsabschneidern und Banden herumgeschlagen hatte, verstand ich allmählich, warum er vor Kälte und Hunger zum Einbrecher geworden war. Sir Bayard erzählte uns, daß er in einem reichen Oststadthaus ein paar Truhen durchwühlte. Weil er nur Decken fand, hatte er sich in eine eingewickelt und war eingeschlafen. Beim Erwachen war er der Gefangene eines Ritters von Solamnia, der für einen Besuch in Palanthas in diesem Haus abgestiegen war und deshalb wenig mitgebracht hatte, was für einen Einbrecher von Wert war.

Er erzählte, wie dieser Ritter einen anderen Ritter kannte, der einen anderen kannte, der Bayards Vater gekannt hatte, und wie er nur darum – weil einer einen kannte, der einen kannte – der Kälte und dem Hunger und der Armut entkommen war. Wie er nur darum viele Jahre später mit einer solamnischen Armee im Rücken an die Rückeroberung seines Landes und von Burg Vingaard gehen konnte.

»Unter diesen Umständen, Sir, hätte auch ich alle mir mögli-

lanthas trotz seines Reichtums und seines Glanzes eine rauhe Hafenstadt ist, die zu einem tiefen Meereshafen hin abfällt. Aus diesem Hafen kamen Seeleute, die in Sprachen redeten, die keiner von uns je gehört hatte oder je wieder hören würde. Diese Männer trugen Dolche mit herrlichen Griffen und Gift an den gezackten Klingenspitzen.

In Bayards Geschichte hörte ich zum erstenmal etwas über die Armut, die Würfel und die Messer. Ich lauschte zunächst ungläubig, doch die Teile von Bayards Geschichte paßten genau zusammen, wie Alfrik gesagt hatte, ehe er in seinem sumpfigen Matschsee versank. Agion hingegen brauchte nicht überzeugt zu werden. Er nickte die ganze Zeit zustimmend. Natürlich war er noch nie in Palanthas gewesen, aber er war sicher, daß Menschenstädte, wo kleine, gewalttätige Zweibeiner sich in Häusern aus Stein, gebrannter Erde und totem Holz zusammendrängten, nur düstere Seiten hatten.

»Als ich in Palanthas ankam«, erklärte Bayard, während er sich nach vorne lehnte, um dem langsamer werdenden Valorus eine Klette aus der Mähne zu zupfen, »gab es im südlichen Teil der Stadt nichts für mich zu tun. Dort waren überall Geschäfte und Händler, und die meisten interessierten sich nicht für Käufer, weil sie nur darauf versessen waren, die Waren anderer Kaufleute aufzukaufen, um, sagen wir mal, der einzige Teehändler oder der einzige Kürschner der Stadt zu sein. Wer wirklich nach Leuten Ausschau hielt, die seine Waren kaufen sollten, schaute nach den Reichen: den Zauberern in ihren Kutschen oder den prächtigen Gewürzhändlern, die auf ihren Vollblutpferden durch die Straßen ritten. Könnt ihr euch vorstellen, wie man so hochgezüchtete Pferde in einer Stadt einsperren kann?

Nein, dort gab es keine Arbeit für mich. Mit dem wenigen

Während wir am Feuer saßen und die Ziegenkeule auf einem improvisierten Spieß drehten, ruhte die Geschichte. Agion stand Wache, um sofort zu melden, wenn sich jemand durch den Bratengeruch angezogen fühlte.

»Genug erzählt für heute«, beharrte Bayard. »Ihr solltet euch ausruhen.«

Ich nickte und warf dann einen Seitenblick auf Agion, der jetzt genüßlich an einem Apfel herumschnupperte und hinter uns nach Westen zum Sumpf schaute, an den er sich wahrscheinlich kaum mehr erinnern konnte.

Ich döste ein Weilchen, genau wie Agion. Bayard nahm seine Geschichte erst wieder auf, als wir wieder auf der Straße nach Südosten durch flaches, eintöniges Gelände zogen – die Landschaft, für die Küstenlund zu Recht berühmt ist. Als ich einen Falken am tiefsten Punkt des Osthimmels kreisen sah, setzte er wieder an.

»Die Reise nach Palanthas war riskant, denn das Vingaard-Gebirge ist zu jeder Jahreszeit verdammt kalt. Wäre es nicht Sommer gewesen, so wäre meine Geschichte vielleicht ganz anders ausgegangen.

Palanthas ist natürlich zu Recht für seine Reichtümer berühmt, seine Bibliothek und die Hochschulen und den phantastischen Turm, zu dem Zauberer aus ganz Ansalon reisen, um ihre Prüfung abzulegen und Unterricht zu nehmen. Wenn das alles gewesen wäre, was zu dieser Stadt gehörte – die Liebe zu Gelehrsamkeit und Weisheit –«, bemerkte er mit ironischem Lächeln, »dann wäre ich dort bestimmt willkommener gewesen.«

Ich stellte mir die goldene Stadt vor, ein Paradies auf einem Hügel, von dem aus man die triste Umgebung in alle Richtungen überblicken konnte. Damals wußte ich noch nicht, daß Pa-

Auch Agion merkte jetzt auf; der Name »Palanthas« riß seine Gedanken aus dem Nirgendwo zurück in die Gegenwart. Er drehte sich um und fragte meinen Beschützer:

»Palanthas, Sir Bayard? Er war in Palanthas?«

»Ja, Agion. Und ich habe dort gelebt.«

»Dann kann Er mir vielleicht eine Frage beantworten. Ißt man in Palanthas wirklich Pferde?«

Ich hielt das für einen zentaurischen Aberglauben und wollte schon loslachen, doch dann sah ich Bayard zustimmend nicken.

»Die Armen schon, Agion, wenn sie welche erwischen. Aber das kommt selten vor, und so müssen sie von anderem leben. Ich weiß das, wie gesagt, wirklich aus erster Hand«

Die Augen auf die Straße vor uns gerichtet, erzählte er weiter, während ich Valorus und das Packpferd ansah und mir vorzustellen versuchte, wie sie eine Tafel zierten.

»...als ich nun sicher aus der Burg geflohen war, ritt ich eine halbe Meile fort, von wo aus ich nur noch Rauch, aber nicht mehr die Flammen aus dem Wachturm sehen konnte. Dann nahm ich die Straße nach Westen, verließ das Land meines Vaters und ritt in ›feindliches Gelände‹, wie wir es früher nannten. Damals kam es mir so vor, als wäre das feindliche Gelände das Land, das ich zurückließ. Das Land, das ich geerbt hätte, wenn sich die Zeiten nicht geändert hätten.«

Er unterbrach sich und zügelte Valorus.

»Hier machen wir Rast und essen etwas. Eine Ziegenkeule kann sogar im kühlen Herbstwetter verderben, wenn man nicht vorsichtig ist.«

Was auch immer in Palanthas geschehen war und was es auch mit den di Caelas zu tun hatte, jedenfalls hatte Sir Bayard Blitzklinge gelernt zu überleben.

»Das Vingaard-Gebirge.«

»Sir?«

»Das Vingaard-Gebirge. Du wirst es bald sehen. Du würdest es jetzt schon sehen, wenn du Erfahrung darin hättest, wie man in die Ferne schaut.« Er lächelte, zog an den Zügeln des Packpferds und brachte es auf gleiche Höhe mit Valorus. »Von hier aus reiten wir genau nach Osten, dann sollten wir die Berge ungefähr bei dem Paß erreichen.«

Während der Abendhimmel ein immer tieferes Blau annahm, wirkten die Berge tiefschwarz. In dieser Nacht kampierten wir in ihrem Schatten. Das Grün um uns herum wurde an dieser Stelle spärlich, denn es ging bereits aufwärts, und der Boden wurde steiniger.

Wir schliefen nicht gut, zumindest ich nicht, und am Morgen war ich kaum frischer als am Abend zuvor. Bayard rüttelte mich wach, und als das nicht viel half, stieß er mich mit dem Fuß an. Ein Stiefeltritt gegen aufgerittenes Fleisch tut nicht gerade gut.

»Noch ein scharfer Ritt heute, Galen«, verkündete er fröhlich – fröhlich und richtig energiegeladen. »Wenn wir zügig weiterreiten und die Götter uns einen freien Weg ohne Hindernisse bescheren, können wir immer noch in fünf Tagen in Kastell di Caela eintreffen, am Abend vor dem Turnier.«

chen familiären Beziehungen genutzt«, tröstete ich ihn und Agion nickte bestätigend. »Es war seit Generationen Euer Schloß, und Ihr habt diesen Freundschaftsdienst einfach angenommen, um den Pöbel davonzujagen, der es Euch geraubt hat.«

»Aber es mußte gar kein sogenannter Pöbel fortgejagt werden«, erläuterte Bayard. »Denn sie hatten das Schloß nie bezogen. Sie glaubten, wenn sie im Luxus ihrer angeblichen ›Unterdrücker‹ leben würden, dann würden sie so bösartig und gemein wie ihre Unterdrücker werden.«

»Soll das heißen, daß sie ihre Strohhütten den Sälen von Burg Vingaard vorzogen?«

Bayard nickte.

Das war unglaublich.

»Dann hatten sie es verdient, vertrieben zu werden, weil sie einfach blöd waren«, verkündete ich.

Diesmal pflichtete Agion mir nicht so schnell bei, denn ein Haus mit Strohdach erschien ihm zweifelsohne anheimelnder als die Aussicht auf Steinwände. Auch Bayard war anderer Ansicht. Mit gerunzelter Stirn schüttelte er langsam den Kopf und blinzelte nach Osten in die Ferne.

»Galen, das kann ich nicht beantworten. Was manchmal wie schiere Dummheit wirkt, hat oft verborgene Prinzipien.« Er sah weiter nach Osten, um dann zu nicken, als ob er etwas am Horizont entdeckt hätte. Das hatte er auch wirklich. Er drehte sich zu mir um und wandte sich ernst an mich.

»Ich habe schon genug Probleme mit meinen eigenen Prinzipien, da kann ich nicht noch über andere urteilen.« Ich setzte mich im Sattel zurecht, weil ich eine weitere salbungsvolle Lektion erwartete, aber statt dessen nickte Bayard nach Osten und wechselte das Thema.

»Es waren keine Soldaten von Neraka und keine Räuber aus Estwilde, die mich meines Geburtsrechts, meines Schlosses und meiner Ländereien beraubten. Nein, keiner unserer alten Feinde verschwor sich gegen mich. Statt dessen waren es unsere eigenen Leute, die sich eines Sommerabends gegen meinen Vater auflehnten – ungefähr um diese Jahreszeit –, als ich vierzehn war. Sie töteten Vater und Mutter. Töteten auch die Diener und das Gesinde, weil unsere Leute ›Mitleid mit den Unterdrückern hatten‹. Und als ich vierzehn war, hätten sie auch mich getötet, wenn mein Glück und ihre Aufregung nicht meine Rettung ermöglicht hätten.«

»Diese Schufte!« rief ich aus, weil ich dachte, daß ein Ausruf von mir erwartet wurde.

Damit hatte ich offensichtlich unrecht. Bayard drehte sich zu mir, runzelte die Stirn und schüttelte den Kopf.

»Keine Schufte. Obwohl auch ich das mit vierzehn geglaubt habe und mir schwor, mich an ihnen und allen Ihrigen zu rächen. Ich war zu jung, um ihren Zorn oder meinen Eid zu verstehen. Keine Schufte, denn das gemeinste Ergebnis der Umwälzung – als die Welt zusammenbrach und das Land sich veränderte – war, daß die Armen als erste und am schlimmsten litten, Galen. Zu der Zeit, als ich meinen Eid ablegte, wußte ich davon nichts, wußte nichts von der Wut, die aufkommt, wenn man sieht, daß jemand einfach deshalb nicht hungert, weil er nicht zum Hungern geboren ist. Diese Wut lernte ich in Palanthas aus erster Hand kennen.«

»Palanthas?« unterbrach ich. »Moment mal. Ihr habt unten in Burg Vingaard Eure Eltern verloren, wart mit vierzehn ganz allein und habt dennoch den Mut und das nötige Kleingeld aufgebracht, um die einwöchige Reise durch das Vingaard-Gebirge nach Palanthas zu unternehmen?«

ist, werden ihre Kinder nach ihrer Heirat den Namen des Vaters annehmen, und das Land wird der Familie di Caela für immer genommen sein. Das jedenfalls glauben die Leute der Gegend. Zumindest die meisten. Die Familie di Caela ist sich da nicht so sicher.«

»Und Er, Sir Bayard?« fragte Agion, als Bayard erneut eine Pause einlegte. »Ich habe diese vierhundertjährige Geschichte von Verfehlungen, Rache, Gewalt und Unrecht gehört, und ich muß gestehen, daß ich viele Fragen habe. Die wichtigste davon ist, was ist Sein Anteil an einer alten Geschichte des Jammers.«

»Auch das ist eine lange Geschichte«, meinte Bayard abwinkend, als hätte er genug vom Erzählen.

»Oh, bitte erzähl Er sie, Sir Bayard!« beharrte Agion. »Galen und ich lieben Geschichten!«

»Agion, vielleicht ist Sir Bayard ein bißchen müde und...«

»Laß nur, Galen«, sagte Bayard ergeben. »Ihr solltet es beide erfahren, da ihr mitbetroffen seid.«

Und wieder begann er mit einer weiteren reißerischen Geschichte, während seine Zuhörer neben ihm her ritten.

»Meine Kindheit hätte der deinen sehr ähnlich sein können, Galen. Ich war Erbe eines großen Schlosses mitten in Solamnia.«

»Was meiner Kindheit wirklich sehr ähnelt, Sir«, stimmte ich sarkastisch zu. »Denn schließlich bin ich der dritte in der Erblinie für eine Rattenfalle von Wasserburg im Küstenlund.«

Bayard ignorierte mich, denn er war darauf versessen, seine Geschichte fortzuführen, und entschlossen, mir etwas beizubringen oder uns beide dabei umzubringen. Gibt es überhaupt erfolgreiche Männer mit einer Kindheit, die nicht von Unglück gezeichnet ist?